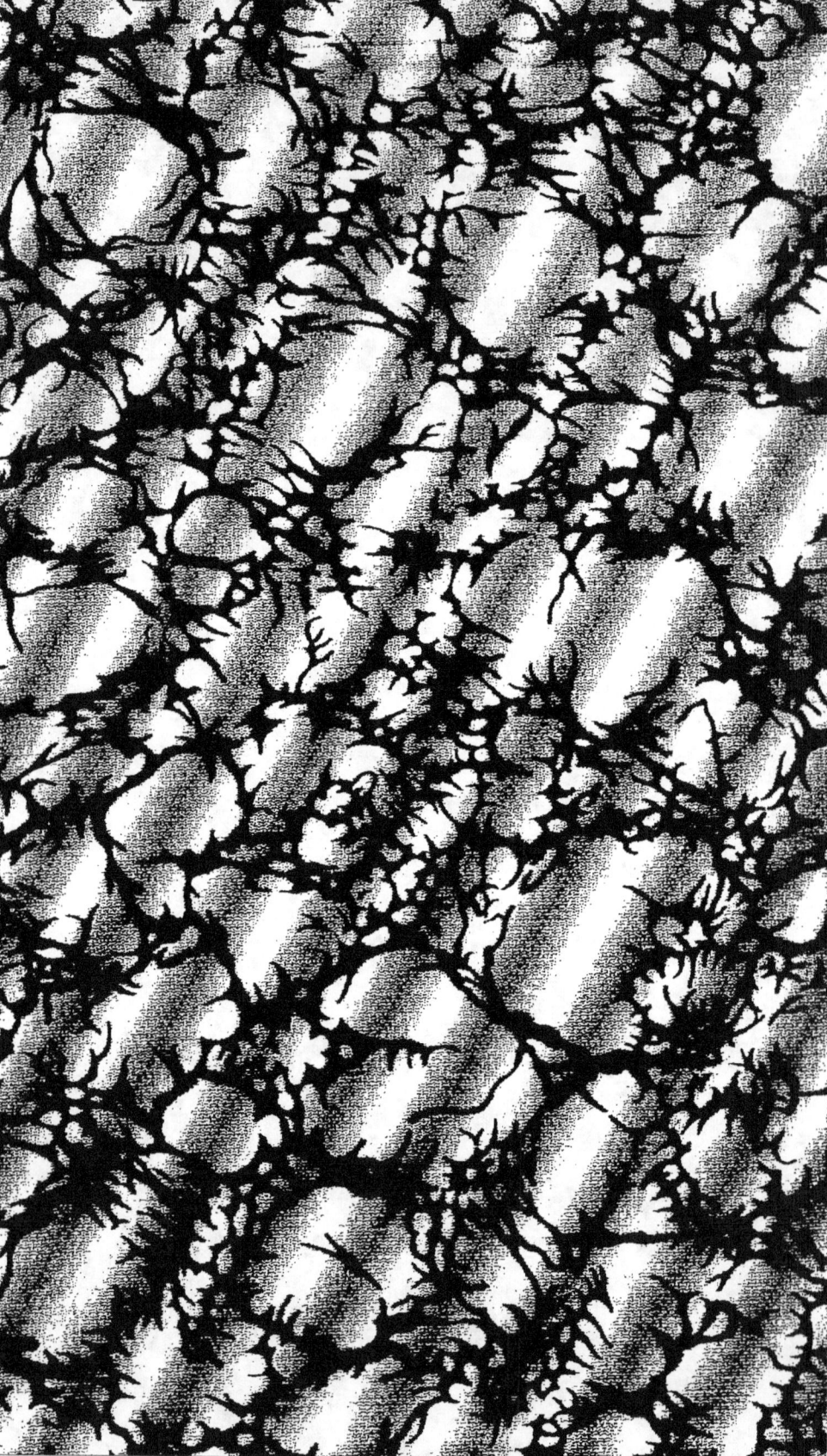

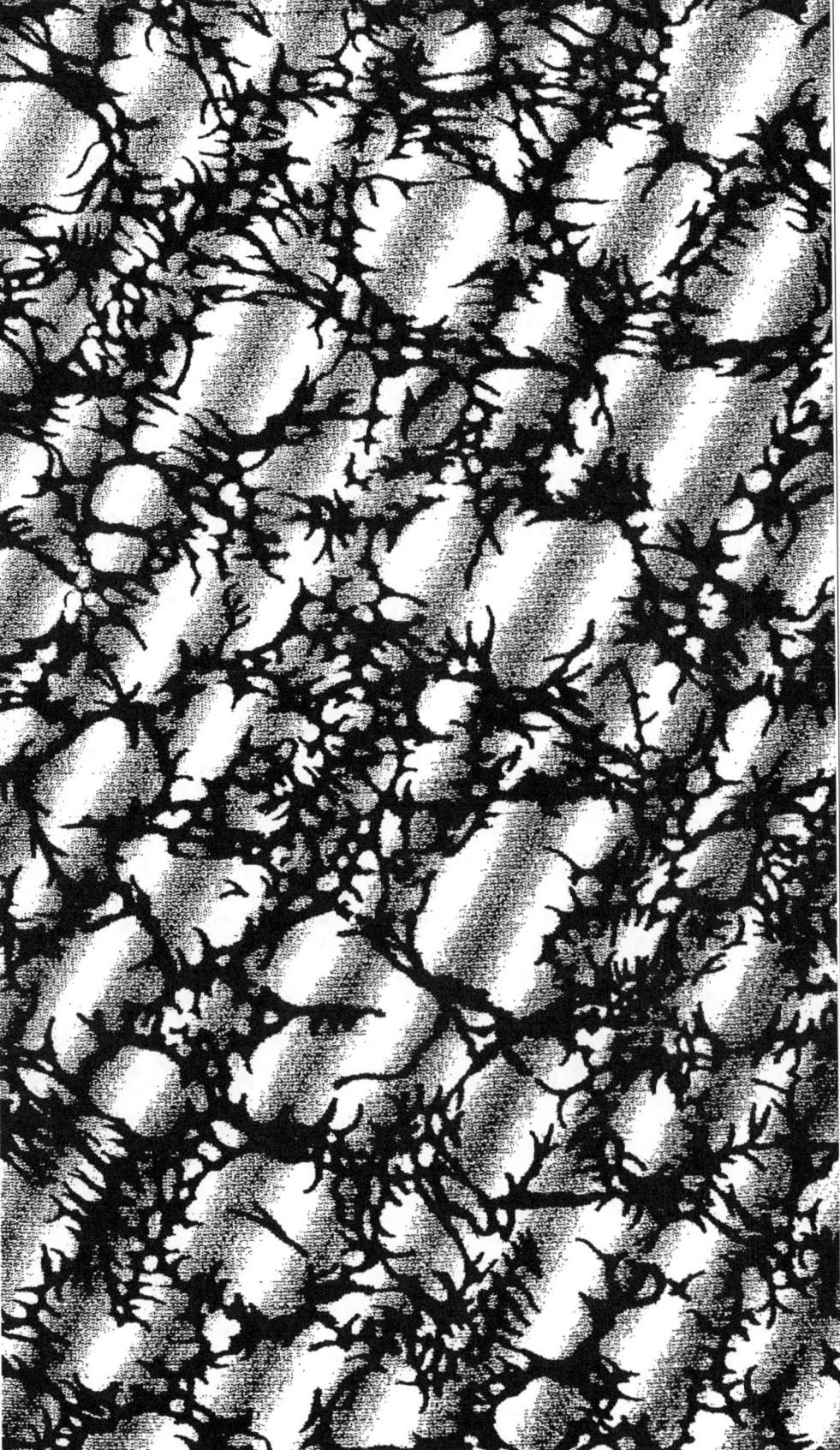

LETTRES

DE

MATHURIN-ANTOINE PECCOT

> La morale, c'est de savoir choisir entre les
> différents devoirs et régler les sentiments,
> mêmes les plus naturels et les plus purs.
>
> (Pensée d'Antoine PECCOT, commissaire près la
> Monnaie à Nantes, père de l'auteur.)

TYPOGRAPHIE FIRMIN-DIDOT ET Cⁱᵉ

MESNIL-SUR-L'ESTRÉE (EURE)

1895

LETTRES

DE

MATHURIN-ANTOINE PECCOT

LETTRES

DE

MATHURIN-ANTOINE PECCOT

La morale, c'est de savoir choisir entre les
différents devoirs et régler les sentiments,
mêmes les plus naturels et les plus purs.

(Pensée d'Antoine Peccot, commissaire près la
Monnaie à Nantes, père de l'auteur.)

TYPOGRAPHIE FIRMIN-DIDOT ET Cie

MESNIL-SUR-L'ESTRÉE (EURE)

1895

AVERTISSEMENT

Ces lettres ont été écrites au courant de la plume. Elles s'adressaient surtout à l'enfant, au jeune homme qu'on instruisait sans cesse, cherchant à élargir son cœur et son esprit.

En publiant ces lettres, j'ai voulu jouir du plaisir amer de faire revivre ceux qui ne sont plus.

J. A. A. P.

DERNIÈRE PENSÉE

DE M. MATHURIN-ANTOINE PECCOT

APRÈS LA MORT

DE CLAUDE-ANTOINE PECCOT

Licencié ès sciences.

MORT A VINGT ANS.

La véritable douleur ne fait qu'augmenter avec le temps ; c'est là son véritable caractère.

Ses ravages ne laissent rien debout.

Ce qui a pu échapper un jour est renversé le lendemain.

C'est un poison lent.

Ses traces sont incessantes.

Le sérieux affligé n'éprouve jamais de sentiments qui réjouissent le cœur, c'est toujours à la mort qu'il s'adresse.

Samedi, 28 novembre 1885.

MM. les professeurs du Collège de France ont reçu communication, dans une de leurs dernières séances, par l'intermédiaire de leur savant collègue, M. Joseph Bertrand, d'une donation qui se produit dans des circonstances particulièrement belles et touchantes. Les cours de mathématiques transcendantes du Collège de France étaient assidûment suivis, il y a quelques années, par un auditeur dont la figure jeune, presque enfantine, contrastait avec l'air grave des savants déjà mûrs qui viennent à ces sortes de cours discuter avec le professeur les problèmes les plus ardus : il s'appelait Claude-Antoine Peccot. M. Bertrand, qui l'avait pour élève, doutait quelquefois que cet enfant pût comprendre des spéculations aussi relevées ; il l'interrogea un jour, et fut surpris de voir que rien ne lui échappait. A partir de ce moment, il l'adopta pour son élève particulier, revoyant ses calculs, lui indiquant, après chaque leçon, les livres qu'il devait aller lire dans les bibliothèques. Claude-Antoine Peccot était déjà un mathématicien exercé. Il ne suivait les cours d'aucune école spéciale; son intention, d'accord avec celle de sa famille, était de se vouer à la science pure, sans aucune application professionnelle. C'était, en même temps, un esprit très distingué. La douceur de son caractère et la parfaite innocence de ses mœurs, jointes à une physionomie des plus heureuses, faisaient de lui une personne extrêmement attachante.

Hélas! tant d'espérances ont été déjouées par la mort. Antoine Peccot fut enlevé, à vingt ans, par une de ces maladies qui sont, chez les jeunes gens, la conséquence d'un travail excessif.

Une commission nommée par l'assemblée des professeurs du Collège de France, mais dans laquelle des représentants de la Sorbonne, de l'École normale et de l'École polytechnique auront leur place, décidera annuellement de l'emploi de cette fondation; ce sera un précieux secours pour bien des vocations en lutte avec les difficultés de la vie. Si une telle institution eût existé, il y a soixante ans, Abel ne fût pas mort de misère. Le nom de Claude-Antoine Peccot sera ainsi l'objet de sentiments pieux et de rappels sympathiques, dans ce monde des grandes recherches mathématiques, où il aurait sûrement marqué sa place, si la mort ne l'eût prématurément enlevé.

Ernest RENAN.

JOURNAL DES MM. DE GONCOURT.

MÉMOIRES DE LA VIE LITTÉRAIRE

1869-1870.

Ici nous sommes intrigués par un personnage original; ce personnage a avec lui un garçonnet délicat, élégant, frêle et frileux, suspendu à son bras, et se faisant traîner paresseusement, à la façon d'un pâle enfant fatigué, un garçonnet auquel il parle brusquement, et qu'il fait volter à tout moment, sous la secousse et la tempête de son agitation nerveuse. Mais le garçonnet ne l'écoute pas, il a le regard égaré au loin, laissant aller devant lui ses deux grands beaux yeux noirs, qui ont des cils longs d'un doigt, des yeux de langueur et de maladie ; et, hiver comme été, il est enveloppé d'un cache-nez, dont le tortillage autour de son cou prend l'apparence gracieuse d'un châle et lui donne je ne sais quelle voluptueuse mollesse d'une jeune femme aux cheveux coupés.

1870.

Dans nos promenades, nous rencontrons, tous les jours, un père et un fils se promenant ensemble (1). Le fils, mince et joli comme une fille, marche le coude appuyé sur l'épaule du vieillard, la main passée derrière la tête, et jouant avec les cheveux blancs du collet : un groupe charmant dans les allées.

LES RETROUVAILLES DE LA VIE

Dans le troisième volume de notre journal, au milieu du récit de la maladie et de la mort de mon frère, je parle de la rencontre journalière, dans le bois de Boulogne, d'un garçonnet souffreteux, d'un garçonnet ayant la gentillesse d'une fille, d'un garçonnet au cache-nez prenant autour de son cou l'aspect d'un châle et toujours accroché au bras d'un original vieillard.

Aujourd'hui une femme en deuil dépose chez moi une lettre, avec une photographie du garçonnet du bois de Boulogne, et qu'elle m'envoie comme une carte de souvenir de l'enfant, dont j'ai tracé un si charmant portrait, me remerciant d'avoir fait revivre l'être bien-aimé.

Dans cette lettre est contenu un article de Renan sur cet Antoine Peccot, mort à vingt ans, etc., etc.

(1) Il a déjà été question de ce père et de ce fils.

LETTRES

DE

MATHURIN-ANTOINE PECCOT

Juillet.

Il est bien difficile qu'il ne m'échappe pas quelques fois, non pas des incorrections de langage, cela va sans dire, et j'ai tort de ne pas y veiller, mais des incorrections de pensées.

En général, j'écris assez vite, et rien de plus simple que de me laisser aller à dire des choses qu'un examen plus sérieux me ferait condamner immédiatement. Ce n'est pourtant pas par ce côté, ce me semble, que je dois pécher.

Les réflexions que je fais, et c'est là surtout le point important, ne datent pas toujours du moment où j'écris, elles ont souvent subi l'épreuve d'un examen, et ces examens, auxquels je me soumets souvent moi-même, sont très sévères. Je cherche à ne me rien pardonner qui soit une faute de jugement ou de goût. C'est bien là sans doute ce qui n'est pas aisé. C'est déjà beaucoup que d'y viser, et je n'ai guère d'autre amour-propre, mais

1

c'est plus que suffisant pour avoir sa part de cet amour-propre dévorant.

Que de sottises ne dit-on pas lorsqu'on se laisse aller à tout ce qui vous vient dans l'esprit, c'est là un des travers de l'humanité, travers contre lequel pour lutter il faut de la force et du courage en même temps qu'une certaine justice, qualité qu'il faut avoir contractée et développée de bonne heure pour pouvoir s'en servir à propos.

––––––

Nantes, 30 août 186 .

Il paraît que ce n'est pas une économie d'aller aux bains de mer, surtout aux bains de Dieppe, quoique la mer, comme disait le Maire de Mesquer, soit une bonne voisine.

A Claude.

Tu aimes mieux, me dis-tu, parler qu'écrire. Tu ne sais pas encore qu'on ne peut pas bien parler quand on ne sait pas bien écrire. Démosthène, Cicéron, Mirabeau, M. Guizot, M. Thiers ont tous été des maîtres dans l'art de développer leurs pensées avec le stylet ou la plume, sur la cire ou sur le papier, tous ceux qui n'ont fait que parler ne sont que des phraseurs, autant en emporte le vent.

Décidément les bains de mer ne sont pas favorables à l'écriture; faute de papier, je clos ma lettre.

Adieu, je vous embrasse.

M. A. Peccot.

––––––

Nantes, sans date.

Je vois par la lettre de Claude qu'il est tous les jours en rapport avec Socrate et Platon; il va acquérir par cette lecture ou mieux par cette traduction l'inflexible logique de l'un et l'éloquence enchanteresse de l'autre, deux qualités si nécessaires dans le monde pour réussir et pour plaire. Mme L... en aurait grand besoin.

A CLAUDE.

30 janvier 1868.

Je n'ai jamais lu dans l'histoire de la Grèce la prise d'Athènes par les Spartiates sans éprouver un sentiment de tristesse et d'irritation. Athènes, la ville des sciences, des lettres, de l'éloquence, des arts, prise, saccagée par des barbares, c'est la France, c'est Paris envahi en 1804 par les hordes de Pandours et par les Cosaques. Les désordres de la place publique, le gouvernement de la populace, coûta la chute de la ville de Minerve; les fautes du premier Empire et d'autres événements dont il est inutile de parler ici amenèrent la ruine de la France.

Si Claude continue, quand j'arriverai il saura toutes les fables grecques; il ne s'agira plus que de savoir nous en servir pour en faire d'autres de notre cru en employant les mêmes mots que notre fabuliste.

Rien de nouveau. Adieu, je vous embrasse.

---

24 juin 1869.

Tel que le cerf qui soupire après les eaux du torrent,
tel celui qui a des loyers à recevoir soupire après le
terme à venir. C'est aujourd'hui la Saint-Jean. Hier au
soir la place Royale était couverte de fleurs et chacun
emportait son bouquet. J'espère que mes locataires vont
en faire autant et que tous, une bourse à la main et à
la file, comme tous les animaux purs et impurs que
Jehova conduisit à Noé pour les faire entrer dans l'ar-
che, ils ne vont pas tarder à arriver.

A CLAUDE.

Le moment approche où nous allons nous plonger
dans les douceurs du grec sans oublier les agréments
du latin. Je suis un peu rouillé avec mon premier livre
de l'*Énéide*; je n'en ai pas lu un seul vers depuis mon
retour.

J'ai commencé à mettre en ordre un certain nombre
de volumes que je veux emporter; ce sont plutôt des
livres à inscrire sur un catalogue qu'à lire pour passer
son temps, mais nous saurons que nous les avons et
nous pourrons les consulter.

Le fameux cirque américain a donné ici cinq ou six
représentations, toujours avec grande foule; tous les
matins, les chevaux (cent au moins), les chameaux,
les éléphants, les chiens venaient se baigner devant
nos fenêtres. Les éléphants restaient une demi-heure
dans l'eau, se plongeant et s'arrosant avec leur trompe,
à la grande joie des spectateurs, petits et grands, qui
bordaient le quai. Ils sont partis ce matin à 4 heures.

Les Espagnols ont terminé leur cirque ; ils attendaient probablement pour commencer le départ des Américains.

Les taureaux, qui doivent figurer dans l'arène, viennent de la Camargue ; ils doivent être à moitié sauvages. Pour mieux exciter la curiosité, le directeur a fait venir de jeunes Andalouses qui ont pour mission de mettre le taureau en fureur au moyen de petites pointes ou hameçons auxquels sont attachées des banderoles de différentes couleurs. Elles ont assez de dextérité pour les leur piquer dans le cou, sans recevoir de coups de cornes.

Je n'ai personne derrière moi pour me dire que je griffonne, et quelquefois ce ne serait pas mal à propos. Mais puisqu'il est bien dit dans l'Évangile : Faites ce que vous disent les scribes et les docteurs, mais ne les imitez pas, je me permets aussi, moi, de te répéter que tu griffonnes à plaisir, et qu'il faut absolument arriver à mieux faire, autrement toutes tes études en souffriraient.

Adieu, je vous embrasse.

Portez-vous bien.

A Claude.

Tu me parles de beaucoup de choses dans tes lettres, mais tu ne me dis rien du latin. Est-ce qu'il se serait envolé avec les fusées aux ailes de feu ; car je ne crois pas qu'il soit dans le sac aux oublis, quoique de tous les sacs connus et à connaître ce soit là le sac capable de contenir le plus de choses.

Si tu ne mets pas ce que je t'écris dans ce maudit sac,

la première fois que tu écriras, dis-moi où tu en es de
ce bon Monsieur Phèdre.

Je t'embrasse.

A Claude.

Il est toujours plus difficile de traiter un sujet donné
par un autre que celui que l'on choisit soi-même, surtout lorsqu'on vous trace un cadre d'où il ne faut pas
sortir. M. Nicolas Martin a voulu te mettre à l'é-
preuve, peut-être a-t-il lui-même déjà exercé sa muse
sur une pastorale. Comme Virgile, il a chanté les bergers,
les champs, il lui reste à chanter les héros, peut-être qu'il
a sur le chantier un poème en douze chants.

Adieu, je t'embrasse.

Cette lettre-ci ne sera pas encore la dernière; je pense
toutefois qu'après elle il n'y en aura pas deux autres.
Claude aura le temps de répondre à l'espèce de défi que
lui a porté le poète d'Auteuil. Il y a déjà trois vers qui
ne sont pas trop mauvais, le quatrième suffirait pour
embarrasser bien des gens, mais nous n'en sommes pas
là et je suis bien sûr que le tableau champêtre commencé est complètement terminé et que, sous la plume
de Claude, les vers ont coulé plus abondamment que les
épis ne tombaient sous la faucille.

Gustave se plaint que dans les bals d'aujourd'hui on
ne trouve que des jeunes filles sortant à peine de l'enfance; il n'y a plus de filles de vingt-cinq ans, du moins
elles ne se font plus voir, peut-être n'ont-elles pas tout à
fait tort. Sacrifier le plus souvent à des gens qui ont

deux fois leur âge, elles attendent que la jeunesse
dorée leur fasse les réparations qui leur sont dues, je
crains pour elles qu'elles attendent trop longtemps.

———

30 janvier.

Le poète Martin fait beaucoup d'honneur à Claude ; ce
serait encore bien mieux si les compliments s'adressaient non seulement à l'interprète, mais encore à l'auteur. D'après ce qu'il a vu jadis, il peut compter aujour-
d'hui sur quelque chose et il ne faudrait pas laisser
croire que l'imagination s'évanouisse au moment où l'intelligence se développe et où l'esprit s'enrichit de connaissances diverses.

Je ne pourrais qu'ajouter à l'éloge que vous faites de
Mme Martin. La femme d'un poète ne peut pas ne
pas être agréable, et, sans être un bas-bleu, elle doit savoir, par les sujets de sa conversation, par l'élégance de
ses expressions, répandre un attrait plein de charmes.

Plus heureux que moi, vous trouvez dans votre entourage, dans les leçons de littérature et de philosophie,
une ressource contre les soucis du présent. Je n'ai d'autre soutien que mes propres réflexions. Je ne compte
pas pour grand'chose mon heure de conversation rue
M... Dans cette maison, comme dans beaucoup d'autres,
les petits intérêts, les petites passions, la petite morale
y dominent trop pour qu'on puisse y trouver des forces.
Il faut presque savoir se suffire à soi-même. Adieu !

———

DERNIÈRE IDYLLE.

Dans un champ tout couvert de ses épis dorés,

De joyeux moissonneurs et leur jeune famille
Faisaient tomber partout l'épis sous la faucille ;
L'air était calme et doux et les cieux azurés.
Ces heureux moissonneurs, cœurs naïfs, âmes pures,
Exempts d'ambition, de soucis dévorants,
De l'aurore au couchant travaillent sans murmures
   Et s'endorment contents.
Près du beau champ d'épis se trouve une fontaine ;
Les moissonneurs y vont souvent se rafraîchir,
Quand le soleil brûlant a desséché la plaine,
   Chassant le doux zéphir.
Dans l'onde transparente, on voit une couronne
D'or et de diamants ; nos sages moissonneurs
Préfèrent à cet or, à ses joyaux trompeurs,
   La moisson que Dieu donne.

      Claude-Antoine PECCOT,

       à l'âge de onze ans (1).

       Nantes, 17 décembre 186 .

Les robes, m'écrit Claude, sont très jolies, je n'en doute pas ; celles à qui elles sont destinées sauront encore les faire valoir, tout sera pour le mieux.

L'arrivée d'Honorine va te rappeler le souvenir de sa mère, Mme Desparros, qui a été si aimable pour toi. A des qualités de premier ordre, Honorine joint tous les agréments de l'esprit.

A CLAUDE.

J'ai porté un jugement téméraire en mal parlant de l'emploi de ton temps.

Le récit de ton voyage à Paris, avec le catalogue de tous les livres que tu as achetés avec Julie, prouve qu'entre la cotelette du matin et le potage au vermicelle du

(1) Je place ici ces vers en souvenir de l'enfant aimé.

soir vous savez trouver le moyen de mettre ceux qui sont retenus au loin au courant de ce qui se passe dans la maison. Je tâcherai de ne pas être trop longtemps sans aller te voir, afin de nous ragaillardir avec un peu de mathématiques.

Je t'embrasse.

———

Nantes, mai.

Jadis quand j'étais sur une route, j'étais rarement atteint par ceux qui venaient derrière et je dépassais souvent ceux qui marchaient devant moi ; aujourd'hui, je me laisse volontiers attraper et je ne cherche pas à devancer, *non procedentibus insto ;* je pourrais pourtant compléter le vers d'Horace et dire avec lui :

Non tardum opperier nec procedentibus insto.

« Je n'attends pas les lambins et je ne marche pas sur les talons de ceux qui me précèdent. »

Est modus in rebus : « Il y a une moyenne en toute chose ». Cette moyenne, à la vérité, c'est la décadence dont il faut savoir se contenter. On dit pourtant que c'est dans cette moyenne que s'est réfugiée la sagesse ; ce sont de ces choses que l'on débite pour sa consolation, mais qui ne vous satisfont guère ; il vaudrait peut-être encore mieux sortir par-ci par-là des lignes de la raison et du bon sens, sauf à y rentrer par un retour heureux.

Dieu fit du repentir la vertu des mortels.

Avec un peu de bonne volonté et de mémoire, on peut trouver des raisons passables pour chaque acte de la vie.

Non mihi us, sed me rebus subjungere conor.

———

Nantes, mai.

Dans certaines conditions d'esprit et de corps, la vie n'est qu'un embarras; on y tient pourtant, on s'y cramponne sans bras, sans jambes, sans langue, sans oreilles, c'est à peine si l'on vit; mais, comme dit Mérimée, on est content et on a souvent raison de l'être, car tout s'emmanche, se mêle, se brouille dans notre existence éphémère, le néant, l'éternité; il y a bien des gens dans la cervelle desquels rien de tout cela n'est jamais entré, ils n'ont pas été plus malheureux pour cela, ils sont partis comme ils sont arrivés.

Villars, apprenant que le maréchal de Berwick avait eu la tête emportée par un boulet, s'écria en jurant : Cet homme-là a toujours été heureux. Ce mot de Villars n'est peut-être pas ce qu'aurait dû être le mot d'un homme qui, à Denain, a sauvé la France; mais n'importe.

Mme L... a reçu sa robe, robe qui, dans ce moment-ci, fait sa joie et qui, dans huit jours, fera son honneur. Je lui disais que deux robes n'auraient pas été de trop, l'une pour la ville et l'église, l'autre pour le festin. C'est bien ce qu'elle pensait aussi elle, mais douze cents francs à dépenser l'ont effrayée. A son regret, il a fallu se borner à sa qualité de dame d'honneur générale. B... a trois robes, dont une de bal et peut-être une quatrième pour le lendemain. Mme Bazin, la tailleuse, n'est pas celle qui dispose la toilette de la mariée; au-dessus d'elle, dans la ville, il y en a une autre qui a la possession de toutes les jeunes filles comme il faut, ou qui ont la prétention de l'être. Je ne sais pas son nom, néanmoins Mme Bazin a un grand style.

C'est Velasquez, homonyme d'un grand peintre, qui

habille le petit-fils; celui qui l'a coiffé est un chapelier renommé par son étalage et son luxe. La chaussure a été aussi, elle, un article sur lequel il aura fallu veiller; mais, dans notre cité, les artistes en ce genre ne manquent pas; il a deux chemises de 16ᵗˢ chaque, il faudra qu'il s'en contente; je ne dis rien des bas qui, je suppose, seront de la soie la plus fine; quant aux gants, c'est à son goût qu'on se fie.

Si après avoir été reçu licencié, docteur, agrégé, etc., Claude a la chance, l'habileté ou le bonheur de faire un heureux choix, il vous restera la tâche de veiller à sa toilette qui, sans être l'essentiel de l'homme, n'est pourtant pas à dédaigner. Dans le vrai monde, bien se mettre est une qualité qui n'est pas donnée à tous, et que justement pour cela on doit chercher à acquérir. La toilette bien entendue n'est point exclusive des choses de l'esprit, elle dénote même un certain goût, qui d'un sujet passe à un autre et vous accompagne partout, et dans ce genre l'habitude de bien faire, fait, qu'avec la plus grande élégance, on conserve toujours la même simplicité; quand la prétention et la recherche s'en mêlent, la toilette n'est plus qu'un fatras.

Dans ce grand gâchis politique dans lequel nous chevauchons, il n'est peut-être pas mal d'avoir en soi quelque chose qui vous distingue de la foule et empêche qu'on ne vous confonde avec la tourbe. Une mise élégante et d'un bon goût irréprochable est un premier moyen qu'on aurait tort de négliger. Il faut autre chose pour se distinguer et conquérir une vraie place, mais les petits moyens conduisent aux grands et préviennent d'ailleurs en votre faveur.

Ce qui me fait parler ainsi ne vient pas sans doute du

goût pour la chose, c'est plutôt le résultat de l'observation et d'une petite connaissance des choses du monde,
mais peu importe d'où cela vienne, il suffit qu'on en reconnaisse la justesse et l'utilité, pour qu'on cherche à s'y
soumettre, d'autant que le goût de la toilette se mêle à
d'autres soins auxquels on n'a pas le droit de se soustraire.

———————

Nantes, mai.

Cicéron, qui a dit beaucoup de bonnes choses, faisait
merveilleusement bien les récits. Quand il en avait un
à faire, il y déployait une grâce inimitable. Chez un écrivain de premier ordre comme lui c'est là une qualité,
sinon la plus grande, mais c'en est une.

Lorsque, dans ce que je puis avoir à dire, il y a un récit
à faire même long et varié dans ses incidents, c'est là,
ce me semble, la partie de ma lettre qui m'est la plus
facile et dont j'ai le moins de peine à me tirer sans embarras. Il faut qu'à mon insu j'aie quelques-unes des
qualités de celui qui raconte passablement. Le véritable
mérite de celui qui raconte bien, c'est évidemment l'ordre, la simplicité et la clarté. Or, déclarer qu'on se sent
ces trois qualités-là, ce n'est pas faire preuve de trop
grandes prétentions et cela doit nous être permis.

C'est ce don de dire simplement, naturellement, élé-
gamment ce que l'on a et ce que l'on doit avoir dans
l'esprit à chaque occasion, que je voudrais voir se développer chez Claude, non pas que, lorsqu'il fait attention,
il dise mal ce qu'il a à dire, mais il s'y renferme trop, la
variété n'y brille pas et il a trop vite fini. D'un sujet il
passe à un autre pour ainsi dire sans liaison, sans se préoc-

cuper d'en chercher et dans une lettre tout devrait être tellement lié, enchaîné, que ça ne fît qu'un ensemble. Les choses les plus disparates ont toujours des points par lesquels on peut les rapprocher les unes des autres. Quand ce ne serait qu'un exercice que l'on s'imposerait, cet exercice est excellent et pour l'esprit et pour le style.

Mars 1871.

Je réponds aux deux lettres à la fois : tes vers valent beaucoup mieux que ta prose. Pour faire des vers, il faut nécessairement apporter une certaine application et cette application vous fait éviter beaucoup de mauvaises expressions, de mots impropres, quoique pourtant ce ne soit pas le but que l'on veut atteindre. Mais comme nous faisons de la prose sans nous en douter, rien de plus facile que de faire de mauvaise prose ; et, à force de se laisser aller à se contenter de l'à peu près, on finit par ne pouvoir pas même dire ce que l'on a dans l'esprit.

Ainsi il est bien entendu qu'à l'avenir nous nous appliquerons autant à notre prose qu'à nos vers.

On peut dire des phrases de ta traduction ce qu'on a dit des épigrammes de Martial : *Sunt bona, sunt mediocria, sunt plura mala.*

Tandis que si tu y apportais un peu plus de travail et de soin, on pourrait dire : *Sunt mala, sunt mediocria, sunt plura bona* et même *omnia sunt bona.*

Newton a découvert les lois de l'harmonie de l'univers, il a été un grand poète à sa manière, le traduire en vers n'est donc que parler son langage.

Je n'ai pas bien suivi la mesure et la rime des deux

derniers vers; lorsque tu m'en enverras d'autres, joins-y ces deux-là.

Je compte aussi sur une version pas trop longue, mais traduite à l'Archambaud.

BINOME DE NEWTON

MIS EN VERS

PAR CLAUDE-ANTOINE PECCOT

A L'AGE DE QUATORZE ANS.

Si vous voulez avoir la puissance p^{eme}
Du binome $x + a$, il faut d'abord former
Les puissances première et seconde et troisième
Et quatrième, ainsi jusqu'à la p^{eme}
Mais le travail est long. Cherchant à l'abréger,
Newton trouva ce que je m'en vais démontrer :
Si vous multipliez $a + x$, par lui-même
Vous aurez un produit de trois termes, x^2
    $+ 2\ ax + a^2$
  Pour la puissance troisième
    x^3, 3 ax^2, 3 $a^2\ x$, $a3$
Polynome homogène et dont l'indic est 3
    Égal au degré de puissance
  Où l'on doit élever le binome $x + a$,
Pour la loi qui régit les exposants d'x d'a,
Elle est facile à voir, car d'abord c'est l'absence
D'a dans le premier terme et d'x dans le dernier,
Et puis tout au contraire on voit x élevée
Dans le terme premier comme a dans le dernier
    A la puissance cherchée
    Pour le binome $x + a$
    Et cette puissance-là,
Du dernier au premier pour a d'un diminue
A chaque terme, puis comme $(x + a^3)$ a
    4 termes, on a la suite continue

$$a^0 + a^1 + a^2 + a^3$$

Pour x on a l'inverse. On a donc $+ x^3$
$+ x^2 + x^1 + x^0$; c'est la règle
Des exposants d'x, d'a. Les coefficients
Ne vont pas simplement comme les exposants,
On n'en voit pas la marche. Pour en avoir la règle
   La simplification
Qui se trouve au produit fait la confusion.
Ne multiplions plus $x + a$ par lui-même,
Mais multiplions-le plutôt par $x + b$:
   $+ x^2 + ax + bx + ab$
  Est le produit. La puissance 2me
  Facilement s'en obtiendra
En faisant b de même valeur qu'a ;
  Puis le ci-dessus produit donne
   Multiplié par $x + c$
   $x^3 + ca + b + c$
   $x^2 + cab + ac$.
   $- bc) \times + abc$ qui donne
  Égalant a,b,c le cube d'$x + a$.
Dans ce produit on voit la loi trouvée
Pour les exposants d'x, pour les exposants d'a.
   Cette lettre étant changée,
Ils ne sont plus. On n'a plus maintenant
Qu' x^a, 123. Leur coefficient
Pour x^3 il est un, pour x^2 c'est la somme
   Des termes seconds
   De chaque binome,
  Si l'on fait leur multiplication
D'a par b, puis par c de b par c du terme
   En x on a le coefficient.
  Le coefficient du dernier terme,
Du terme en x ayant o pour exposant
   Des seconds termes des binomes
   Est le produit. Les polynomes
Que successivement on formerait ainsi
   Que l'on a formé celui-ci,
   Par les produits des binomes
$(X + A) (X + b) (X + C) (X + D)$
Suivent la même marche. En effet, si le nombre
Des binomes pour qui la règle est vraie est p,

Nous allons démontrer qu'elle l'est quand le nombre
    Est augmenté d'une unité.
Pour un, pour deux, pour trois la chose est vérifiée
    Et lorsqu'on aura démontré
      La chose plus haut énoncée
La règle étant pour trois, pour quatre aussi sera
    Pour cinq, pour six et cœtera.
Or p binome donne en faisant si égale
    $+ a + b + c + D + E + P$
S^2 égale $ab + ac - L P$
      Cette formule-ci
$X^m + S X^m + 1 S X^m + {}^2 S X^m + {}^3 S X + S \ (1)$
    Pour voir qu'elle est égale
Lorsqu'il se trouve un binome de plus
Introduisons-en un. Comme l'on voit la chose
Et qu'il est très facile à voir qu'elle est la cause
En suivant le calcul où nous sommes rendus
Nous en parlerons peu. Mais si l'on multiplie
X par la fonction (1), on voit d'une unité
Dans chaque terme, d'x l'exposant augmenté
    Par cela donc chaque terme se plie
Multiplié par a pour s'unir au suivant.
Multiplié par x. Si dans chaque binome
Les deux termes sont égaux, alors leur somme
    D'$x^{\,p}$ — ^{1}, le coefficient
Egalera $pa!$ Du troisième terme
On voit que l'on aura pour coefficient
M — 1 par a^2 par m multiplié
    Ensuite par 2 divisé,
Car, en effet, ce nombre étant
A dont deux est l'exposant,
Nombre égal à chacun des produits des m lettres
    Deux à deux multiplié
Par les combinaisons d'm lettres
Deux à deux. Maintenant les produits abc
    Égales a^3 et lui nombre
D'm lettre 3 à 3 les combinaisons. Or
Chacun sait qu'on trouve ce nombre
Multipliant par m par m — 1 encor
M — 2, puis par six divisant, c'est-à-dire
    Par deux multiplié par trois,

Ainsi de suite. On peut maintenant donc écrire
Cette formule dont nous avons dit les lois;
Faisant x égale a, cette formule donne
   C $a + a$ puissance m ou deux a puissance m
Ou les combinaisons de lettres en nombre m
   2 à 2, 3 à 3 multipliant am.
   Cette formule est donc bonne
   Pour démontrer ce théorème-ci
   L' puissance m donne
   D — m lettres les combinaisons. Voici
   Ce que l'on peut encor voir en cette formule
   Les coefficients pairs
En valeur absolue égalent les impairs.

---

8 mars 1871.

La maison d'Orléans nous menaçant d'une invasion, je vous envoie un petit tableau de la famille. Je crois n'en avoir rien dit qui ne soit conforme à la vérité.

   1° Monsieur, frère de Louis XIV, mort en 1701.
   2° Le Régent, son fils, mort en 1723.
   3° Le fils du Régent, mort en 1748.
   4° Le père de Philippe-Égalité, mort en 1785.
   5° Philippe-Égalité, mort en 1793.
   6° Louis-Philippe,
   7° Le duc d'Orléans,
   8° Le comte de Paris.

Je laisse de côté les frères, les sœurs et leurs enfants, la liste en serait trop longue, il faudrait avoir recours à l'Almanach de Gotha. Cela forme une colonie comme celle du père Jacob et de ses enfants partant pour l'Égypte

(1) Formule donnée en prose.

et allant trouver Joseph; c'est M. Thiers qui va jouer le
rôle de Joseph.

Le premier Monsieur était au fond un vilain personnage, il ne manquait pourtant ni de gaieté, ni d'esprit,
ni de courage; Saint-Simon dit qu'il était l'âme de la cour.
Sa première femme, Henriette d'Angleterre, petite-fille de
Henri IV, mourut empoisonnée; on l'accusa de n'être pas
resté étranger à sa mort. D'une princesse allemande,
très grande écrivailleuse, il eut le Régent. Le second, le
Régent, était bien né; il avait des qualités nombreuses,
mais une mauvaise éducation. L'oisiveté et l'hypocrisie
du règne de Mme de Maintenon perdirent tout. Le dévergondage de sa vie privée est resté comme le type du genre.

Entre le trône et lui il n'y avait qu'un enfant; par sa
conduite, il sut faire taire les soupçons injurieux que ses
ennemis répandirent sur son compte. Plus tard, cet
enfant, qui fut Louis XV, lui rendit témoignage.

A la suite d'un de ces fameux soupers du Palais-Royal,
il mourut jeune encore d'une attaque d'apoplexie.

Le troisième, le fils du Régent, débauché dans sa jeunesse, fut dévot dans l'âge viril; il ne joua aucun rôle et
se livra à l'étude des langues et des lettres.

Le quatrième, le père de Philippe-Égalité : un mot
peut faire connaître ce qu'il devait être. La comtesse du
Barry lui disait un jour en lui frappant sur le ventre :
Courage, gros père, nous arrangerons tout cela, ça ira
bien!

Le cinquième, Philippe-Égalité, est plus que connu; il
avait épousé la fille du comte de Penthièvre, petit-fils de
Louis XIV par Mme de Montespan. Son beau-père lui avait
transmis sa charge de grand amiral de France.

La reine avait toujours eu de l'aversion pour ce personnage. Cette aversion alla jusqu'à l'inimitié et lui fit peut-être commettre une injustice.

Elle chercha l'occasion de lui ôter sa charge de grand amiral pour la donner au comte d'Artois.

Pendant la guerre d'Amérique, un combat naval eut lieu contre les Anglais ; ce combat porte le nom de combat d'Ouessant. On accusa le duc d'Orléans d'avoir manqué de courage. Accusation probablement fausse, le manque de courage n'étant pas le défaut des d'Orléans. Sa charge lui fut enlevée et donnée à celui qui depuis fut Charles X. Le duc en conserva un vif ressentiment et il ne négligea aucune occasion d'insulter et de poursuivre la reine. Il se livra pieds et poings liés à toute la canaille du temps, solda les assassins, enfin se dégrada jusqu'au bout.

Entre lui et la branche aînée, et même entre lui et beaucoup de gens en France, il y a une mare de sang que le temps ne saurait détruire. Louis XVI et Marie-Antoinette sont toujours là debout comme des spectres.

Moins d'un mois après la reine, il périt sur l'échafaud, laissant deux fils, dont le plus jeune mourut quelques années après profondément affligé de la mort de son père.

Le deuxième, Louis-Philippe, eut d'abord le malheur d'être le fils de son père. Il ne protesta point, ni par ses paroles, ce qu'on aurait pu lui pardonner, ni par ses actes, ce qui était impardonnable, contre le vote du 21 janvier. Il resta à l'armée commandant une division sous Dumouriez qui avait la folle prétention de vouloir rétablir la royauté dans la branche d'Orléans. Dumouriez voulut marcher sur Paris ; ses troupes refusèrent de le suivre ; il passa aux Autrichiens livrant prisonniers cinq commissaires de la Convention. Le prince l'accompagna.

Pendant l'émigration le duc voyagea aux États-Unis, il revint en Europe et eut l'habileté d'épouser la fille du roi des Deux-Siciles ; on l'a accusé d'avoir, pendant la guerre d'Espagne, demandé de l'emploi à Wellington dans l'armée anglaise pour servir contre la France.

Les événements de 1814 et de 1815 le ramenèrent lui et les autres.

La Restauration lui rendit tous ses biens. A son avènement au trône, Charles X lui fit la gracieuseté de lui accorder le titre d'Altesse royale. Il n'était alors qu'Altesse sérénissime : titre que Louis XVIII, qui ne l'aimait pas, lui avait toujours refusé. Tout en remplissant ses devoirs de sujet fidèle, il préparait, comme on dit aujourd'hui, sa candidature. Il accueillit dans son palais les chefs de l'opposition hostile, dans un but de popularité ou plutôt de populasserie : il déconsidéra presque ses enfants.

La révolution de 1830 nous le montre d'abord donnant des poignées de mains à tout le monde. Peu à peu ces familiarités disparurent ; les chers camarades furent tenus à distance.

On se garda de réveiller le souvenir de 89, on entendit parler de nouveau du petit-fils d'Henri IV, du petit-fils de saint Louis.

Tous ces faits que j'ai racontés de mémoire, bien entendu, mais qui sont vrais, font de la maison d'Orléans jusqu'à Louis-Philippe une famille pour laquelle il est permis de ne pas avoir beaucoup de sympathies. Quant à Louis-Philippe, même en laissant de côté les faits de 93, c'est un personnage pour lequel on n'est point obligé d'avoir ni admiration ni enthousiasme. A force de vouloir être habile, il n'eut plus ni simplicité ni élan. Ce qu'on peut en dire de mieux, c'est qu'il avait une capacité incontestable et qu'il valait au moins autant que ses contemporains.

La mort tragique du duc d'Orléans fut doublement à regretter; s'il eût vécu, il eût fallu compter avec lui; ni son père, ni même M. Guizot n'eussent pu l'escamoter. Au lieu de vivre dans la contemplation d'eux-mêmes comme les dieux de l'Inde, le roi et son ministre auraient été obligés de donner du mouvement à la machine. Le mouvement, c'est la vie, et à ce moment-là, comme aujourd'hui, tout le monde voulait vivre. Si le comte de Paris a comme prétendant les qualités qu'il doit avoir, la gaieté et l'esprit de quelques-uns de ses ancêtres, la bravoure de tous, le savoir-faire de l'un et la bonne volonté de l'autre, sans certaines taches dont j'ai parlé, nous nous consolerons de nos malheurs et nous dirons comme le saint roi David : Il était bon que nous fussions éprouvés!

J'ai reçu votre lettre et je vous adresse quelques pages que j'ai écrites hier sur la famille d'Orléans. J'y dis bien un peu de mal de Louis-Philippe pour être conséquent avec moi-même, mais pas trop cependant, peut-être même moins que je n'en savais, comme disait un critique des *Débats* dans une pareille occasion.

On affiche partout une pancarte qui annonce à la France que l'Assemblée a prononcé la déchéance de l'empereur Louis Napoléon Bonaparte et de sa famille et qu'elle a déclaré en outre qu'il était la cause unique de tous nos maux. Sur cette même pancarte est écrit aussi en petits caractères, mais que l'on peut lire sans lunettes, que depuis le jour où le peuple de Paris, dans sa juste indignation, avait chassé les représentants, dispersé le Sénat, et choisi des hommes de vertu et d'honneur seuls dignes de représenter un grand peuple, tout ce qu'il était humainement possible de faire pour le salut de la patrie avait été fait par ces hommes dévoués; que depuis la chambrière de Glais-Bizoin jusqu'au portier de Gambetta, chacun avait fait son devoir jusqu'à l'héroïsme.

Activité, courage, abnégation, désintéressement, aucune qualité n'a fait défaut aux membres de la Défense nationale.

Et voilà pourtant ce qu'on nous débite avec une impudence effrontée, et nous applaudissons, et nous ne sentons pas qu'on nous crache à la face. Nous n'avons pas le droit de nous plaindre. Ce ne sont là, du reste, que les bagatelles de la porte, incessamment les grandes farces vont commencer dans l'intérieur.

————

Nantes, 4 juin 1871.

A l'Académie vous avez été entendre l'éloge de M. Guizot, de M. Guizot qui, par son talent, a bien pu arriver à la suprématie, mais qui n'y est pas parvenu par son caractère. Dans ces vingt années de discussion politique de Louis-Philippe, tout en reconnaissant la vigueur d'esprit du personnage, sa supériorité incontestable, on sent néanmoins que ses antécédents sont fâcheux et que sa position est fausse, la véritable grandeur lui échappe. Je ne suis pas étonné que M. Dumas n'ait rien dit de sa vie politique; sauf l'éloge de ses lettres diplomatiques en Angleterre, il s'est contenté de rappeler la partie littéraire et historique de l'écrivain. Sa part est assez belle, là comme ailleurs. Les événements de 70, ses ignominies, ont jeté sur toutes choses des tristesses dont tout le monde se ressent. M. Guizot est disparu du monde politique, et depuis trente ans bien des choses sont passées.

Comme pour justifier le choix de l'Académie, Claudine a préféré le discours du savant à celui du lettré... J'aime autant ne pas avoir à choisir.

Un éloge inconsidéré, où l'exagération domine, hors de propos, s'appliquant à peine à la personne, une critique sans justesse ni vérité, laissent soupçonner des sentiments de jalousie, ne répondant d'aucune manière au besoin d'un public sérieux et impartial, qui avant tout cherche l'art et le vrai.

Un compte rendu n'est bien fait qu'autant que les portraits que l'auteur a dessinés et analysés se reconnaissent immédiatement, détachés de l'ensemble, comme une figure distraite d'un groupe de personnages.

Les critiques sont souvent des hommes médiocres, souvent aussi ils ont à parler d'artistes de peu de valeur; il est difficile que leur travail ne s'en ressente pas.

Dans nos appréciations volontaires et libres nous devons être circonspects, pour ne pas nous exposer à nous donner des démentis à nous-même.

Être agréable aux autres en ne disant que la vérité est presque un embarras, et dans certains cas un embarras plus grand qu'on ne s'imagine.

————

Nantes, sans date.

Pauline Leray épouse le fils du fameux Leroy d'Étioles,

médecin comme son père et fort riche, et, de plus, père de deux enfants : *cedant arma togæ.*

Je viens de lire *in extenso* les discours de l'abbé Lacordaire et de M. Guizot. Le dominicain eût mieux fait de rester enfermé dans son froc. Bien différent est de tonner à son aise dans une chaire, devant un public toujours un peu mêlé et d'ailleurs souvent plus que bienveillant, que d'avoir à prononcer devant une assemblée d'élite et en présence de juges qui ont le droit d'être sévères un discours écrit et longuement médité et poli dans le cabinet. Ma phrase est si longue que j'ai cru que je n'en sortirais pas; en un mot, le discours du père Lacordaire, sauf quelques expressions heureuses, comme en trouvent, du reste, même des plumes médiocres, est malheureuse tant dans la forme que dans le fond.

M. Guizot n'a pas eu de peine à conserver sa supériorité. Sa réponse au récipiendaire, sans être à un point de vue général complètement satisfaisante, a une valeur non seulement dans les pensées, mais même dans l'expression qui dépasse de beaucoup la hauteur du père Lacordaire.

Nantes, avril.

L'homme est toujours le même, un amas de boue animé par un souffle. Malheureusement ce souffle n'est souvent que l'exaltation du corps, et la véritable intelligence et le sens moral n'y sont guère qu'en germe. Partout où l'on va, l'on n'entend que plaintes et murmures. Tel maudit son sort, tel autre son travail, tel autre son patron et plus haut autre chose, mais partout

des gémissements, des ennuis, des soucis. Ceux qui pré-
tendent avoir la science infuse, quels remèdes appor-
tent-ils à tous ces maux réels ou imaginaires? car nous
ne savons pas ce qu'ils sont, c'est là notre plaie, c'était
là la plaie de Job. Contentons-nous de ce qui est en
nous, je veux dire de l'intelligence et de la conscience.
Si l'intelligence tend à s'égarer, la conscience la ramène
et si la conscience se renferme dans des bornes trop
étroites, l'intelligence s'échappe par la tangente, c'est
la seule ressource que nous ayons, et nous ne pouvons
pas en avoir d'autre.

Combien de gens et qui en valaient bien d'autres, ont,
par des travaux incessants et jusqu'à la fin, échappé à
ces grands problèmes qui ont tant occupé non seulement
les philosophes de profession, mais tous ceux qui pensent,
et quels sont donc ceux qui ont le mieux rempli et fini
leur temps passé sur la terre? C'est encore ce que nous
ne savons pas. La science vaut-elle mieux que l'ignorance? Et qu'est-ce donc que cette science dont le monde
se glorifie? tant vieux que l'on veuille ou que l'on puisse
faire notre globe, nous sommes encore plus jeune que
lui! Tout n'est autour de nous qu'obscurité et ténèbres
qui ne sont pourtant pas une nuit complète, par cela
seul que nous avons vu, compris ou même soupçonné
quelque chose du monde. Nous savons de science certaine que dans notre nature, il y a quelque chose qui ne
peut pas disparaître.

De tous les guides que l'on peut prendre dans la vie,
le plus mauvais c'est l'égoïsme, car d'un égoïsme il
faut passer à un autre et c'est sans fin. Les satisfac-
tions qu'on se procure ainsi ont peu de valeur, et ne
résistent pas à la moindre réflexion, au moindre retour

sur soi-même. La faiblesse d'esprit, quand cet égoïsme n'est pas une passion violente, en est généralement la compagne assidue. Quels plus grands défauts peut-on avoir? C'est un grand malheur de ne pouvoir jamais apporter de bonnes raisons à ce que l'on a fait ou à ce que l'on a intention de faire. Toujours pour point de départ l'instinct particulier qui est bien loin d'être ce qu'il paraît, c'est là le malheur de la société; la cause de toutes les ruptures, de tous les malaises du cœur, c'est à déraciner ce sentiment-là de son propre cœur qu'il faut travailler si on a le désir d'être quelque chose.

On n'est pas sans connaître certaines personnes qui mettent en pratique ces sentiments-là avec audace. Profiter d'une occasion pour leur faire sentir où la pointe vous pique ne serait peut-être pas mal à propos.

——— ———

Nantes, sans date.

A CLAUDE.

On peut travailler douze heures par jour à orner son esprit et former son jugement sans ouvrir un livre et sans écrire une ligne, il suffit d'observer et de réfléchir.

Quand Homère a écrit ses deux poèmes, la seule étude qu'il eût faite était celle des hommes et des choses, des événements de la vie, et pourtant il a fait deux chefs-d'œuvre, où l'imagination ne le cède en rien au bon sens.

Mais comme tout le monde n'est pas Homère, on ne fait pas mal en n'agissant pas tout à fait comme lui.

Adieu, je vous embrasse.

—— ———

J'étais hier dans les idées philosophiques, ce qui ne peut pas vous mener bien loin. Mais enfin, de temps en temps, c'est un besoin de l'esprit auquel il ne faut pas trop résister, quoiqu'au fond la science philosophique soit tout ce qu'il y a de plus vague et de plus incertain.

Dans une pareille étude il n'y a réellement de vrai et d'intéressant que l'histoire des systèmes et des rêveries des hommes aux différents âges du monde pour expliquer ce qui nous tourmente, et dans ces systèmes et dans ces rêveries que de choses nées les unes des autres, que de redites, pour ne pas avoir l'air de croire ce qu'un autre avait dit avant vous.

Tous les philosophes sont plus ou moins forts quand ils racontent ce qu'ils critiquent des travaux de leurs devanciers, mais ils sont tous sans exception plus ou moins faibles quand ils exposent les leurs, c'est là surtout qu'il est vrai de dire : La critique est aisée, mais l'art est difficile.

Quand on n'est ni poète, ni artiste, ni philosophe, ni un véritable homme du monde, quel rôle peut-on jouer dans la société? La société même, quand elle est composée de gens vulgaires, ce qui lui arrive presque toujours, a besoin d'être réveillée et ravivée par des propos un peu excentriques. La raison seule n'y fait guère entendre son langage qui deviendrait bien vite soporifique. Parler à propos et en connaissance de cause, voilà le secret de la conversation. Vous êtes le roi des salons, disait l'Empereur à Talleyrand. — Sire, je ne cours jamais après la balle, mais quand elle me passe entre les jambes, je ne la manque jamais. Avant tout, soyons clairs et précis. Rappelons-nous le mot de Mme Jalabert à son fils Fabius : Tu y as été, tu en es revenu, tout est dit.

Quoique la princesse Mathilde n'ait pas aujourd'hui l'importance qu'elle avait pendant les premières années de la présidence, cependant son suffrage et son salon ne sont pas à dédaigner. Dans ce salon d'ailleurs, il doit se trouver de bons juges et les bons juges sont la bonne fortune des artistes.

Nantes, 1871.

La version sur Tibulle n'est peut-être pas écrite avec l'élégance et la déférence qui étaient dues à un favori des muses.

Pour savoir à quoi s'en tenir sur le faux amour de la patrie, sur l'hypocrisie dans l'expression de la douleur, sur l'intérêt personnel qui se cachent sous le voile de l'intérêt général, il n'est pas besoin de recourir à l'antiquité. Mais comme les sentiments opposés sont vrais aussi, s'ils se rencontrent moins souvent, rappelons-nous cette grande phrase de Pascal :

Si l'homme s'élève, je l'abaisse ; s'il s'abaisse, je l'élève pour lui montrer qu'il n'est qu'un être incompréhensible.

Je couche au milieu de mes livres brûlés, (un incendie avait à moitié détruit notre bibliothèque), un chat s'est introduit subrepticement qui va peut-être chasser les souris.

Adieu, je vous embrasse.

Nantes, août 1871.

On parle et on agit comme si les conséquences de nos paroles et de nos actions ne devaient pas retomber sur nous-mêmes. A la vérité, beaucoup ne sont que des échos, de véritables moutons de Panurge.

Ne sutor ultra crepidam. Cette sentence mise en pratique serait le salut de la société.

Sur un million d'individus, il n'y en a pas cent qui aient le droit de s'occuper d'autre chose que de leur métier, de leur industrie ou de leur commerce, et tout ce monde-là déblatère à perte de vue sur les droits de l'homme, sur les besoins des peuples, sur les vertus des pauvres, sur les vices des riches.

La lance d'Achille guérissait les plaies qu'elle avait faites, on peut craindre que la liberté de la presse n'en fasse jamais autant. Elle porte en elle un principe de démoralisation contre lequel ne peut lutter qu'une société qui n'a rien à craindre, et cette société-là existe-t-elle?

Je devrais ne pas vous envoyer ces pages où je ne vous apprends rien; un sou la page, c'est un peu cher.

Adieu.

Nantes, août 1871.

Un doge de Gênes, forcé de venir faire ses excuses au grand roi de ce que sa république avait osé protester contre ses actes de violence, disait à un courtisan qui lui demandait ce qui lui paraissait de plus merveilleux à Versailles : C'est de m'y voir.

M. Thiers, qui dans sa vie a tant prêché le désordre, qui a tant de fois mis la main aux révolutions, pourrait dire aussi lui : Ce qu'il y a aujourd'hui de plus extraordinaire en France, c'est de me voir à la tête de l'État, chargé de refaire ce que j'ai tant contribué à détruire.

Aussi Dieu sait comment il s'en tire ! Quand on vient lui dire : La France souffre. — C'est qu'elle a du sang dans les veines. — Elle vit languissante. — Il faut, selon l'Évangile, que le blé pourrisse pour germer et se renouveler. — Mais elle est morte. — Qu'on l'enterre.

C'est un Jean qu'il nous faut, fût-ce un Jean Sobieski. *Fuit homo nomine Joannes.* Que faire d'Adolphe?

Adof, Adof! tu te perds et tu nous perds avec toi.

————

Nantes, 24 août.

A Claude.

Pour passer mon temps, je lis de l'anglais, de l'allemand, de l'espagnol, du portugais, de l'italien, sans oublier l'hébreu, ce qui fait un peu de confusion dans ma tête. Tu as déjà trois langues à ta disposition, mais je pense que le séjour près de la mer retentissante, πολυφλοσβοῖο θαλάσσης comme dit Homère, en a fait mettre deux de côté. La troisième doit être beaucoup plus cultivée, seulement je n'en ai pas souvent de preuves écrites. Le principal est que vous vous portiez bien.

Adieu, je vous embrasse.

————

29 décembre.

Dans les choses qui ne sont ni littéraires, ni scienti-

fiques, ni artistiques, en fait de style il ne peut y avoir
que des difficultés relatives ; l'ordre, la justesse des idées,
la propriété des termes, suffisent pour vous conduire à
ce que vous cherchez, à faire passer sans nuage nos idées
dans l'esprit des autres. Ce n'est pourtant pas une chose
facile que, du premier coup, sans ambage, sans longueur,
du premier jet, sans correction, arriver à l'expression
d'une pensée, même vulgaire. Que doit-on dire, penser
d'un ouvrage comme le Télémaque qui a été écrit sans
rature. Que le Télémaque ne soit ni Bossuet ni Pascal,
c'est possible, ce n'en est pas moins une grande œuvre,
et pour en venir là l'auteur avait dû beaucoup réfléchir et posséder sur chaque chose un fonds d'idées qui
ne lui faisait jamais défaut. Pour bien écrire il faut
avoir beaucoup écrit, c'est du moins ce que l'on dit ; il
vaudrait mieux dire avoir beaucoup réfléchi. Avoir
beaucoup écrit peut nous donner de la facilité, mais
nous donne souvent de la vulgarité.

Ces réflexions que je me permets de faire à l'occasion
d'une pétition à une préfecture, on peut avoir à les
faire toutes les fois qu'on a la moindre chose à écrire
sur quelque sujet que ce soit. C'est là une difficulté
qu'en général tout le monde éprouve, surtout les plus
capables de bien s'en tirer. Il n'y a rien de plus inférieur
dans les choses de l'esprit que la médiocrité de style.
c'est au-dessous de tout ce que l'on peut imaginer.
Croire que l'absence de cette qualité peut se compenser
par d'autres, c'est là une erreur très grave, erreur qui
nous classe au-dessous de nous-mêmes et au-dessous des
autres.

Un professeur de mathématiques dans les parties élevées de la science n'a besoin que d'un auditeur assidu

et le comprenant. C'est là ce que M. Lévy a trouvé dans Claude ; pour cette année, il n'a rien de plus à demander. Il n'en est pas tout à fait ainsi aux cours où la foule se presse ; là, souvent, en admettant que le maître de la chaire ait la chance de dire à propos pourtant et sans prétention un mot ingénieux et fin, combien de fois n'est-il pas obligé de s'appliquer à lui-même cette espèce de sentence de Mme d'Argenson : Fontenelle où es-tu ?

Nantes.

Il est bien autrement difficile d'avoir à parler d'un sujet donné, de l'analyser, de le développer dans tous les sens et d'en donner une idée complète, que de se laisser aller à tout ce qui vous vient à l'esprit. Ce sont là deux genres d'écrire très différents l'un de l'autre, et tel qui brille dans le premier pourrait bien échouer dans le second et réciproquement, tout cela dépend de la nature et des habitudes de l'esprit. Nature et habitude que la volonté dénaturent plutôt qu'elle ne les change. Chacun reste ce qu'il est et ne saurait approcher de la face d'un autre sans faire des grimaces. Il faut savoir ce dont on est capable et s'y attacher presque exclusivement. Il n'y a d'esprit universel que sur le papier ; en réalité, tout esprit est borné dans sa sphère, et celui qui a touché à tout n'a rien pu approfondir ; sur presque chaque sujet il a son maître. De tous les arts, l'art d'écrire est le seul qui s'unisse bien aux autres sans leur nuire ; le peintre, le sculpteur, l'artiste enfin qui sait parler savamment, artistement du sujet de son travail, le connaît mieux que s'il n'avait rien à en dire, s'il se contentait de l'énonciation.

L'analyse qu'il a faite de son art, dont il sait rendre compte, fait voir qu'il en connaît au suprême degré les détails et les finesses. Mais c'est là l'artiste par excellence, le Praxitèle, le Michel-Ange, le Mozart et d'autres.

Dans les sciences cela est moins sensible, mais n'en existe pas moins. La science se manifeste par des formules qui sont pour ainsi dire le résultat des travaux de leur auteur. On ne peut pourtant pas lire un livre où il n'y aurait que des formules, on ne peut pas se dispenser de donner des développements et c'est dans ces développements que le style est nécessaire.

Ainsi, partout l'art d'écrire est utile, indispensable, et à celui qui ne sait pas écrire quelle que soit d'ailleurs sa capacité, son habileté, il manquera quelque chose. Ce qui doit d'ailleurs vous exciter à l'acquérir cet art sans égal, c'est qu'à chaque progrès que l'on fait l'on sent tout de suite qu'on en fait un autre, soit dans les sciences, soit dans les arts auxquels on s'est voué, ce n'est point une étude indépendante et qui ne se relie à rien. Elle se lie à tout, aggrandit tout, perfectionne tout et donne du prix même à ce qui n'en a pas. Si, à ton âge, on reconnaissait l'importance qu'a l'art d'écrire qui conduit nécessairement à l'art de bien dire, quels efforts ne ferait-on pas pour arriver à le posséder, sans nuire en rien à son travail de choix, travail de choix qu'il faut nécessairement faire si on veut arriver à être quelque chose.

Si j'ai dit que les Praxitèle, les Michel-Ange, les Mozart devaient être de grands écrivains, c'est qu'il est difficile de concevoir qu'on puisse avoir tant de délicatesse dans la main et dans l'oreille, sans l'avoir dans l'esprit. Toutes les perfections se touchent et ne font pour

ainsi dire qu'une, la perfection supérieure. Si cette perfection n'est pas faite pour l'homme, on doit chercher à
en approcher le plus possible, en acquérant les qualités
qui la constituent. Dans quelque genre que ce soit, ces
qualités sont avant tout le jugement, le goût et l'art d'é-
crire, ou pour simplifier l'art d'écrire à lui tout seul,
puisque cet art ne peut pas exister sans jugement et sans
goût.

Travaillons donc à l'acquérir, et croyons fermement
que le beau, le vrai, le grand, le juste s'y attachent essentiellement.

------

20 septembre 1871.

M. Cuvillier-Fleury, au nom du journal des *Débats*,
vient de prononcer l'oraison funèbre de M. Édouard
Bertin, frère de M. Armand Bertin, tous les deux fils, je
crois, de Bertin de Vaux (Bertin l'aîné) dont Ingres a
fait le portrait que vous connaissez. La cérémonie avait
attiré un grand nombre d'illustrations du jour. Parmi
tous les noms je n'ai point trouvé celui de M. de Sacy.

Ce bon M. de Sacy est-il mort de sa belle mort,
ou bien ses collègues du journal l'ont-il fait disparaître
après le 4 septembre? Dans la bonne compagnie, il se
passe quelques fois des choses singulières. M. Cuvillier,
critique assez lourd et académicien, avait eu dans le
temps une querelle avec Sainte-Beuve, qui s'était permis
de parler avec irrévérence de son style et de ses prétentions littéraires. Sainte-Beuve avait été impitoyable et je
souffrais en le lisant pour ce pauvre précepteur dans
l'embarras (le personnage a été précepteur d'un des enfants de la maison d'Orléans).

Notre académicien, aujourd'hui, d'une plume qui n'est pas devenue plus légère, vient de faire, à l'occasion de l'éloge du gérant de la feuille orléaniste, une charge à fond contre l'empire. Sans sortir des bornes permises, on pourrait, ce me semble, lui adresser quelques objections personnelles : laissant de côté MM. de Sacy, Michel Chevalier, Prévost-Paradol qui n'étaient pas des moins valants du journal et qui tous les trois ont servi l'empire, on pourrait lui demander, en particulier, pourquoi il oublie son beau-frère, M. Thouvenel, qui, à plusieurs reprises, a été, sous ce régime, si infâme à ses yeux, ministre des Affaires étrangères? On n'a jamais entendu dire que M. Fleury ait protesté, regardant comme une honte cette situation, faite par le chef de l'État, à un membre de sa famille.

Au journal de la rue des Prêtres, ils ont la prétention de respecter la grammaire, ils ont bien raison ; ils ont la prétention de respecter les convenances, ils n'ont pas tort ; mais ils devraient bien aussi se croire obligés de respecter un peu la morale la plus ordinaire, et si la morale n'est pas de mise dans leur officine, la plus simple logique.

.... Bertin l'aîné, dit aussi le grand Bertin, est mort sous la Restauration. Il avait toujours été très attaché à la branche aînée ; pendant l'empire, il était en correspondance avec Louis XVIII. C'est lui qui disait : Je fais mon journal pour cinq cents personnes au plus en Europe.

Lorsque Chateaubriand lui envoyait un article, ce qui arrivait souvent, l'article, malgré sa signature, était toujours revu et corrigé par lui ; il élaguait sans pitié. Chateaubriand ne se plaignait jamais.

Le second Bertin, Armand, écrivait peu, mais était un homme très habile. Le journal n'était imprimé qu'après un bon à tirer de sa main ; il lisait tout, jusqu'aux annonces.

Blanc Fontenille eut le déboire de voir refuser une page qu'il avait rédigée à sa propre louange et qui avait été remise par Saint-Ange. Dans cette page ou ces pages, il relatait douze victoires qu'il avait remportées sur son siège du ministère public contre douze serviteurs de l'Église catholique, autant qu'il y avait d'apôtres. Bertin qui connaissait les sentiments moraux et religieux de la reine Amélie mit son veto.

Le dernier Bertin, celui qui vient de mourir, était peintre, et peintre de talent. Il s'était initié à la politique dans le salon de son frère ; lui aussi avait beaucoup de tact ; il ne savait pas écrire, ou, pour mieux dire, il n'écrivait jamais.

Je viens de lire dans l'*Officiel* les détails de la séance. Merson en donne à peine une idée.

Si à ce qu'on vient d'accorder à la Prusse par les traités pour les produits d'Alsace-Lorraine on eût ajouté cinq cents millions comptant par anticipations, il est probable qu'en échange du tout on eût obtenu la libération complète. Il eût fallu, sans doute, faire un nouvel emprunt de 500 millions avec l'obligation, pour chaque souscripteur, de tout payer en souscrivant ; l'emprunt eût été couvert. Tout le monde se serait cru obligé d'y contribuer. Une libération partielle ne signifie pas grand'chose. On avait prise sur Bismark, il fallait en profiter en attendant mieux.

M. Thiers et l'olibrius ont eu peur de faire voir à l'Europe que l'empire n'avait pas tout à fait ruiné la France.

Nous n'avons jamais été mieux dupés.

Adieu.

Parmi les hommes qui ont écrit, qui ont bien écrit, tous ont quelque chose qui leur est particulier et qui est le propre de leur temps. Montesquieu n'a pas écrit comme Buffon, Buffon n'a pas écrit comme Voltaire, et aucun d'eux n'a écrit comme un des écrivains du grand siècle. Le siècle de la soi-disant philosophie s'était déteint sur tous ces hommes et leur avait imprimé non pas un caractère, mais une tache indélébile, et pourtant ils se croyaient les supérieurs d'hommes dont ils n'étaient que des inférieurs et des inférieurs presque de bas étage, même pour l'esprit philosophique dont ils se targuaient tant.

A force de vouloir arriver à ne dire que la vérité, on en venait nécessairement à une sécheresse morale plus aride, plus froide, plus repoussante que celle des corps de Lucien dans les *Dialogues des morts.* S'imaginer que l'homme sur la terre, n'a besoin que de vérités, que les illusions ne sont bonnes à rien, c'est là la plus grande des illusions.

Que d'erreurs, que d'horreurs n'ont pas produit ces doctrines qui ne laissaient rien dans le cœur de l'homme, quand elles étaient combattues par d'autres aussi funestes qui n'y faisaient rien pénétrer.

Tout a une cause dans le monde; si ceux qui dans un temps avaient et la mission et le pouvoir public de la gouverner, de la façonner même, ne l'avaient pas fa-

çonnée à leur image, ils auraient laissé quelque chose
debout de l'homme, et nous n'en serions pas aujourd'hui
à nous demander sur quoi nous appuyer pour refaire
ce qui a été détruit, ou pour fonder quelque chose de
nouveau.

Dans toute notre société, il n'y a guère de vivant que
la classe à la prétention au bien-être matériel. Tout le
monde y tient à cette classe, c'est ce qui fait sa force
et son ignominie; pour arriver à gouverner, il faut savoir se passer d'elle tout en la satisfaisant, car les intérêts matériels sont impitoyables.

Dans tout ce qui se passe, on cherche à voir une solution, on n'y trouve que des apparences, non pas même
trompeuses; de cette révolution, comme de toutes les autres il ne restera que des dégradations et des enseignements dont nous ferons bien de profiter.

Nantes.

Un personnage que j'ai rencontré ce matin, que je
rencontre du reste assez souvent, qui a assez de sagacité
pour ne pas trop mal juger les événements, quoique
souvent se laissant aller à des idées particulières qui l'é-
garent peut-être, ne voit dans tout ce qui s'accomplit
que la menace d'un affreux désordre dont nous ne nous
tirerons pas, la terre elle-même ne lui donne pas de
garantie; il se laisse aller à une conversation qu'il
avait eue le matin avec un très riche banquier et il ne
croit absolument qu'aux fonds étrangers, tant la pertur-
bation lui semble devoir être générale en France. Ce
qui l'arrête dans ce moment-ci et l'empêche de partir

après avoir tout vendu, c'est qu'il a à un pied une douleur qui l'inquiète. Les différentes consultations qu'il a
prises ne le rassurent pas. Sa situation, comme vous le
voyez, est pire que celle de l'État.

C'était sur une table en or que Sénèque glorifiait la
pauvreté bien ordonnée. Il avait la maison d'un grand
seigneur; mais comme il le dit dans sa cinquième lettre,
c'est d'un faible esprit de ne pouvoir pas supporter les
richesses. Ne croyons pas que ce soit une preuve de
frugalité de n'avoir ni or ni argent. On pouvait ajouter
que la véritable simplicité ne se rencontre que chez les
riches, les vrais riches s'entend, non seulement la simplicité, mais encore beaucoup d'autres qualités dont
l'auteur ne parle pas. Soyons philosophes sans en avoir
l'air, dans nos vêtements comme dans tout ce qui touche
à la vie, ne rien faire qui puisse nous faire remarquer...
Sur toutes ces pratiques notre philosophe ne tergiverse
pas, il écrit bien ce qu'il y a à dire et il le dit, mais le
trouverons-nous moins solide sur d'autres points, était-
il seul coupable? Que d'embarras, que d'incertitudes sur
lesquelles les lumières nous manquent, où il faut marcher à tâtons.

Erat lux vera quæ illuminat omnem hominem venientem in hunc
mundum.

Cette lumière qui illumine tout homme qui vient dans
le monde est-elle bien suffisante pour nous guider dans
ces affreuses ténèbres qui nous entourent. A la science ou,
si l'on veut, à l'ignorance des anciens, nous en avons
substitué une autre qui n'a pour elle que l'apparence.
Ceux qui se contentent de cette apparence sont comme
la foule chez tous les peuples.

14 août 1871.

Aujourd'hui, je m'adresserais aux misères humaines, aux misères morales; là, au sein de la joie, du contentement, de l'ivresse, le cœur sent qu'il lui manque quelque chose, le trop plein de la vie laisse un vide, nous ne sommes jamais contents; nous n'avons pas seulement ce que nous avons de reproches à nous faire à nous-mêmes mais ce que nous avons à reprocher aux autres; nous ne sommes de force ni à nous replier sur nous-mêmes, ni à nous étendre au loin. Le calme des années, bien loin d'être ce qu'il devrait être, n'est que le trouble de la vie; tout vous manque à la fois, et *vous arrivez à la mort traînant après vous la longue chaîne de vos espérances trompées.* Ces espérances, tant trompées qu'elles aient été, laissent encore plus de clartés que ces jalousies et ces haines que rien n'a pu satisfaire et qui sont une mort anticipée. Y a-t-il pourtant dans l'homme quelque chose dans lequel il puisse se réfugier? Pascal a pour ainsi dire été jusqu'à la superstition. Est-ce là notre dernière ressource? C'est là, que dans le monde, chez ceux surtout qui ont des prétentions, que tout semble nous manquer à la fois. Avoir su bien vivre a déjà été une grande page pour celui qui a su la remplir, mais ce n'est pas tout; savoir mourir est plus difficile encore, puisqu'on ne peut pas se dérober aux yeux des autres, et qu'il faut pourtant mourir dans l'isolement et dans le recueillement.

En écrivant cette dernière page, je ne savais ni ce que j'écrirais ni jusqu'où j'irais, mais quand on s'aide du travail des autres, on se rend sa tâche plus facile, on broche sur des idées d'emprunt ce que ceux à qui on

l'emprunte ont déjà eux-mêmes emprunté à d'autres.
S'il faut se défier de rien mettre qui ne soit pas à vous,
il faut pourtant se défier de sa méfiance.

Quoique mes méditations ne soient pas longues, j'en
ai assez pour aujourd'hui. Sur certains sujets, il faut savoir s'arrêter et se modérer soi-même.

Adieu.

4 juin 1872.

Pour rendre la raison à son cousin Roland, Astolphe
cherche un spécifique jusque dans la lune. Faisons
comme Astolphe, cherchons au-dessus de la terre, dans
les régions élevées, la source du beau, du vrai, du juste.
Imitons Platon et ses disciples : les lettres, la philosophie, les sciences étaient l'objet de leurs études, de leurs
conversations sous les ombrages d'*Academus,* mais
n'oublions pas que le maître fut appelé le divin. C'est
qu'il a été un poète du cœur, le plus illustre et le plus
grand des écrivains de la Grèce.

Quel est le problème de science dont l'examen et la démonstration soient capables de produire sur les auditeurs
l'effet que produira toujours une grande page de philosophie littéraire, telle que celle que nous lut un jour le
professeur Egger. La raison en est simple, la science en
général ne s'adresse qu'à l'esprit; quelquefois, quand le
sujet le comporte, à l'imagination; mais les lettres s'a-
dressent à l'homme tout entier; le cœur, l'esprit, l'imagination, rien ne leur est étranger. Elles sont toujours de
mise. Je n'ai pas besoin de te rappeler les paroles de
Cicéron.

La science, au contraire, a son heure, son jour; hors de

là elle n'est rien. D'ailleurs pour produire tout leur effet les sciences ont besoin de lettres. Les lettres n'ont besoin que d'une seule science, celle de la connaissance de l'honneur, et c'est malheureusement cette science-là que les malhonnêtes gens n'enseignent pas.

Pour ne pas aller trop loin et ne pas s'écarter de la vérité, il faut dire en résumé : S'il manque quelque chose à l'homme qui cultive les lettres lorsqu'il ne comprend pas les sciences, il manque bien plus à celui qui cultive les sciences sans comprendre les lettres.

Adieu, je vous embrasse.

29 mars 1872.

B. et M. G. ont dû partir hier à une heure. J'ai demandé des nouvelles de l'anguille : elle était très bonne, trop bonne même, je pense, en raison du temps où nous sommes; mais comme indubitablement on s'est mis à table avec des sentiments d'humilité et un esprit de pénitence, tout s'est bien passé et il n'y a point d'inquiétude à avoir. C'est à peine si on aura besoin d'un *confiteor*. En pareille affaire, comme en beaucoup d'autres, il suffit de bien diriger ses intentions. Il y a foire place Viarme. Les uns y portent quelque chose, les autres au contraire vont dans l'espérance d'y trouver ce dont ils ont besoin; mais la fin de la foire arrive et personne n'est content, telle est notre histoire par le temps qui court. Est-ce la faute des acheteurs ou celle des vendeurs? Chacun peut bien y mettre un peu du sien, il ne m'importe pas trop. La vie humaine est constamment une vé-

ritable foire. M. L., qui avait déjà été obligé de demander
à huitaine le renvoi d'une affaire à Rennes, va se voir
obligé d'en solliciter la remise à un plus long intervalle.
Qui sait ce qui peut lui survenir? Il faut donc être,
comme les Anglais en voyage, toujours tout prêts à
rester et toujours tout prêts à partir.

M. X... a trouvé excellents les soixante-quatre rouges
du conseil municipal de Paris; son fils demanderait qu'ils
le fussent un peu moins, mais restant toujours dans une
bonne nuance. Si nous remontions dans le passé, nous
verrions bien vite que nos ancêtres nous ressemblent ou
plutôt qu'ils ressemblent à ceux qui les avaient précédés.
Nous ne sommes que des imitateurs.

———

Nantes, 1872.

Lorsque je m'en retournerai, je partirai le matin de
façon à passer toute ma journée à Angers; j'aurai le
temps de visiter les pépinières de M. Leroy et de choisir.
Je sais à peu près ce qu'il vous faut d'arbres; s'il y en a
quelques-uns de trop, on les plantera le long des murs
de la maison.

Ce qui préoccupe Mme L... dans la nouvelle maison,
c'est qu'elle a peur, si elle vient au mois de mai, de ne
pas entendre chanter le rossignol.

Si Claude veut savoir l'ordre des études de L... le
voici : le matin entre six et sept heures, leçon de latin, mais
cette leçon est souvent interrompue par l'apport d'une
tasse de chocolat ou d'une tasse de tilleul, lesquelles deux
tasses arrivent accompagnées de deux tartines de pain
rôties. J'imagine que la tasse de chocolat destinée au dis-

ciple ne doit pas passer sans beaucoup de commentaires.
A huit heures la leçon finit. La maîtresse de piano arrive
jusqu'à neuf heures, de neuf heures jusqu'au déjeuner le
jeune fellow est censé faire ses devoirs; après le déjeuner,
sortie avec sa grand'mère; à trois heures nouvelle leçon
d'une heure seulement, le soir lecture comme distraction. Mme L... n'a plus dans ses attributions que l'instruction religieuse et morale et l'enseignement de l'art
de savoir vivre en société. L... dînait hier chez Mme de
R...; la jeune héritière le soumet à la discipline de ses
caprices comme un écolier dont elle ne saurait que
faire.

Grec ou latin, peu importe d'ailleurs! Platon vaut bien
Termer, le principal est de bien traduire; pour bien traduire je n'entends pas seulement faire comprendre le
sens de son auteur, mais le faire comprendre en termes
de choix, en expressions appropriées au sujet. Traduire,
en effet, n'est pas autre chose que rendre une pensée
qu'on pourrait avoir eue soi-même sans l'avoir empruntée
à un autre, le texte est là comme un frein qui vous empêche de vous égarer, c'est ce qui fait la grande supériorité des versions dans les exercices du collège et ce
qui n'empêche point l'essor de l'imagination lorsqu'on
se laisse aller à sa propre inspiration. En définitive, on a
toujours des pensées à traduire, les siennes ou celles des
autres.

Nantes, novembre 1872.

Tu traduis un peu au courant de la plume comme
Fénelon a écrit, dit-on, son *Télémaque*, mais Fénelon ne

raturait jamais. Lorsqu'on n'est point astreint à parler d'une chose plutôt que d'une autre, on a déjà beaucoup de peine à ne pas se répéter, mais quand on traduit, c'est bien une autre difficulté. L'auteur peut très bien avoir deux fois de suite exprimé à peu près la même idée et si, en traduisant, vous n'avez devant les yeux ou dans l'esprit que la première chose, il pourra très bien arriver que l'expression dont vous vous serez servi dans cette première phrase soit précisément celle qu'il aurait fallu réserver pour la suivante et voilà la nécessité de traduire en soi-même une certaine étendue du texte avant d'écrire une seule ligne, autrement on s'expose à des redites ou bien il faut tout recommencer.

Novembre, 1872.

Les corrections seraient difficiles ; il ne suffit donc pas d'avoir compris un chapitre entier, il faut encore être à peu près certain de tous les termes qu'on aura à employer, afin de pouvoir choisir selon les meilleurs équivalents.

Platon tient à son idée, l'art n'est rien, l'inspiration est tout.

Horace est moins absolu dans son *Art poétique* (vers 408), il dit :

> ..... Ego nec studium sinc divite vena,
> Nec rude quid prosit video ingenium.....

« Je ne vois pas à quoi peut servir l'étude sans l'inspiration, ni ce que peut produire un génie inculte ».

Pour ceux ou celles qui rendaient des oracles, ils ne pouvaient pas se passer du souffle divin, ou, du moins, il fallait feindre l'éprouver, ce qui était une science. (Virgile, *Énéide*, liv. VI, vers 77.)

At Phœbi nundum patiens immanis in antro
Bacchatur vates, magnum si pectore possit
Excussisse Deum :

Nous les avons lus ensemble, ce me semble.

« Mais la prêtresse, dominée par le souffle divin, mugit dans sa caverne, luttant pour se débarrasser du dieu. » Rien de pareil dans Homère, le génie du poète domine même l'inspiration.

Ces dons du Ciel, Platon veut aussi que ceux-là en soient doués qui sont chargés de rendre les pensées de l'auteur. Il est bien certain que, pour les auteurs, la mémoire, la justesse du ton ne suffit pas, il faut quelque chose de plus ; ce quelque chose, c'est l'accent ou l'inspiration si on aime mieux. (Entre parenthèse, j'ai bataillé une fois une bonne demi-heure et sans réussir pour faire comprendre à Gaulois la différence qui existait entre la justesse du ton et l'accent.)

Je reviens aux interprètes des poètes et par un souvenir qui ne se présente pas mal à propos à la grande tragédienne. Rachel était à Nantes, elle jouait pour la seconde fois les *Horaces*, on était rendu à la grande scène ; était-elle mal disposée ? y avait-il en elle un peu d'indifférence ? mais le public restait froid, l'effet allait se manquer, elle s'en aperçut à temps, la tirade est longue, peu à peu elle se remit, à chaque strophe l'accent revenait, une agitation sourde se manifestait et à la fin le geste, la voix, le regard, tout devint terrible. Mais, épuisée par les efforts qu'il avait fallu faire, elle avait à peine dit son dernier vers, avant même d'avoir reçu le coup de poignard, elle tomba sans connaissance, bien entendu aux applaudissements frénétiques des spectateurs.

Magnum si pectore possit,

ce vers semble fait pour elle. A-t-il jamais existé une autre actrice, homme ou femme, capable d'un pareil effet? On peut en douter. Mme Dorval, peut-être. De Platon je suis venu à Rachel, mais de Rachel où aller?

Nantes, 27 mars 1871.

J'ai reçu ce matin la visite de Gustave du Tertre. Il m'a annoncé que sa femme venait de donner un citoyen à la république. Ils paraissent très contents, plus contents de la naissance de ce jeune Brutus que de son expédition de Bretagne. Il m'a raconté un petit fait qui prouve quelle était la discipline et la bravoure de nos troupes :

Glais-Bizoin et Kératry sont venus sournoisement faire une visite au camp dans le but, prétend Gustave, d'en soustraire le commandement à Gambetta. En l'honneur de ce glorieux membre de la Défense nationale, on a tiré vingt et un coups de canon. Comme personne, sauf les cannonières, n'était écouté, toute l'armée a pris la fuite.

Nous avons peu parlé politique; je l'ai laissé causer de sa campagne et de ses travaux d'ingénieur.

Il y avait six compagnies du génie, deux de Nantes et quatre de Bretagne. Chaque compagnie comptait soixante hommes. Ils ont fait tout à la fois les fonctions d'ingénieurs et celles de tirailleurs. Après avoir construit une redoute dans toutes les règles, ils l'ont armée de canons, mais un ordre est venu d'enlever les canons pour les transporter à Besançon. Tout se faisait dans le même système ; après la déroute du Mans ils ont battu en retraite. En se retirant, ils ont miné un certain nombre de ponts. Voilà à quoi se réduit leur coopération à notre glorieuse défense.

Ça va-t-il mieux? ça va-t-il plus mal? Je n'en sais trop rien ; pour que les choses allassent réellement bien, il faudrait qu'une grande bataille eût lieu, et que les insurgés fussent intervenus, bien entendu sans l'intervention de l'armée. Alors Paris pourrait dire : Je me suis laissé surprendre un moment, mais le danger venu, j'ai su agir avec détermination et courage et je suis toujours la capitale de la France et de la civilisation. Et Paris aurait raison, et l'Assemblée s'y transporterait immédiatement, et l'ordre renaîtrait partout. Avons-nous la chance d'un pareil dévouement? J'en doute. De tout cela, il ne va résulter que de lâches transactions.

5 nov. 1872.

On peut affirmer, je crois, que Platon ne considérait pas les dieux d'Homère comme de simples allégories. Sans doute, à l'origine, les divinités du Paganisme n'étaient que les personnifications des vertus, des vices, des passions des hommes ; même, avec le temps, ils étaient devenus pour ainsi dire des êtres réels ; ils avaient leurs temples et des Grecs intéressés à ce qu'on les honorât ; ce qui ne veut pas dire pourtant que dans l'*Iliade*, par exemple, il n'y ait jamais d'allégorie. Il y en a beaucoup au contraire. Ainsi, Minerve se faisant voir à Achille, c'est un rayon de lumière qui traverse la tête du fougueux fils de Pélée. Le mauvais songe que Jupiter envoie à Agamemnon, c'est une bouffée d'orgueil qui remplit le cœur du roi des rois qui s'imagine qu'il prendra la superbe Ilion. Mais évidemment il n'en est pas toujours ainsi; Homère a placé souvent dans l'Olympe des situations, des tableaux, des scènes d'intérieur de famille même, que les circonstances de son poème ne lui permettaient pas de mettre sur la terre. C'est là justement que le scandale commence; des êtres immortels, doués d'une intelligence suprême, qui se disputent, sont prêts à se battre, qui se raccommodent et passent la nuit à boire et à chanter. Il y a là un amalgame d'idées qui pourrait convenir à un poème héroïcomique, mais qui ne peut s'admettre dans un poème sérieux. Il y a bien au-dessus de tous ces dieux, un dieu supérieur : le Destin, dieu fatal qu'on rencontre dans l'esprit de tous les peuples. Dans la Bible à tous moments; dans l'Évangile même, non pas comme doctrine, mais comme fait.

Ce dieu fatal, quel rôle joue-t-il dans Homère? Il ressemble au muet du grand turc qui porte à un grand seigneur le cordon avec lequel il doit se faire pendre. Quand Jupiter est à bout de voix, quand il ne se sent plus le maître, il tire de leur cassette les funestes balances et il pèse les destinées des peuples et des rois.

Aux yeux du divin Platon, toutes ces divinités n'étaient que des êtres corrompus et corrupteurs, il les avait exilés de son école. Bien loin d'être des modèles pour les hommes, ils ne faisaient que tuer en eux le sentiment du beau et du vrai, sentiments pour ainsi dire innés dans l'humanité, quand elle n'est ni aveuglée ni dégradée par trop ou pas assez de civilisation.

Plus indulgents, plus éclairés ou moins délicats que le chef de l'Académie, nous comptons tous Homère non seulement comme le premier des poètes, mais comme le premier des historiens. L'histoire des peuples ne se compose pas seulement du récit des faits, mais autant, plus, du récit de leurs croyances bonnes ou mauvaises, de leurs rêveries.

Après avoir parlé des dieux et des déesses, de l'abeille de l'Attique et du chantre des chantres, je puis bien, à l'exemple de Socrate qui ne craint pas de s'abaisser en parlant d'une purée de lentilles et d'une belle cuiller de bois de figuier pour brasser la purée, je puis bien, dis-je, à l'exemple du plus sage de la Grèce, vous dire que j'ai appris avec plaisir que les pommes étaient arrivées en bon état. Elles auraient pu être condamnées par le destin, et à mon insu, car je n'ai pas les balances du fils de Saturne.

La phrase est un peu longue, mais, une fois commencée, il a bien fallu la finir.

Tous les matins, avant le jour, sur les cinq heures, j'entends une voix qui retentit sur la place du port. C'est la voix d'un marchand d'échaudés : elle a été pour moi un avertissement, j'en emporterai quelques douzaines.

Faute de le savoir au juste, je ne fixe pas encore le jour de mon départ.

Adieu.

———————

A CLAUDE.

7 novembre 1872.

Il me semble que dans ton extrait, tu dis que Mazarin

était de la maison de Savoie et que c'est pour cela qu'il désirait le mariage de Louis XIV avec une Savoyarde. Non seulement Mazarin n'appartenait pas à la maison ducale de Savoie, mais il était, je crois, du royaume de Naples.

Tes dernières pages avec quelques corrections, corrections que tu pourrais faire toi-même, seraient très présentables.

Socrate disait un jour, après avoir lu ou entendu lire un dialogue de son disciple :

« Ce jeune homme me fait dire beaucoup de choses auxquelles je n'ai jamais songé ».

Je serais très disposé à croire que cette théorie de l'art de bien parler d'un auteur, et à laquelle Socrate donne le nom d'inspiration, appartient tout entière à Platon. Comme lui-même avait beaucoup d'imagination, l'auteur de l'*Ion* n'entend rien d'extraordinaire à ce qu'il ait considéré l'imagination, l'inspiration poétique comme une faculté à part et ne dépendant pour ainsi dire que d'elle-même. C'est là une théorie tout à fait fausse; cette faculté, en tant qu'elle en soit une, est dans la dépendance de toutes les autres. Il faut d'abord voir et bien voir, soit avec les yeux du corps, soit avec ceux de l'esprit, pour comparer, juger, saisir des rapports éloignés tant qu'on voudra, mais justes, frappants; puis ensuite posséder à fond l'instrument nécessaire pour traduire sa pensée, soit la parole, soit l'écriture, le crayon, le pinceau ou le ciseau.

Un visiteur entrant chez Apelle absent, laissa pour carte de visite un projet qu'il dessina sur une toile; à son retour, Apelle reconnut la main d'un maître. Prenant le crayon, le même peut-être, il traça un autre projet qui laissait bien loin derrière lui celui de son rival. Peut-être n'avaient-ils pas le même type de beauté dans la tête, mais ils pouvaient l'avoir, seulement la main de l'un n'obéit pas à son inspiration, il fut vaincu dans son art.

Quoi de moins étonnant que d'entendre dire à Ion qu'il est impuissant quand il parle de toute autre poésie que de celle d'Homère. Homère est un poète à part, on peut le chanter, on peut le déclamer, mais il n'a rien à perdre à être raconté; toutes les langues sont bonnes pour cela, l'enveloppe n'y fait rien. Ce sont les muscles d'Hercule qui se font aussi bien sentir sous la bure que sous la gaze la plus fine.

Mais lorsque Ion voulait faire ressortir les beautés d'une poésie lyrique par exemple, il lui aurait fallu les chanter comme Amphion et Orphée chantaient leurs vers qui transportaient les pierres et apprivoisaient les tigres et les lions. Au mot employé par Pindare en substituer d'autres, c'est le réduire à un squelette plus sec et plus laid que le squelette de la baleine qui est au Jardin des Plantes.

Pour parler d'un poète lyrique, il faut être poète lyrique soi-même; à une harpe éolienne en substituer une autre.

Cet Ion aussi lui me fait dire des choses auxquelles je ne songeais guère; sont-elles bonnes, sont-elles mauvaises? peu importe. Ce laisser-aller du style épistolaire, je ne serais pas fâché de voir Claude en prendre l'habitude, dût-il faire beaucoup mieux que moi.

Le petit chat est mort, les châtaignes sont excellentes, ce qui n'a rien d'étonnant, elles sont de Sucé qui touche Orvaux. Ce sont là des sujets bientôt épuisés, il faudrait de temps à autre s'adresser à un autre ordre d'idées;

mais, bien entendu, puiser dans son propre fond. Il faut tendre où était arrivé le grand Dumas, se lire soi-même.

Si tu continues à acheter ainsi des livres toutes les fois que tu vas à Paris et surtout sur les quais, tu deviendras un bibliophile, on te citera comme connaisseur, comme on citait Charles Nodier.

Adieu, je vous embrasse tous.

A CLAUDE.

Ta version n'est pas mauvaise ; avec quelques corrections çà et là, corrections que tu pourrais faire toi-même, elle deviendrait bonne.

Je cite quelques passages : tu traduis : « Je t'ai trouvé dans le camp des ennemis », il fallait « dans le camp ennemi ».

L'expression « dans le camp des ennemis » veut presque dire, après t'avoir cherché dans tel endroit, puis dans tel autre, enfin je t'ai trouvé dans le camp des ennemis, tandis qu'Auguste veut dire : Je t'ai trouvé au milieu de mes ennemis et combattant avec eux contre moi.

La phrase que tu n'as pas comprise, je la traduis à peu près mot à mot :

« Voyons lequel de nous deux sera de meilleure foi, de moi qui t'ai donné la vie, de toi qui me la dois ».

En parlant ainsi, Auguste entend que, lui, Auguste, ne doit conserver aucun ressentiment, et que Cinna par sa conduite doit effacer jusqu'au souvenir de sa conspiration ; c'est une comparaison tirée d'un créancier et de son débiteur. Corneille mettant Auguste sur la scène, ne pouvait rien mettre de mieux dans sa bouche que ce qu'Auguste lui-même avait dit.

En vous écrivant que l'Assemblée allait discuter une loi sur les loyers, je crois que je me suis trompé, il a pu en être question, mais dans l'état des choses, avec ce qui se passe, il est difficile pour ne pas dire impossible de rien régler.

J'aurai peut-être confondu avec le projet de décret du Comité central ; il faut espérer que ce projet de décret et le Comité central lui-même, vont bientôt disparaître. M. Thiers nous le promet.

Les Parisiens sortiront-ils en armes ou ne sortiront-ils pas ? S'ils sortent, ils seront battus, s'ils ne sortent pas, il faut les faire mourir de faim.

Nous n'avons pas d'autre alternative et tout cela pour la plus grande gloire des Favre, des Picard et, ce qui est encore plus triste à dire, c'est que nous n'en profiterons pas et que nous recommencerons le plus tôt possible et, bien entendu, avec des circonstances aggravantes. Si d'une fois à l'autre les choses ne s'empiraient pas, on s'y ferait, on accepterait cela comme une maladie périodique et on prendrait des précautions en conséquence, et la machine n'en marcherait que mieux. Mais non, à chaque nouvelle révolution nous baissons d'un cran, la dégradation va toujours son train et le moment approche où tout ce qui tient au bon goût, à la distinction d'idées et de sentiments devra disparaître pour faire place à une soi-disant égalité brutale et avilissante où les uns ne gagneront rien et où les autres perdront tout.

S'il y avait plus d'hommes qu'il n'y en a de convaincus que c'est sur l'inégalité que repose la société, on n'entendrait pas dire et on ne verrait pas faire tant de sottises.

Je suis resté toute la journée à la maison, il est six heures ; il est bien temps d'aller prendre un peu l'air.

Adieu, je vous embrasse.

---

12 novembre 1872.

Socrate, dans ce moment-ci, devient un peu subtil et alambiqué, mais il faut se défier : c'était toujours par des chemins ainsi détournés qu'il conduisait les sophistes dans des précipices d'où il ne pouvait plus se tirer. Socrate interrogeait toujours ; il ne faisait pas de longs discours, mais malheur à celui qui répondait à ses questions, il était perdu sans ressources. Plus habile que M. L..., qui ne manque pourtant pas d'une certaine dextérité pour mettre au jour avec deux doigts seulement une pensée philosophique, c'était au fond des entrailles de ses adversaires que le condamné d'Axytus, comme on l'appelle quelquefois, allait chercher les pensées fausses et mensongères, les raisonnements captieux pour les forcer à se montrer au grand jour où ils s'évanouissaient comme une fumée.

Le professeur de lettres devrait à la leçon suivante faire l'analyse d'*Esther*. Dans l'Esther de la Bible, la véritable Esther, le premier chapitre est consacré au récit du refus impertinent qu'avait fait l'altière Vasthi de se montrer au festin royal.

Les sages d'Assuérus, effrayés du danger que pourrait avoir pour eux tous l'exemple d'une pareille désobéissance, proposèrent au monarque de faire une loi perpétuelle et irrévocable déclarant que tous les maris seraient maîtres chez eux. Le jour où j'ai failli oublier ma lettre, Mme de C... dînait chez Mme L...; on avait fait pour elle beaucoup plus de frais que pour ce pauvre Achille. Après dîner, Mme de C... parlant du petit L..., dit que s'il était mal élevé, cela venait de ce que M. L... n'était pas le maître chez lui.

Vous voyez que la dame, à elle toute seule, a autant de sagesse que les sages du grand roi. La maîtresse de la maison fit la grimace, probablement elle ne savait pas que c'était tiré de l'Écriture. Mme A... m'a annoncé sa fille, qui est venue un moment après, comme un modèle ; la jeune personne est dans l'âge critique où on n'est encore rien et où on a le désir d'être quelque chose ; les qualités que l'âge emporte n'ont pas encore été remplacées par celles que l'âge amène. Il faut attendre pour juger.

Si, dans votre entourage, on avait un peu plus le goût des choses de l'esprit, on aurait pu facilement mettre en pratique des leçons de Mme Samson qu'on aura bien de la peine à retrouver plus tard et même qu'on ne retrouvera pas ; mais c'est là un goût qui ne se donne pas. S'imaginer que ceux qui aiment le théâtre aiment l'art en lui-même et se plaisent dans les travaux de l'esprit, c'est une erreur : la plupart n'y vont que par une vaine curiosité et pour se procurer des émotions qui, en définitive, appartiennent à la nature humaine et qu'on rencontre difficilement dans la vie ordinaire. Les meilleures pièces sont les plus mauvaises à leurs yeux, surtout celles où il y a peu d'action et où tout consiste dans l'analyse de la pensée, l'élégance du style et des délicatesses que la foule ne peut comprendre. Cela est fâcheux à dire, mais le goût des lettres tend de plus en plus à disparaître. Les hommes n'en valent pas mieux et ont en eux moins de ressources contre l'ennui; mais il faut en prendre son parti et, sans cesser de travailler afin d'être du petit nombre des élus, laisser à chacun la liberté d'adorer le veau d'or.

Ce qui est plus important encore que l'étude des lettres, c'est de savoir se conduire dans la vie, c'est la science par excellence. Avec de la volonté, on peut toujours s'aguerrir sans passer par l'expérience qui souvent arrive trop tard et ne sert qu'à ceux qui viennent après vous, quand ils veulent bien en profiter.

J'ai barbouillé ces deux pages, la moitié à la nuit, la moitié à une bougie qui ne vaut guère mieux.

Adieu.

————

2 décembre 1872.

Ta feuille, aussi longue que haute, n'est pas trop mauvaise. Tu as su, comme disait le marchand de farine, te tirer d'épaisseur, en parlant de la nécessité pour un professeur d'algèbre d'être clair lorsqu'il développe des formules. La clarté est la première condition de la parole et de l'écriture. Mais comment être clair, si on n'est pas maître de l'expression de sa pensée, si on ne possède pas à peu près toutes les ressources de sa langue? Qu'il y ait beaucoup de fautes, beaucoup d'incorrections dans ce que je vous écris, que je ne me corrige pas d'une lettre à l'autre, peu importe; je n'ai plus rien à apprendre, ou, pour mieux exprimer ma pensée, le temps n'est plus d'apprendre, mais à ton âge il n'en est pas ainsi; chaque jour doit ajouter quelque chose à tes connaissances, et surtout perfectionner l'art de les communiquer. Sans l'expression, ce que l'on sait ou, pour mieux dire, ce que l'on croit savoir, n'est bon ni à soi-même ni aux autres.

M. Guizot n'a dû sa supériorité pendant vingt ans à la tribune qu'à la connaissance profonde qu'il avait acquise de l'histoire des peuples.

L'histoire des peuples, c'est l'histoire de l'humanité et l'histoire de l'humanité, c'est celle de l'homme.

Si l'on pouvait supposer un homme ayant toujours vécu seul, et ayant pourtant l'intelligence développée, ce qui semble une contradiction, cet homme serait un être nul, indifférent au bien et au mal, ne se connaissant pas lui-même. Si la connaissance de ce qui se passe chez les autres est pour ainsi dire nécessaire pour savoir ce qui se passe en soi, quel plus vaste, quel plus sûr théâtre pour faire une pareille étude que celle de l'histoire !

Dans les relations sociales ordinaires, dans la vie privée, il faut plus que de la volonté, il faut une entière loyauté pour discerner sans commettre d'erreurs les véritables motifs des actions.

Mais dans l'histoire tout est évident, manifeste. L'homme s'y fait voir à nu. C'est une équation générale d'où l'on peut descendre facilement à des équations particulières.

L'histoire n'est donc pas seulement un sujet, mais un moyen puissant pour perfectionner son être, et plus l'homme perfectionne son être moral, plus il approche du but pour lequel il a été placé sur la terre.

Ce que je viens de dire, quoiqu'écrit un peu trop vite, comme vous pouvez vous en apercevoir, me semble pourtant d'une justesse incontestable, et comme évidemment cela ne m'appartient pas, j'ai le droit de dire que chacun peut en faire son profit, le mathématicien surtout qui ne doit pas ignorer qu'Archimède a joué un rôle au siège de Syracuse.

A Claude.

12 décembre 1872.

Il y a beaucoup de bon dans ton compte rendu de la leçon de M. Boissier, surtout dans la première moitié.

Une remarque que j'ai faite, c'est que mieux tes lettres sont formées et plus ta phrase est bonne. Tu pourrais peut-être m'expliquer d'où cela vient; je pense que tu n'es pas sans t'en être aperçu toi-même; cela vient peut-être d'une certaine influence dont je parlais hier.

Sans l'affirmation de M. Boissier, devant laquelle je m'incline, j'aurais un peu de peine à croire que les Romains aient fait de bonnes tragédies; d'autant que je ne suis pas un admirateur forcené des tragédies grecques. Le destin, l'inexorable fatalité y joue un trop grand rôle, l'homme n'y est pas assez aux prises avec lui-même. On peut y regretter aussi l'absence d'un profond sentiment moral. Électre pousse avec férocité à l'assassinat de sa mère.

Dans le poète anglais, Hamlet est moins animé de l'esprit de vengeance que troublé de la culpabilité de Gertrude. Quelle différence!

Il n'y a plus à en douter, nous sommes dans l'eau. Un magasin, à la vérité c'est le plus bas, a été envahi cette nuit; les autres vont avoir leur tour. L'Erdre et la Loire montent toujours. Encore une recrudescence dans toutes les rivières et le proverbe s'accomplira :

Nantes périra par l'eau, comme Paris a failli périr par la tourbe haute et basse du 4 septembre.

On ne passe plus à pied sec sur le quai des tanneurs et dans beaucoup d'autres endroits; si cela continue, Nantes deviendra une seconde Venise, sauf les chants des gondoliers.

Jusqu'ici on n'a point d'accidents à déplorer.

Mme L... me disait, il y a quelques jours : Parlez-vous de nous au moins dans vos lettres?

Sans doute, j'en parle, mais je ne dis pas tout le mal que j'en pense. Elle attend son gendre et n'en est pas plus contente, quoiqu'il ne doive rester qu'un jour. Il se rend à A... pour la fête de sa mère.

B... espère que sa robe de velours anglais, quoique beaucoup moins belle que celle de sa belle-sœur, produira un grand effet. C'est tout ce que je sais de nouveau, sauf que Mme L... est à la tête d'un bazar pour le compte de son ancien curé. Je ne sais pas si ce bazar est au profit de saint Nicolas ou de saint Pierre; ce qui pourrait bien amener une rixe comme celle des chasseurs et des chanteurs. Si j'entreprenais ma dernière page, je me jetterais peut-être dans quelques dissertations théologiques, j'y renonce.

Adieu.

---

29 novembre 1872.

Comment la bataille s'est-elle terminée? Ont-ils mis bas les armes? M. Thiers a-t-il capitulé, a-t-il consenti à aller vivre dans la retraite, embaumé dans son patriotisme? Voilà ce qu'on se demandait hier. Personne ne savait rien. La séance s'est-elle prolongée par une tactique savante de l'ennemi? Ont-ils voté dans les ténèbres pour mieux cacher leur honte? Le résultat de tout cela, que sera-t-il? Toujours le provisoire. L'union et la force des deux fractions royalistes, qui viennent de mettre en relai le vieux renard qui les a jouées tant de fois, ne sont possibles qu'à une seule condition : c'est l'entente des deux branches de la maison de Bourbon. Henri V ne peut rien sans les d'Orléans et les d'Orléans sont encore plus impuissants sans le comte de Chambord. Unis, la France est à eux; ce ne peut faire de doute pour personne. Que la fusion se fasse et dans un temps beaucoup plus rapproché que la situation actuelle des choses ne pourrait le faire supposer le petit-fils de Louis XIV, tenant par la main le comte de Paris et entouré de tous les fils et petit-fils de Louis-Philippe, rentrerait en France, je ne dis pas si ce serait à sa honte ou à son honneur, mais rentrerait en France aux acclamations de la foule. Si cet accord ne se fait pas, il n'y a plus que la république ou l'empire. Si l'empire revient, ce sera la république qui le ramènera, malgré Sedan, dont la honte et le malheur, du reste, retombent pour ainsi dire entièrement sur la crapule du 4 septembre. Ainsi en peu de mots voilà la situation. Avec l'entente des deux branches, la monarchie et l'ordre avec des chances de durée. Sans l'entente, la république et le gâchis avec la perspective de l'empire ou d'un dictateur. Ce second cas peu probable.

J'ai eu un peu de peine à mettre en ordre ce que je viens d'écrire sans être trop long. Je crois être certain d'être dans la vérité. Tous ceux du reste qui laissent de côté toute passion et tout préjugé doivent avoir les mêmes opinions.

Ainsi que le jeune Tobie, revenant de son voyage avec sa terrible femme, nous donne un peu du fiel de son poisson, nous en frotterons les yeux du comte de Chambord qui, malheureusement, dans ce moment-ci a une espèce de cataracte, et la France, qui est sur le bord de l'abîme, reprendra confiance et courage et pourra croire à la Providence.

Le mariage des deux branches ne peut pas être un mariage d'inclination, mais un mariage de raison. Si Henri V avait une fille qu'on pût marier avec le comte de Paris ou avec son fils aîné, ce serait une transition, une espèce de pacification, mais le comte sans enfant sait bien que la couronne qu'on lui offre n'est qu'une couronne viagère qui ne reposera sur sa tête que pour passer aux petits-fils d'Égalité. Peut-on s'étonner qu'il hésite?

Il est beaucoup plus avantageux et même plus agréable sur certains sujets du moins, et la politique est de ces sujets-là, de causer avec soi-même qu'avec tout autre. Dans la conversation ordinaire, sur une sotte parole, sur un propos irréfléchi, même sur une simple contradiction, on se laisse aller au delà des bornes, et on s'expose aux mêmes reproches que ceux qu'on se croit en droit d'adresser à son adversaire. Quand on cause avec soi-même, si on s'est trop avancé, ni la honte ni la vanité ne nous empêchent de reculer, de revenir à résipiscence, à moins qu'on ait une mauvaise cause à plaider pour laquelle tous les moyens sont bons. D'où vous allez naturellement conclure que puisque je ne converse guère qu'avec moi-même, j'ai la prétention de croire que tout ce que je vous envoie est frappé au bon coin de la justice et de la vérité. Pour, de mon côté, avoir la prétention de penser ainsi, en considérant ce qui se passe chez d'autres qui valent plus ou moins que moi, je pourrai dire comme Bossuet : Il y a de grands exemples pour, mais il y a des raisons invincibles contre.

Le jeune L... prépare un travail qui peut le mener loin : il ramasse tous les proverbes vieux et nouveaux qu'il peut rencontrer. Il ne parlera plus que par sentence; causera-t-il avec une jeune fille : sentence. Si elle résiste à sa volonté : sentence; sentences sur sentences, il deviendra plus terrible par la sentence que le fils Diafoirus par le raisonnement.

Comme on ne doit être jaloux de la gloire de personne, je vous engage à collectionner tous les proverbes qui se présenteront à vous, bons ou mauvais : ici la quantité est tout. Pour ma part, je lui en ai fourni deux que le hasard m'a offerts et que, par un mauvais esprit, on pouvait mettre comme épigraphe à son recueil.

> Qui trop embrasse mal étreint.
> La brebis sur la montagne est plus haute
> Que la génisse dans la plaine.

Ce dernier est de Sancho Pança.

Comme je critiquais ce passe-temps plus que futile et que M. L... le défendait, je pensais qu'il pouvait bien être l'auteur du système. Mme L..., plus fine non pas qu'il ne vous en semble, mais plus fine que la loi l'autorise à l'être, avait l'air de penser comme moi.

Un passage de Shakespeare me revint à l'esprit, mais je m'abstiens et pour cause. Voici ce passage : Un personnage avait un recueil non de proverbes, mais de bons mots; invité subito à une réunion, il fouille dans sa poche et il s'écrie : Malheureux que je suis! j'ai oublié mon livre.

Vous avez été tous enrhumés, les uns après les autres,
ou tous ensemble. Quand le rhume n'est pas trop fort,
il vaut mieux l'être tous à la fois. La même tisane sert,
on boit à la ronde. Moi aussi j'ai été enrhumée pendant
une nuit et deux jours, mieux pendant trente-six heures.
Il a fait toute la journée et sans interruption un temps
abominable.

J'ai cru entendre dans le lointain vociférer une dépêche, mais le cri n'a pas duré. Est-ce bon signe? Est-ce
mauvais signe? J'ose à peine aller à l'écoute; à la vérité
la pluie tombe à verse et d'ailleurs je m'attends à tout,
même à ce que le questeur pour cimenter l'union ait
fait circuler le champagne, reste de ce que n'ont pas bu
ou n'ont pas emporté leurs amis les Prussiens. Sans de
grands mots tous ces gens-là ont été des lâches et des
traîtres. Par moments, comme Camille, je voudrais tous
les voir périr.

> Moi seul en être cause et mourir de plaisir.

Les sentiments humains, mon frère, que voilà. Mais on
ne pourra jamais leur appliquer cette parole : Pardonnez-
leur parce qu'ils ne savaient pas ce qu'ils faisaient. Adieu.

———————

Novembre 1872.

C'est aujourd'hui dimanche; le Conseil général, les
corps constitués et tous les particuliers, qui, pour satisfaire une ambition avouée ou sourde ont besoin de se
faire voir, vont assister à une cérémonie où l'on va
prier le ciel de favoriser les travaux de l'Assemblée.
Qui sait si, de son côté, M. Thiers, dans un sacrifice dérobé,
n'invoque pas Jéhovah pour qu'il le soutienne dans sa

mission providentielle, comme jadis il protégeàt Moïse contre la révolte d'Aaron et de Marie. Jéhovah fit éclater sa puissance à la gloire de son élu : Aaron fut humilié et Marie couverte de lèpre depuis la plante des pieds jusqu'au sommet de la tête. Si le même miracle allait se renouveler? Si tous nos représentants, ceux du moins qui font les récalcitrants, les capricants, allaient, eux aussi, être couverts d'une lèpre épaisse et blanche tombant en poussière comme de la farine? Quel triomphe pour l'homme et quelle leçon pour les orgueilleux!

Mais pas tant est besoin d'un avertissement d'en haut.

Tous ces cœurs làches et égoïstes ne vont pas tarder à s'humilier sous la main qui les frappe et les insulte. Par ce qu'ils ont déjà fait on sait ce qu'ils sont capables de faire. Si tu savais te contenter de ton légume, tu ne ferais pas la cour aux grands de la terre.

Claude pourra vous dire la contre-partie.

M. B., le professeur d'histoire à l'école des sciences et des lettres, vient d'être nommé inspecteur d'académie en résidence à X...

A plus de trente ans, il n'était que simple commis. Il se mit à étudier le grec et le latin, fut reçu bachelier; continuant à travailler, il fut admis à l'agrégation d'histoire.

Il laissera peu de regrets; il a une manière de raconter lente et monotone : un acte de dévouement, un trait de courage, une trahison, un meurtre. tout est dit sur le même ton.

C'est comme un tableau d'une seule teinte, sans perspective, où tous les personnages sont sur le même plan. Sous prétexte de ne point influencer le jugement des

5

auditeurs, on se rend coupable de la plus grande partialité, on devient même ignoble. C'est ce qui est arrivé
au sieur ***. Parler avec la même indifférence de Jeanne
d'Arc et de ses brûleurs, de Marie-Antoinette et de ses
bourreaux, des otages et de leurs assassins, c'est évidemment faire preuve de lâcheté et de stupidité.

L'école compte déjà trois mauvais professeurs, y compris celui de lettres, que je n'ai du reste entendu qu'une
fois. Si celui qu'on attend est du même acabit, autant
vaut mettre la clef sous la porte. Et quelle chance peut-
on avoir qu'il soit bon, choisi qu'il va être par ce
hideux Jules? Ce sera encore quelque créature du 4 septembre.

Pour les cours de sciences qui se font ici, le professeur
qui a un peu d'élocution en sait toujours assez. Mais
pour le cours de lettres et d'histoire on n'en sait jamais
trop. On n'a jamais trop de jugement, de goût, de sentiment du vrai, du juste, du beau.

Dans les lettres que je vous envoyais ce qu'il y avait
de bon pouvait bien ne pas être de moi, mais certainement n'était jamais du professeur. N'est-ce pas quelque
chose de pitoyable que l'analyse soit meilleure que la
leçon, soit parce que le professeur est médiocre, soit
parce qu'il ne connaît pas ses documents ou qu'il n'a
pas su s'en servir?

M. Comte, sous certains rapports, n'était qu'un charlatan, mais s'il avait voulu s'en charger et qu'on le lui
eût permis, il eût mieux fait, à lui tout seul, tous les
cours que tous ces titulaires sans lettres, sans goût et
sans aucune espèce d'enthousiasme.

Une lettre pour ainsi dire chaque jour, c'est un peu
cher, surtout quand M. Thiers nous annonce un déficit

de cent vingt millions sans compter ce que nous prépare l'avenir. Le facteur, qui voit la même écriture, le même timbre, doit dire : Ces gens-là sont des boursiers ou peut-être des conspirateurs; s'ils conspirent contre la république, le mal n'est pas grand, mais si c'est contre M. Thiers, le cas est pendable. Je suis bien loin de conspirer contre le président. Je voudrais, au contraire, lui voir faire un coup d'État à son profit et, comme Cromwell, renvoyer dans leurs villages tous ces soi-disant représentants de la France. Cromwell les expédia drôlement : après leur avoir intimé l'ordre de sortir, il se met à la porte pour voir le défilé. Il appelait l'un ivrogne, l'autre histrion, l'autre voleur, en les caractérisant ainsi par des épithètes pittoresques que je ne peux pas répéter ici. M. Thiers aurait à faire s'il voulait suivre l'exemple du protecteur. Ils sont neuf cents, plus peut-être qu'il n'y avait d'animaux auxquels Noé donna leur nom, noms qu'ils portent encore aujourd'hui, dans la Bible s'entend.

Si la majorité renvoie M. Thiers, elle ne saura que faire de son pouvoir; et si elle cède, elle va devenir ridicule et le pouvoir ne sera pas plus fort. Voilà la situation dans laquelle nous sommes. A qui la faute? Lorsqu'on voit quelle espèce de gens occupe les fonctions publiques, grandes et petites, on n'a pas besoin de le demander.

Quand on écrit comme on parle, on écrit fort mal. Ayant encore une demi-heure devant moi, j'ai mis sur le papier ce que je venais de me dire à moi-même devant ma cheminée.

Pendant que j'y pense, la laine est achetée depuis long-temps.

Adieu.

3 décembre 1872.

C'est triste à dire, mais le nombre des gens dans la conversation desquels on peut trouver profit et agrément est très réduit. Quand on a vécu seul, un jour, on n'est point exposé, comme Titus, à dire : J'ai perdu ma journée.

Lorsque je retourne après quelques mois d'absence, si je reviens meilleur, ce que je n'ose pas dire, c'est moi seul qui en ai le mérite. Les gens que je rencontre ou que je fréquente, sans être des monstres, il s'en faut, pour le mal, sont bien loin d'être des anges gardiens pour le bien. Et si je suis assez heureux pour tirer un petit avantage de ce je que leur entends dire, c'est bien moins par ce qu'ils disent que par les réflexions que leurs discours me suggèrent, par une espèce d'examen de conscience comme celui que Pythagore recommandait à ses disciples.

Les autres en disent probablement autant de moi; je ne m'en étonne ni ne m'en scandalise. Au fond c'est toujours une infatuation de se croire meilleur que les autres.

Si l'histoire a conservé les noms et le souvenir de quelques personnages, qui, sans avoir eu d'exemple à suivre, ont pu eux-mêmes servir de modèles. Ces types, de ce que peut et de ce que pourrait être l'homme, on les admire sans les imiter.

L'homme a besoin de leçons de tous les instants, de modèles qui soient, pour ainsi dire, toujours devant ses yeux, pour le pousser au bien et le détourner du mal. Mais ces modèles où les trouver, ces leçons où les chercher? Là, où ces natures supérieures elles-mêmes les ont trouvés : dans la réflexion, dans la méditation et dans la conscience qui ne manque jamais de répondre quand on l'interroge.

Pour terminer ma tâche, j'ai osé m'adresser à la philosophie, pour me récompenser voudra-t-elle bien me donner un peu de sagesse? Mais je crains qu'il n'en soit de la sagesse comme de la foi, pour l'avoir il faut la demander et pour la demander il faut l'avoir.

De la pluie toute la journée.

Adieu.

———

7 décembre 1872.

Je ne puis guère me soustraire à des réflexions philosophiques, j'y suis presque condamné par la vie que je mène. Lorsqu'on passe une grande partie de son temps dans la solitude, sans lire pour ainsi dire et s'en s'attacher à aucune étude, il faut songer dans son gîte car,

Que faire dans un gîte à moins que l'on ne songe?

Cette existence-là a un avantage : c'est de vous mettre, pour juger des événements, dans de bien meilleures conditions que ceux qui sont toujours dans la mêlée. Lorsqu'il m'arrive, ce qui est rare, de me rencontrer avec un homme d'un esprit sérieux et capable d'observation, je vois tout de suite que je suis à son niveau, si même je ne m'élève pas au-dessus de lui, et cela est tout simple. Les hommes du monde ne doivent en général leurs observations qu'à une lecture du matin ou de la veille, observations qui passent vite et ne laissent pas de traces. Mais quand on se replie continuellement sur soi-même, on acquiert ainsi de véritables richesses qui vous sont propres et qui ne vous abandonnent jamais.

On est moins occupé des hommes que des doctrines, on est moins troublé des faits en eux-mêmes que de leurs conséquences, on est moins exposé à être jaloux et par suite à apprécier les choses, selon sa sympathie ou son antipathie pour telle ou telle personne. Les avantages de la vie d'isolement, quand on est arrivé à un certain âge sont nombreux; il ne faudrait pourtant pas s'y laisser prendre et, dans une pareille existence, bien des gens sont devenus des brutes. Tout est mêlé de bien et de mal. Il faut tâcher de savoir vivre partout où on se trouve. Par la pensée d'ailleurs on peut au milieu du monde vivre dans la solitude ; dans l'isolement se transporter au milieu du monde.

J'allais terminer mon message d'aujourd'hui, mais la visite de Gustave du Tertre me fournit de nouvelles réflexions.

Il a en lui quelque chose qu'on ne rencontre pas chez tous, au même degré du moins : c'est la circonspection.

Grâce à cette circonspection, soutenue par un sentiment aristocratique, car il ne faut rien oublier, il a pu échapper à la foule et ne pas tomber dans le vulgaire.

Il aurait sa place dans une république antidémocratique et serait un bon serviteur d'une monarchie, d'autant que, quoique jeune, il est sans ambition mais non pas sans valeur.

———

Décembre 1872.

Je commence à en avoir assez de la politique ; l'ennui et le dégoût s'empare de vous, à voir toutes ces défaillances, toutes ces lâchetés. Il n'y a plus rien à espérer de ce tas de polichinelles. Mieux vaut ne pas savoir ce qu'ils font que de voir chaque jour tous ces niais dupés et contents, plus sots et plus rempants aujourd'hui qu'hier.

Privé d'une ressource sur laquelle j'avais droit de compter pour le peu de temps qui me reste, je ne vais savoir à quoi m'adresser pour remplir mes feuilles.

Comme les généraux africains qui, après 48, disaient tous les uns après les autres qu'ils allaient faire rentrer l'épée dans le fourreau, épée dont (entre parenthèse) ils s'étaient si mal servis pour défendre celui à qui, quoiqu'on en puisse dire, ils devaient tout ce qu'ils étaient.

Je vais déposer la plume ; j'aurais peut-être mieux fait de ne pas la prendre, quoique je n'aie pas honte de ce que je lui ai fait écrire, mais je dirai comme Juvénal pour me justifier :

Si natura negat facit indignatio versus

« Si la nature me refuse des vers, l'indignation m'en fournira ».

Il ne faut pourtant jurer de rien, l'esprit de l'homme est plus mouvant que les sables du désert. Ce que je pense vouloir aujourd'hui, je ne le voudrai peut-être pas demain.

----

15 décembre 1872.

Lorsqu'un vieux pilote chinois doit prendre le commandement d'un navire pour entrer à Calcutta, une demi-heure avant on le voit tirer d'une petite boîte de fer-blanc deux ou trois boulettes qu'il se met à mâcher tranquillement, mais l'effet de ces boulettes ne tarde pas à se faire sentir. Tout à l'heure, c'était un être hébété qui paraissait pouvoir à peine se tenir debout ; maintenant le visage animé, l'œil plein de feu il saisit la barre d'une main ferme et donne avec une sûreté et une énergie merveilleuses les ordres à l'équipage étonné d'une semblable métamorphose. Mais il n'est pas encore dans le port que l'influence du poison cesse et qu'il retombe sur lui-même affaissé comme un paquet de guenilles. Je suis un peu comme le fils du Céleste Empire. Tant qu'on a pu se leurrer de l'espérance de voir disparaître du gouvernement de la chose publique tous ces misérables du quatre septembre, la haine que je leur porte à tous m'a tenu en haleine comme l'opium surexcite le Chinois ; mais depuis que les fourberies, les lâchetés, les duperies qui se renouvellent sans cesse ont détruit toute illusion, je suis retombé dans l'indifférence la plus profonde.

J'ai été obligé de m'arrêter pour écouter V... qui est venu me parler finance, économie politique, je lui ai pourtant dit bien des fois que, dans ce moment-ci, je ne me préoccupe et ne m'occupe que d'une seule chose. Sommes-nous en train de fonder un gouvernement qui offre les garanties de stabilité et de sécurité ? Voilà ce qu'il n'a pas pu m'affirmer.

Sa visite, qui a duré assez longtemps, ne m'a rendu aucun service.

Nantes, février.

Un maudit locataire vient encore retarder mon départ.

Claude, tout entier à la pastorale, n'a point à se préoccuper de ces petits soins. Peut-être, à l'heure où j'écris, c'est une rime qui lui échappe ou un vers qui a un pied de trop, tribulations du poète.

Je viens de rencontrer Mme L... je lui ai fait mon compliment (elle avait l'air d'une jeunesse) : il a été très bien reçu, il y a des choses qu'on a toujours du plaisir à s'entendre dire.

À CLAUDE.

Je viens de lire dans un journal que la patrie d'Ulysse venait d'être bouleversée par un tremblement de terre. Le souvenir de ce cataclysme passera, mais grâce à Homère, le souvenir du fils de Laërte, de sa nourrice, de son chien vivra éternellement. Avantage des poètes ; ils ne se contentent pas de la gloire et de l'immortalité pour eux-mêmes, mais sous leurs heureuses fictions le plomb se transforme en or, les hommes deviennent des sages et les sages des dieux.

À CLAUDE.

Dès sa jeunesse, autant que faire se peut, il faut savoir choisir une bonne ligne de conduite afin de n'avoir point dans le milieu de sa carrière à rougir de son passé, et à conserver toujours la liberté de ses actions. Pour beaucoup d'hommes le présent ne serait jamais embarrassant si le passé ne l'était pas.

Ce que je dis là s'applique non seulement à ceux qui veulent jouer un rôle, mais aussi à ceux qui, petits Atticus, veulent se contenter de côtoyer les événements sans y prendre part.

Ceux qui, comme les Pythagoriciens, veulent s'abstenir de fèves, n'en sont pas moins obligés de faire preuve de désintéressement, de jugement et de discernement.

Adieu.

Le provincial qui n'admire que son village est comme le propriétaire de vignes qui met son vin au-dessus de tous les vins de l'univers.

---

21 décembre 1872.

A CLAUDE.

Tu dois savoir quels sont les livres qui te sont nécessaires; du moment qu'on étudie une science en elle-même avec l'intention de la posséder tout entière, il faut acheter ce qu'il y a de meilleur, de plus complet. Comme tu n'en as pas besoin immédiatement, il faut prendre le temps pour bien choisir. C'est assez difficile. Si ceux auxquels on pourra s'adresser étaient tous du même avis, on saurait à quoi s'en tenir. Du reste, dans toutes les parties de l'enseignement, on ne peut guère se dispenser d'avoir sur le même sujet des traités de différents auteurs. La comparaison est indispensable.

Ainsi, on peut acheter en sûreté de conscience tous les traités de M. Bertrand (mais cela ne veut pas dire qu'on ne puisse pas se servir des mêmes traités d'un autre auteur).

Si tu suis le cours de M. Serret au 2me semestre et que M. Serret ait fait un livre sur les matières qu'il traitera, c'est ce livre qu'il faut avoir. Il n'y a pas à hésiter; il ne faut jamais lutter contre son professeur avant de l'avoir très bien compris. Un livre de plus, un livre de moins, cela ne signifie pas grand'chose ; l'important est d'avoir ceux dont on a besoin.

---

23 décembre 1872.

L'étude des différents systèmes de philosophie, tant des anciens que des modernes, n'a pour résultat que de nous faire connaître les hypothèses diverses faites par chaque philosophe pour expliquer ce que l'homme ne peut pas comprendre et ce qu'il ne comprendrait jamais. Et pourtant, le monde existe et il existe d'après certaines lois universelles. Parmi toutes ces hypothèses faites et parmi celles que l'on fera encore, il est possible qu'il y en ait une qui soit la vérité, mais, comme il s'agit de l'infini et que l'homme est un être fini, il n'existe point de certitude qui puisse nous faire distinguer le vrai du faux dans ce genre d'examen. Aussi tant que le monde existera, on fera des hypothèses sur le monde lui-même, sur la cause première, etc.

Quoique l'étude de la philosophie en elle-même, sauf pour la morale, ne conduise pas au fond à un résultat satisfaisant, l'étude de l'histoire de la philosophie n'en offre pas moins un grand intérêt.

On ne peut pas rester indifférent aux immenses efforts tentés par les génies les plus puissants pour amener à la solution du problème par excellence, du problème qui, s'il était compris, suffirait pour tout expliquer.

M. Levesque n'aura pas de peine à démolir tout système qu'il lui plaira d'examiner, mais si, à son tour, il veut élever un édifice, un autre se chargera de le ruiner par la base. Ce sera toujours ruine sur ruine jusqu'à la

consommation des siècles. Cette ignorance est une condition de notre nature. Le contraire serait peut-être funeste à l'humanité.

Mme L... ne m'a pas encore envoyé le jupon, ce sera pour
demain. On prendra toutes les précations pour qu'il arrive à bon port, à moins qu'un octroyen ne mette la
main dessus pour le donner à sa femme comme cadeau
du premier de l'an,

B... est partie à midi. Elle m'avait prié de me trouver à
la gare à l'heure de son départ. Elle avait un chien en
laisse, il paraît que c'est la mode. On a enregistré le
chien avec soixante kilogrammes de bagages.

Les événements qui s'accomplissent, soit dans un
genre, soit dans un autre, ne montrent pas l'espèce humaine sous un jour bien édifiant. A la vérité, il suffit de
s'interroger soi-même pour y trouver tout ce qu'on reproche aux autres, mais comme on est toujours disposé à se faire illusion, il est bon quelquefois de voir et
d'entendre. Ça peut vous mettre en garde. Ces temps-ci,
j'ai eu occasion de faire des réflexions qui sont venues
pour ainsi dire d'elles-mêmes par la nature des choses.
Ne vous étonnez pas que je ne vous en communique aucune; chaque chose a son temps et son opportunité.

Adieu.

16 janvier 1873.

J'ai assisté hier à l'ouverture des cours de M. C...,
moins par curiosité que pour vous en rendre compte, si
ça en valait la peine.

Le professeur a choisi pour sujet l'histoire de France

depuis les temps les plus reculés. Sans entrer dans aucun détail sur cette première leçon, je me permettrai cependant de présenter une réflexion que j'ai faite, il y a longtemps, sur la première arrivée des Gaulois, réflexion dont je vous laisse le soin d'apprécier le mérite.

Lorsque les Gaulois, Celtes, comme on voudra les appeler, arrivèrent dans les Gaules, vingt siècles environ avant notre ère, ils rencontrèrent sur les rives de la Garonne et au delà jusqu'aux Pyrénées, un peuple déjà tout établi, mais dont l'époque de l'arrivée est inconnue.

C'est ce peuple, qu'on a appelé Euskariens, Ibères, Vascons, Gascons, Aquitains. Or les Gaulois étaient grands et blonds; les Ibères, au contraire, petits et bruns. La langue celtique, dont il existe encore des débris, a avec la la langue sanscrite des rapports évidents. Les linguistes, d'un autre côté, ne saisissent aucune liaison entre le sanscrit et la langue euskarienne; donc comme tous les peuples ont la même origine, que tous sont partis des plateaux de l'Asie, puisque Gaulois et Ibères se sont rencontrés vingt siècles avant notre ère dans des conditions de taille, de couleur, de langage, si différentes, il est absolument nécessaire que depuis leur départ de leur séjour commun il se soit écoulé des siècles; autrement cette grande différence de conformation et de couleur des cheveux laisserait supposer deux races primitives distinctes.

L'origine de ces peuples et de beaucoup d'autres qui sont dans le même cas remonte bien au delà des époques qu'on leur attribue généralement.

Adieu.

1873.

Horace, dans son art poétique (vers **102**), semble avoir eu présent à l'esprit, ce passage du Ion.

```
..... Si vis me flere, dolendum est
       Primum ipsi tibi :
....... Male si mandata loqueris,
Aut dormitabo aut ridebo.
```

« Si tu veux que je pleure, il faut d'abord que tu pleures toi-même.

« Si tu remplis mal ton emploi, si tu joues mal ton rôle, ou je dormirai ou je rirai ».

C'est justement ce que dit Ion.

Si, voulant les attendrir, j'arrive à les faire pleurer, moi je rirai, je me moquerai d'eux et j'empocherai leur argent.

Si, au contraire, voulant les faire pleurer, j'excite en eux des rires et des railleries, c'est moi qui pleurerai et je perdrai mon argent.

Ce sens, que je crois le bon, se déduit plutôt de la liaison des idées que d'un mot à mot stérile, mot à mot qui n'est peut-être pas très facile à faire.

La Fontaine a dit :

« Si vous n'êtes pas contents, nous rendrons à chacun son argent à la porte ».

Il y a quelques jours, je rencontrai dans le passage un ancien directeur du théâtre de Nantes. Lors de la grande vogue de Robert, il y jouait le rôle de Bertram et il avait bien la voix et la figure qui convenaient au personnage. Je ne sais dans quelle circonstance et pour quelle raison, un jour le spectacle fut interrompu, quelqu'un s'avisa de dire qu'il fallait rendre la recette. « Rendre la re-

cette! s'écria Bertram, d'une voix profonde et même sé-
pulcrale, jamais! » D'après Platon, il paraît que de son
temps on ne payait qu'en sortant.

1873.

Les accidents arrivent au moment où on y pense le
moins. Heureusement qu'on en a été quitte pour la peur.
J'ai failli ne pouvoir pas lire ce qui était arrivé à ta chère
Claudine. En déchirant l'enveloppe, j'ai mutilé la lettre
juste à l'endroit de la joue et de l'œil, mais en rapprochant les morceaux je suis parvenu à déchiffrer. Comme
un malheur ne peut jamais se présenter seul, la chute
manquée de Claude a fait à propos accomplir le destin ;
sans cela on aurait toujours été dans l'attente de quelque
nouvel accident.

La perte de la leçon de M. Franck sur B. Constant,
puisque c'est le seul ennui qui résultera, sauf l'usage
de l'eau blanche, n'est pas très à regretter. L'auteur
d'Adolphe, esprit fin et même très fin, mais sceptique
et sans enthousiasme ne peut guère être bien jugé par
quelqu'un qui est loin d'avoir ses qualités et qui a plus
que ses défauts. Benjamin Constant toute sa vie a fait de
l'opposition politique, la plupart du temps sans rime ni
raison et souvent même sans honneur ni patriotisme.

Les idées qu'il défendait en opposition de celles qu'il
attaquait, si on les eût mises en pratique, il aurait été
fort embarrassé ; car ne pouvant jamais rien approuver,
il aurait été obligé de se critiquer lui-même. Il fut l'ami
de Mme de Staël, quoiqu'il soit assez difficile de voir
quel accord de sentiment pouvait régner entre eux. Ni

l'un ni l'autre n'aimait l'empire ; l'un parce qu'il n'aimait rien, l'autre pour des raisons qui ne sont pas toutes légitimes et dont quelques-unes même ne lui font pas honneur. Pour caractériser B. Constant en peu de mots, il suffit de rapporter ce qui se passa en 1830 : Le gouvernement de Juillet le nomma président du conseil d'État avec un traitement de 60.000 francs. On paya en outre ses dettes qui montaient à 300.000 francs.

Président d'une assemblée qui avait pour but de préparer des projets de loi dans l'intérêt de la monarchie constitutionnelle, il ne pouvait pas à son grand regret faire d'opposition. Aussi il ne tarda pas à donner sa démission, et s'il ne fût pas mort dans l'année, on l'aurait vu reprendre à la Chambre le rôle qu'il avait joué longtemps sous l'Empire et sous la Restauration, peut-être même sans se rappeler qu'on avait payé ses dettes.

Je le déteste bien plus que je ne le fais voir ici : En 1815, il a joué le même hideux rôle que les Picard et les Favre au 4 septembre.

En admettant que M. Franck ait pu réussir dans l'analyse du talent du publiciste, il a assurément dû échouer dans le portrait de l'homme. Pour peindre un homme sans cœur et sans courage, il faut être soi-même un homme de courage et de cœur et non pas un insulteur en même temps qu'un flagorneur.

Ma lettre a été bientôt faite aujourd'hui : quand on a un sujet pris en dehors de soi, la plume bien ou mal court toute seule. Je n'avais pas à raconter l'harmonie de la nature ou la loi mystérieuse des nombres, sujets où l'âme et l'esprit se perdent dans la contemplation de l'infini.

Il ne me reste plus qu'à exprimer le vœu que la joue

qui a protégé l'œil contre le choc malencontreux ne soit pas la victime de son dévouement et qu'au plus tôt toute trace disparaisse.

La question du perfectionnement indéfini de l'intelligence humaine a été posée bien des fois, et bien des fois débattue et discutée.

En théorie, ce perfectionnement est rejeté non seulement par les orthodoxes, mais par beaucoup de bons esprits, de ceux-là qui n'admettent que ce que la raison leur enseigne.

En fait, on est impuissant à démontrer que les anciens ont fait preuve de moins d'intelligence que les modernes. La civilisation, en recueillant, en accordant tous les travaux des temps écoulés, donne à chaque génération nouvelle des moyens plus prompts, plus faciles d'instruction. Sous ce rapport-là, nous avons de grands avantages sur nos devanciers, sans toutefois que le résultat constate autre chose que ce qui s'est vu dans tous les temps, des supériorités accidentelles et individuelles.

Les jeunes Français ou les jeunes Anglais qui viennent de naître ne sont pas plus aptes à devenir des Bossuet ou des Newton, que ne l'eussent été de jeunes Athéniens supposés dans le même milieu.

Il y a pourtant un point de vue sous lequel on pourrait croire au perfectionnement. L'homme n'est pas seulement une intelligence, il est en même temps doué d'instincts et par là il touche à la bête. Alors l'exemple des chiens chasseurs, des pécaris, pourrait, dans certaines circonstances, lui être appliqué, mais ce ne sera jamais qu'un pur développement pour ainsi dire physique et matériel ; et à l'œil nu on parviendrait à lire ce qui se passe dans la lune qu'on n'en serait pas plus avancé pour comprendre l'infini.

Tout se touche, sans doute, tout se lie, tout s'enchaîne dans la nature, mais cette immense harmonie ne détruit pas la distinction des êtres et des choses; et dans l'embarras de l'explication, il vaut mieux s'en tenir à ce qui relève l'homme qu'à ce qui le rabaisse.

Le perfectionnement successif de l'humanité d'une manière absolue me fait l'effet de l'homme-grenouille de Guépin.

Je suis obligé de toucher un peu à tout, à la politique, à l'histoire, à la philosophie, aux arts, non pas seulement aux arts libéraux, mais aussi à ceux non moins agréables qui touchent à l'économie domestique, à l'art culinaire par exemple, non pas en lui-même, mais dans ses éléments.

Poulets de Jinzé, beurre d'Orvault, etc., etc. Grâce à mes lettres, gens et victuailles pourraient passer à la postérité dans le quartier d'Auteuil, et à leur grand étonnement faire concurrence à des souvenirs dont se glorifie le hameau, sans parler de ceux qu'il laissera dans l'avenir, si un jeune poète surtout ne laisse pas trop longtemps dormir sa muse.

---

9 janvier 1873.

Les Romains étaient trop pleins d'eux-mêmes, trop barbares pour comprendre l'humanité tout entière et pour être capables d'enthousiasme et de goût à priori.

Sans savoir ce qu'ils ont pu faire en œuvres dramatiques, on peut dire qu'ils n'ont jamais eu une bonne tragédie. Dans ce genre de composition, ils ne sont pas seulement restés inférieurs aux Grecs, auxquels du reste ils sont inférieurs en tout, mais ils sont restés au-dessous d'eux-mêmes. C'est à peine si Rome compte un poète, un vrai poète : et comment concevoir la tragédie sans poésie?

Les leçons de M. Boissier devront moins être une étude littéraire qu'une suite d'observations sur l'influence que peuvent amener les mœurs et la civilisation d'un peuple sur le caractère de sa littérature. A la ville comme sur les champs de bataille, les Romains n'ont jamais été que des barbares. Les Grecs, même dans la guerre de l'indépendance, dans cette guerre pendant laquelle ils avaient tant de raisons pour n'être que des soldats, n'ont jamais dû cesser d'être des hommes.

On ne peut s'imaginer que Miltiade, Thémistocle, Aristide aient jamais eu quelque chose de commun avec Marius.

Adieu.

---

21 janv. 73.

Les Pythagoriciens comme tous les philosophes livrés à des études spéculatives ont voulu expliquer l'origine du monde, sa création, sa formation, la première cause et le premier effet. Tous ont échoué et ils échoueront toujours. L'homme, aussitôt qu'il contemple l'infini, a des éblouissements, sa raison s'égare, aux réalités des

rêves, des hypothèses se détruisant les unes les autres.
Ce n'est qu'un ensemble de contradictions.

L'esprit humain peut bien chercher à comprendre et
à expliquer certains phénomènes qui sont effets de causes qui elles-mêmes sont effets d'autres causes et ainsi
de suite en remontant toujours. Mais quant au premier
effet et à la première cause, pour les expliquer il faut
attendre que, suivant le système de la métempsycose,
nos âmes et nos organes perfectionnés permettent de
pénétrer dans un ordre d'idées qui dépasse aujour-
d'hui notre organisation intellectuelle et physique.

J'ai été obligé d'interrompre ce que je voulais dire
par l'arrivée de V...

Il paraît que dans les cercles on s'occupe de la fusion,
car V... m'a demandé ce que j'en pensais. L'ancien
marchand est un politique à courte vue ; il est surtout
du nombre de ceux qui ne voient pas que ce qu'ils aiment vaut encore moins que ce qu'ils n'aiment pas.

De pareilles gens on ne peut rien apprendre comme
on ne peut rien leur enseigner. Le mieux c'est de les
prendre comme ils sont.

P... se remarie ; vous allez peut-être croire un peu
inconsidérément que la femme qu'il prend, prudente
par l'âge, légère par la langue, est comme qui dirait
A...

Pas du tout... c'est une veuve plus jeune qu'A... et
mère de trois enfants, elle n'a pas du tout de fortune ;
elle est excellente musicienne, chez elle on faisait souvent de la musique et de la bonne et bien exécutée,
Bien des fois le soir je me suis arrêté sous ses fenêtres.

Sans savoir si, dans cette circonstance, P... a tort ou
raison, on peut bien dire pourtant qu'il n'est pas cou-

pable de cet amour du lucre contre lequel on ne saurait trop s'élever, puisqu'il est pour ainsi dire la cause de tout le mal que nous voyons.

. Un petit exemple dans un genre particulier! E. R… veut se marier, mais par un esprit de fatalisme il croit qu'il sera un époux malheureux; comme compensation il veut avoir une belle dot. Le père de celle qui doit faire son infortune est fort riche, dit-on, mais il a huit enfants. Et E. R…, si la chose se fait, donnerait volontiers tout ce qu'il aura de belles-sœurs pour ne pas avoir de beaux-frères.

Je ne sais pas où en est l'affaire; il y a plus d'un mois que je n'en ai entendu parler.

Adieu.

---

4 février 1873.

M. Thiers et l'Assemblée ressemblent un peu à deux personnages d'un dialogue de Lucien, qui se sont nommés réciproquement leur légataire universel : chacun d'eux attend impatiemment la mort de l'autre; mais le hasard fait qu'ils meurent tous les deux à la fois. Ils sont emportés dans une tempête. Une pareille bonne fortune ne nous est pas réservée et nous sommes à peu près certain que l'être individuel tuera l'être collectif, sauf à périr lui-même après. Mais il n'y a pour nous de salut que dans une destruction simultanée, une destruction successive ne pouvant amener que l'anarchie et le triomphe de ceux qui n'ont pas sans doute l'anarchie pour base, mais bien pour moyen et pour appui. Tout le monde en connaît de ces gens-là.

On n'a jamais plus parlé du droit qu'a la société de se gouverner elle-même, mais de ce droit-là on n'a jamais moins usé. Des élections viennent d'avoir lieu ici pour la nomination des juges au tribunal de commerce. Sur près de 1,200 électeurs 123 seulement se sont présentés. Les juges nommés l'ont été par 77 voix. Si par un heureux hasard un pouvoir fait se constituait et supprimait les électeurs, tous ceux-là qui n'ont pas rempli leur devoir crieraient au despotisme. C'est à peu près ce que disait assez plaisamment un journal anglais des Parisiens et de la garde nationale : Les Parisiens sont tous mécontents quand on les force à monter la garde, et très mécontents quand on les empêche de la monter.

M. About ayant dit dans le *XIXe Siècle* que Voltaire était le meilleur Français des Français d'aujourd'hui, à l'appui de cette opinion, voici quelques extraits du patriarche, faits par Merson, qui ne sont pas trop mal à propos.

Après Rosbach, à Frédéric :

« Le peuple français est sot et volage, vaillant au pillage, lâche dans les combats ».

« Le peuple ressemble à des bœufs à qui il faut un aiguillon, un joug et du foin ».

« Il est à propos que le peuple soit guidé, et non pas qu'il soit instruit, il n'est pas digne de l'être ».

« Il me paraît essentiel qu'il y ait des gueux ignorants, ce n'est pas le manœuvre qu'il faut instruire, mais le bon bourgeois. *Quand la populace se mêle de raisonner, tout est perdu* ».

J'ai souligné la dernière phrase qui prouve que si Voltaire était le meilleur Français d'aujourd'hui, c'est qu'il y voyait plus clair que certains politiques du dix-neuvième siècle.

Toutes ces phrases du vieil Arouet, sauf la première, qui est une mauvaise flatterie adressée à Frédéric II, sont pleines de justesse, mais antidémocratiques. Elles se réduisent en définitive à ceci : Ce n'est que lorsqu'on a de l'éducation qu'on a droit à l'instruction ou autrement ! C'est par l'éducation qu'il faut arriver à l'instruction, et non pas par l'instruction qu'il faut arriver à l'éducation.

M. Arouet de Voltaire était sinon gentilhomme, du moins gentilhomme de la chambre du roi.

Ces misérables journalistes ne se font pas plus scrupule de manquer de jugement, que de manquer de goût ou de sens moral.

Je ne reviens pas sur l'accident de la joue, parce que je pense qu'il n'en reste plus rien, si ce n'est le souvenir du sacrifice d'un Juif. Quel est donc le vrai chrétien qui ne voudrait pas avoir sacrifié un Juif ?

Adieu.

---

6 février 1873.

On peut se procurer facilement une physique et la petite mécanique de Delaunay. La grande mécanique n'est pas absolument obligatoire; d'ailleurs, on l'achètera à la première occasion.

Si par hasard vous rencontriez un livre qui convînt aux savants et aux ignorants, un peu à tout le monde, ce serait peut-être aussi bien. Il ne faut pas s'enfoncer dans le soi-disant utile jusque par-dessus les oreilles.

Omne tulit punctum, qui muscuit utile dulci.

Ce vers d'Horace veut dire : « Celui-là a gagné le prix qui a su mêler l'utile à l'agréable ».

Dans ta version...

« Est-ce qu'il n'aurait pas été préférable de passer une vie oisive, tranquille et sans ambition? »

Oisive n'est pas bien bon, mais c'est sur ambition que je veux faire une observation. On peut bien dire de quelqu'un qui a terminé sa carrière, qu'il a vécu sans ambition parce que le fait est accompli; mais on ne peut pas employer la même expression pour dire qu'on se retire à la campagne pour y vivre sans ambition. L'ambition est une passion qu'il ne dépend pas de nous d'éprouver ou de ne pas éprouver, contre laquelle nous pouvons lutter, mais qui nous suivra aussi bien au champ qu'à la ville. Oisive laisse aussi à désirer, parce qu'en général il se prend en mauvaise part.

M. de Mussy va venir en consultation pour X... Bien des gens ont fait profession de ne pas aimer les médecins. Avaient-ils tort? Avaient-ils raison? Il y a pourtant à se méfier. Prendre son médecin pour toute ignorance c'est une autre erreur, car l'expérience a pénétré chez tous les médecins et l'expérience peut devenir une vraie science.

A la vérité, nous n'en cherchons pas si long, nous nous laissons aller à la discrétion de notre Hippocrate.

Personne n'est son propre médecin.

C'est bien assez d'être le médecin de son âme et encore qui y arrive? Tout n'est qu'inconsistance et faiblesse chez nous. Nous avons pour ainsi dire honte de nous faire voir tel que nous sommes. C'est pourtant par là qu'il faudrait commencer.

Nantes, 20 août 1873.

Je copie une de tes phrases, je pourrais dire en te l'envoyant comme les frères de Joseph à leur père Jacob :

Reconnaissez-vous la tunique de votre fils ?

« Je n'essayerai pas de placer sur cet homme les ver-
« tus dispersées sur plusieurs ordinairement, de peur,
« comme cela arrive facilement, qu'on ne croie moins
« que je n'en dis ».

Il y a là, indépendamment d'autres choses, deux ad-
verbes dont on pourrait dire comme dans *les Femmes
savantes*, ces deux adverbes-là font admirablement; la difficulté qu'on éprouve pour arriver à exprimer sa pensée, ou même celle des autres, bien loin de vous arrêter, devrait être un stimulant. Quel plus grand problème pour l'homme à résoudre, parmi tous ceux que la nature lui offre, et même que sont tous les autres problèmes sans celui-là? Mais ce n'est pas par les mauvais côtés qu'il faut ressembler, comme dit celle que l'amant d'Henriette pouvait bien avoir grand tort de dédaigner.

Pendant que je fais presque des phrases sur l'art de penser, puisque l'art de penser et l'art d'écrire se confondent, etc., etc.

Thucydide est difficile comme tous les écrivains qui ont la prétention d'être concis et qui, sans scrupule, à la concision sacrifient la clarté. Grand défaut quoi qu'on en dise. Ce qu'on a ménagé de mots est bien peu de chose comparativement à l'ennui que l'on cause à son lecteur. Qu'on ajoute le volume de cinquante pages au volume de notre historien, il cessera d'être concis, c'est possible, mais il sera partout facile à comprendre. Les écrivains prolixes sont ennuyeux, dit-on ; mais, selon l'expression d'Horace,

Est modus in rebus, sunt certæ denique fines.

Ce qui n'empêche pourtant pas Thucydide d'être un grand écrivain et ce discours de Périclès, que j'ai parcouru croyant que de ton côté tu étais occupé à le traduire est très bien fait. A qui revient le principal honneur de ce discours? C'est ce que nous ne savons pas.

Dans tous les cas, c'est du Périclès arrangé. Celui qui sait aussi bien plaire au peuple qu'à Aspasie avait encore plus d'habileté que d'éloquence et que de science d'écrivain. D'ailleurs ceux-là sont rares qui ont pu publier leurs discours, aussi rares que les évêques qui ont pu publier leurs mandements.

Si c'est par le langage que l'homme s'élève au-dessus des bêtes, ce n'est pas par un simple à peu près suffisant pour faire circuler des pensées vulgaires de l'un à l'autre, ce qui est malheureusement le fait de la plus grande partie de l'humanité qui, pour se relever un peu, n'a que le sentiment, ce n'est que par le langage des idées que l'homme justifie son origine; mais dans ce langage-là, la pensée et l'expression se confondent tellement qu'on ne peut pas conserver l'une sans l'autre. C'est un malheur de croire qu'en pareille matière on peut se contenter de l'à peu près. Que dirait-on de celui qui ne marcherait, qui n'entendrait, qui ne verrait qu'à peu près? on le regarderait comme très malheureux.

C'est là le sort de celui qui ne peut exprimer qu'à peu près ce qu'il ne pense qu'à peu près ; car tout est confusion dans l'esprit quand la pensée ne peut pas revêtir une forme. Que de gens pourtant n'en pensent pas plus long.

Nantes, août 1873.

Puisque Newton n'a laissé aucune trace de la méthode qu'il a pu suivre pour arriver au développement du Binôme, ne pourrait-on pas supposer que, pour son usage particulier, il s'est contenté d'un moyen purement empirique.

C'est une question que je m'adressais pendant que la vapeur m'entraînait de Paris à Angers.

Il y a bien d'autres exemples où l'art suffit sans la science, la pratique sans la connaissance de la théorie.

Le problème était assez intéressant pour que Newton ne regardât pas au-dessous de lui de laisser la preuve qu'il avait résolu.

Le notaire s'entête à ne pas répondre, il y a des cas dans lesquels le silence est un acte de prudence, ici c'est un acte d'impolitesse. Quels motifs peuvent le pousser à se taire? est-ce sottise, prétention à l'homme accablé d'affaires ou machiavélisme. Le machiavélisme serait un peu fort pour un tabellion; d'ailleurs il vaut mieux le supposer bête que méchant. C'est là le fait de beaucoup de gens.

———————

Nantes, 1er septembre 1873.

A CLAUDE.

Ta lettre de ce matin, malgré des corrections que tu as eu pourtant raison de faire, mais que tu ne devrais pas avoir à faire, prouve que tu es capable, avec du soin et de la volonté, de te tirer à ton honneur d'une correspondance familière et scientifique. J'aimerais mieux

avoir à débrouiller une pensée philosophique qu'une
description d'un phénomène de physique. Ce n'est pas
que je condamne les descriptions, mais j'ai toujours peur
de m'y perdre.

Mᵐᵉ Samson veut se donner la satisfaction de réunir ses élèves ; en votre qualité d'anciens, Adèle et
toi vous aurez les principaux rôles. Gaston devra se
contenter de quelques mots, mais pour se consoler ; au
fond il a le cœur de la marquise ; cette jeune marquise
n'est rien aujourd'hui, mais qui sait ce que le temps lui
destine.

Nantes, 7 septembre 1873.

Le sujet d'*OEdipe,* très admiré chez les anciens, l'a
beaucoup été aussi dans les temps modernes et l'est
encore dans nos écoles.

Cette admiration non interrompue des siècles a droit
de surprendre pour un sujet aussi abominable, aussi en
opposition avec la raison, le bon sens et le simple instinct. Faire intervenir la fatalité seule dans les événements humains sans le libre arbitre, c'est tout simplement mettre en cause la divinité et lui demander compte
des événements qu'elle a laissé s'accomplir, qu'elle a
même ordonnés ; ça peut être un sujet théologique,
mais ça ne peut pas être un sujet dramatique dans le
bon et dans le vrai sens du mot.

Je trouve que non seulement dans l'*OEdipe à Colonne*
mais aussi dans l'*OEdipe Roi,* qu'on regarde pourtant
comme le chef-d'œuvre de Sophocle, il y a beaucoup
de déclamations et de non-valeurs. Un autre sujet qui

me semble encore plus abominable que celui d'OEdipe,
c'est Oreste et Électre sacrifiant Clytemnestre. Le sacrifice d'Iphigénie n'est rien à côté, ce dernier s'explique
facilement. Tant de passions sont en mouvement, l'esprit
du spectateur, l'orgueil, l'ambition, la voix de la patrie
qui semble s'élever, tout y pousse.

Mais un fils et une fille qui égorgent leur mère, la
fille surtout qui y met une espèce de férocité.

Pour les anciens sur leur théâtre la terreur était tout.
Admirons-les quand il y a lieu dans la manière dont ils
ont développé leur sujet; mais ne les admirons pas au
fond, et ne les imitons pas parce qu'ils sont faux
ou s'il n'est pas permis de dire qu'ils sont faux, parce
qu'ils ne sont pas complets.

Dût-on se tromper souvent, il ne faut pas craindre de
porter un jugement de soi-même; s'en rapporter toujours
aux autres sur ce que l'on doit penser, toujours attendre la parole du maître, c'est pour ainsi dire ne faire
aucun usage de sa raison; sans doute, il ne faut pas
parler à l'aventure et sans examen, mais on doit se
laisser aller à ses impressions; d'une fois à l'autre on
se corrige, on n'arrive pas tout de suite à faire entendre
le premier son de cloche, comme disait Sainte-Beuve,
c'est-à-dire à bien apprécier avant tout autre les mérites
ou les défauts d'un livre; on n'arrive peut-être jamais,
et c'est ce talent que le M. Sainte-Beuve insinue quelque part comme allant peut-être de pair avec celui
de créateur. Il allait peut-être un peu loin dans son
amour-propre de critique, mais il est certain que c'est
un talent qui exige beaucoup de sagacité.

Nantes, 7 septembre 1873.

Quand on fait un voyage, la première chose est d'en rendre compte. Le bateau était bien garni, mais sans foule, sans qu'il y eût le moindre risque. Pendant la traversée, j'ai causé avec une dame, d'une demi-jeunesse, d'une demi-beauté, d'une demi-condition, et probablement aussi d'une demi-fortune. Elle arrivait de Saint-Malo où, il y a deux mois, elle était descendue sans naufrage selon la chanson; elle avait été dans ce petit port des moins célèbres pour y prendre des bains de mer. Elle a été enchantée de son séjour, des logements pas trop chers, la vie facile; on n'y trouve pas autant de poissons qu'aux Sables ou à la Rochelle, mais enfin on en trouve. Des promenades charmantes sur une rivière dont elle ne savait pas le nom, mais qui est la Rance, qui remonte à Dinan (Côtes-du-Nord, 10,000 hab.). Cette rivière de Rance avec l'Ille forme le canal de Saint-Malo à Rennes. Cette dame trouvait l'eau de l'Erdre beaucoup moins transparente que l'eau de la mer; elle a, vous le voyez, l'esprit d'observation. J'ai été obligé de me préparer pour la descente, je n'ai point eu de compagnon de voyage. A la Jonnelières, il y avait un certain monde de petits bourgeois de la ville dont les femmes portent la robe de soie et dont les maris ne dédaignent pas le vin blanc. Comme j'arrivais au pont qui coupe le Cens à l'entrée du petit pont, j'ai aperçu une agglomération qui m'a laissé supposer un accident; justement deux voitures descendant l'une la côte du Tertre, propriété de Gabriel, l'autre de la Houssinière, ancienne maison de campagne des préfets, se sont rencontrées comme dans le cercle de Dante les prodigues et les avares. *Perchè tieni perchè burli.* Dans chaque voiture il y avait quatre personnes, on en a été quitte pour la peur.

Nantes, 4 septembre 1873.

En sortant de la poste, j'ai rencontré les MM. D..., qui, eux, sortaient de chez Merson et se disposaient à rentrer chez eux pour faire leur repas du soir, repas demi-léger, mais néanmoins tonique et entremêlé de la lecture de l'*Union bretonne*. Ces D..., sans avoir aucune originalité dans l'esprit et dans les manières, ne ressemblent pourtant pas à tout le monde, surtout le fils ; ils détestent la classe soi-disant libérale, surtout les avocats et les procureurs. Le père les connaît bien, ayant été lui-même un assez mauvais procédurier ; ils sont anti-radicaux, anti-légitimistes, ils ne reconnaissent de gouvernement possible avec l'ordre, l'égalité, la prospérité, la liberté même, quoique ce ne soit pas la chose à laquelle ils tiennent le plus, que l'empire ; ils pouvaient avoir raison avant Sedan, mais aujourd'hui la situation n'est plus la même. A la vérité, tout est plus difficile que jamais pour tout gouvernement quel qu'il soit. Ils ont été enchantés de la correspondance de Froshdorff. Cette lettre prétendue a produit un très grand effet partout dans le monde politique, ce qui prouve combien les mensonges, les turlupinades sont nécessaires aux journaux pour réussir. Ceux qui se renfermeraient dans l'honnêteté et dans la vérité n'auraient pas un lecteur ; du reste, leur confiance est toujours la même. Je les ai laissés à l'entrée de leur allée, ils ne m'ont pas invité à partager leur lunch, car ils ne sont pas des partageux, ils sont d'un autre côté très peu partageants. Ils ont eu tort, car j'aurais refusé et la politesse aurait été faite. L'égoïsme est un mauvais guide.

Bien exprimer ses idées ou celles des autres est un avantage et un mérite incontestable, et nous savons que pour arriver là le travail des versions est le meilleur moyen. Mais cela n'est pas suffisant, il faut aussi avoir des idées et savoir les mettre en ordre. Celui qui lit toujours, a dit M. Jacotot, ne sera jamais lu, celui qui traduit toujours ne sera jamais traduit, on doit donc viser à se mettre en état de produire quelque chose de son propre fond, à développer en soi cette faculté de saisir des rapports entre les choses, faculté qui est tout, le génie même. Sur les sujets divers qui se présentent avoir du jugement, du goût, de l'esprit quelquefois, sans être obligé d'avoir le jugement, le goût et l'esprit des autres dans sa poche ou dans sa mémoire. Ne pas dire comme ce personnage de Shakspeare invité à un grand festin : Quel malheur! j'ai oublié mon livre de bons mots.

Il faut donc écrire presque tous les jours une composition sur un sujet quelconque, en évitant surtout la banalité et la trivialité, en cherchant à appliquer aux idées le mot d'Horace aux personnes,

Odi profanum vulgus.

Dans l'âge de l'imagination et de la réthorique, il faut avoir l'esprit et le caractère de son âge.

C'est à vous, Monseigneur, que ce discours s'adresse. A dix-huit ans, on doit être plus disposé à rêver ou à circuler qu'à porter des jugements ou à faire des combinaisons ou des critiques littéraires ou scientifiques, mais enfin les nations sont diverses, et

Trahit sua quemque voluptas.

Le principal est de produire sans trop de sécheresse et sans vagabondage.

Je ne parle pas d'un simple travail de fantaisie, un jour quelque chose les jours suivants rien ; j'entends un travail régulier, tu le sais, à pouvoir l'enseigner aux autres. Il n'y a que les études régulières qui soient profitables.

Il est, ce me semble, beaucoup plus difficile d'écrire sur les choses purement littéraires que sur la politique. Cela vient peut-être de ce que ceux pour qui on écrit et qui s'occupent de littérature ont le jugement et surtout le goût beaucoup plus développé que ceux qui se contentent de savoir comment va le gouvernement des affaires du monde. En politique, on a pour ainsi dire carte blanche. Un non-sens par ici, une sottise par là, tout passe. Vos lecteurs quelquefois savent à peine lire.

Laurent n'a jamais pu qu'épeler son journal. Piquer la curiosité des gens, exciter leurs mauvaises passions, chercher à satisfaire des intérêts qui sont d'autant plus exigeants qu'ils sont plus ignobles, voilà le seul but à atteindre. Pour des lecteurs à la douzaine il faut des écrivains à la diable. A des lecteurs d'élite, il faudrait des plumes d'élite, mais où trouver ce genre de monde ? Autrefois chaque journal en raison de sa qualité avait une espèce de taxe, les prix doivent avoir baissé pour les uns monté pour les autres, la trivialité est partout. Aux *Débats* les rédacteurs étaient traités comme des grands seigneurs, au *National* ils avaient à peine de quoi s'habiller, c'est pourtant de là que sont sortis M. Thiers et quelques autres, puis au-dessous les Cavaignacs et les assassins de Louis-Philippe, ou du moins ceux qui ap-

7

plaudissaient aux tentatives d'assassinat, puis la canaille
de 48.

Quelque chemin que l'on prenne on arrive toujours
à rencontrer ces gens-là. Tous les précurseurs de ceux
d'aujourd'hui, quand je dis aujourd'hui j'ai plus que
raison, car les parquets et les administrations pullulent
des produits impurs du 4 septembre qui, introduits
d'avance dans la place comme les Grecs dans le cheval
de Troie, sont tout prêts, quand le moment favorable
sera venu, à appeler leurs compagnons bien disposés au
pillage.

Nantes, 7 septembre 1873.

Je suis fâché de n'avoir pas été là pendant la visite
que vous avez eue de la Prima donna di quartello. J'aurais eu le double agrément de l'entendre et de me
rappeler cette vieille Pisaroni pour laquelle du reste a
été écrit l'air de la *Sémiramide*.

Démosthènes, dans ses discours politiques, est d'une
simplicité qui étonne, simplicité pourtant qui n'est pas
sans grandeur, et qui laisse échapper çà et là des traits
de la véritable éloquence, tantôt dans un genre, tantôt
dans un autre, néanmoins on est peut-être autorisé à
dire que sans le discours de la couronne, on ne saurait
toute la force, toute la puissance oratoire qui était dans
Démosthène, fils de Démosthène.

C'est aujourd'hui que mes deux dames doivent venir.
Quoique ce soient deux veuves, je ne tiens pas du tout à
former de liaison ni avec l'une que je connais, ni avec
l'autre que je ne connais pas. Tout ce que je demande,
c'est qu'à elles deux elles forment une liaison intime

avec mon appartement. Pour former le conjungo, nous n'avons besoin ni de M. le maire ni de M. le curé ou des vicaires de la paroisse voisine. Deux feuilles de papier timbré à soixante centimes chaque suffiront. Je n'ose pas faire acheter d'avance mon papier timbré, j'ai peur de perdre mes vingt-quatre sols. La parole d'une femme cela n'est pas grand chose, mais la parole de deux, c'est encore bien pis. Enfin il ne faut pas se désespérer, il faut que je reste là à les attendre, c'est le moins que je puisse faire.

Gustave, depuis qu'il est marié, prend plus que jamais soin de sa mise, il a toujours l'air d'un gentilhomme de la fashion. Quand il va dans la Vendée, il fait honneur au choix de sa femme. Julie, qui aime tant Mme du Tertre, sera bien aise de la complimenter sur son fils.

Nantes, 8 septembre 1873.

Comme j'ai presque entièrement perdu le goût de la lecture, et qu'en même temps j'ai renoncé à la douce habitude d'envoyer de la fumée vers le ciel (notez ces deux points-ci) : je ne saurais trop comment passer mon temps quai de Versailles, si je n'avais pas la ressource de barbouiller du papier. Écrire est bien plus profitable qu'on ne s'imagine, surtout quand on ne s'impose aucune règle ; pour mettre un peu d'ordre, on passe ainsi en revue dans sa tête beaucoup plus de choses qu'on n'en écrit. On discute avec soi-même, on se fait des reproches, on se permet quelquefois de s'applaudir. Le véritable écrivain, celui qui réellement mérite ce nom doit être le plus heureux des mortels quand il est content de lui et quand est-ce qu'il ne l'est pas?

Il est aussi heureux que Jupiter lorsqu'après le coup de hache de Vulcain, il eut mis au jour Minerve armée de pied en cap; je crois cependant qu'en fait de mortel fier et heureux de ses productions, on ne parle jamais que du poëte, la vile prose n'a rien à prétendre ici.

D'où vient cette grande différence entre certains esprits, que les uns ne peuvent produire qu'en parlant, les autres qu'en écrivant, quoiqu'avant tout il soit vrai de dire que si on peut se passer de savoir parler pour bien écrire; savoir écrire, au contraire, est absolument nécessaire pour bien parler, malgré l'opinion de bien des gens qui par ce manquement sont réduits à bien peu de chose.

Sans savoir si plus tard on aura occasion d'exercer l'art de la parole, il faut donc commencer par apprendre à écrire. Puisque c'est le fondement de tout, ce devrait être sinon l'unique, du moins la principale préoccupation de tout jeune homme bien né et bien éduqué. Sans cela, on ressemble à tout le monde, et ressembler à tout le monde dans un siècle de trivialité, c'est ne ressembler à rien.

Par beaucoup écrire, on a la chance de se débarrasser de la déclamation, mais on est bien exposé à tomber dans le banal; ce sont là deux péchés capitaux qu'il faut éviter ou dont il faut se corriger. C'est presque comme si on disait que pour bien écrire il faut avoir du génie ou au moins de l'esprit et du goût, c'est bien un peu cela, mais enfin tâchons toujours d'arriver à exprimer et ce que nous éprouvons et ce que nous désirons. En fait de ce qui est style, acquérons tout ce qui peut s'ac-

quérir, le reste au hasard, peu importe que nous soyons
disciple de telle ou telle muse, quoique parmi les choses
il y ait encore du choix. Une remarque de tous les temps,
c'est que ceux qui écrivent trop facilement écrivent un
peu lâchement, c'est là le reproche que Voltaire adresse
en vers à l'auteur du Télémaque. Faisons nos efforts
pour arriver à mériter le même compliment, nous nous
en consolerons. Si nous pouvions seulement parvenir à
écrire une page sans faute et sans rature.

Quittons Fénelon et passons à un autre, à M. Thiers
par exemple, quoique la transition ne soit pas bien naturelle et surtout ne fasse pas beaucoup d'honneur sous
certain point de vue au précepteur du duc de Bourgogne,
mais nous sommes dans un temps où tout se confond.
M. Thiers finira par se croire le génie du mal, il aura
bien tort pourtant, il n'a rien de vraiment satanique, et
sous ce rapport-là il est bien inférieur au vieillard de
Ferney, qui lui-même n'était qu'un tout petit Satan.

On lui a élevé un piédestal beaucoup trop haut pour
sa taille, de sorte que de loin et même de près il a l'air
d'un nain. C'est une figure qui appartient à peine à
l'histoire, il lui manque quelque chose soit dans le bien,
soit dans le mal; qu'on lise dans Bossuet, il en vise tout ce
qui fait défaut au petit bourgeois d'Aix. Nous autres
Français, nous mettons trop l'esprit au-dessus du caractère, toutefois notre petit homme pourrait bien ne
pas se fier dans sa propre force et ne compter que sur
la faiblesse et la médiocrité de ses adversaires. Aurait-il
grand tort? Toujours cette maudite question : où mar-
chons-nous?

Nantes, 12 septembre 1873.

Je n'ai pas la simplicité de croire que je fais beaucoup de bien aux autres en griffonnant tous les jours un certain nombre de pages, mais je crois que je m'en fais à moi-même; d'abord, c'est un moyen d'écouler ma bile, ce qui déjà n'est pas à dédaigner, puis ensuite j'arrive ainsi à me faire des choses une idée beaucoup plus nette que celle que j'aurais sans cela, et de plus si j'étais exposé à avoir une discussion sur un des sujets que j'ai cherché à comprendre et à faire comprendre aux autres, je me trouverais beaucoup plus fort, je serais comme celui qui, dans la prévision d'une rencontre, a passé six mois dans une salle d'armes; si je n'étonnais pas mon adversaire, il ne me surprendrait pas. Je suis à la parade et quand on est à la parade, on a la chance de pouvoir porter une botte. Vous voyez qu'avec de pareilles raisons, et quelques autres dont je ne parle pas, je ne dois pas être très disposé à renoncer à mon système d'escrime, mais si je suis satisfait de l'avantage que je pense y trouver, je ne serais pourtant pas fâché que les autres en retirassent aussi, eux, un petit profit ou au moins un petit agrément; profit ou agrément, du reste, c'est à peu près la même chose, l'un ne va pas sans l'autre. Si l'homme n'avait pas de plaisir à prendre ses aliments, il mourrait faute de subsistance. Comme Montaigne, j'aurais besoin de temps en temps de quelques vers empruntés à l'un ou à l'autre ou de quelques lignes de prose, pour m'aider à trouver une transition afin de passer à un autre sujet, car on ne peut pas parler toujours de la même chose à moins de parler comme ce rabbin qui disait que jour et nuit il fallait parler de la sortie d'Égypte, il est vrai que la sortie d'Égypte a conduit avec le temps à la terre promise, mais notre terre promise présente à nous, où est-elle? Bien des gens croyaient que dans M. Thiers nous avions rencontré plus qu'un Moïse; mais non, pour ses péchés et peut-être aussi pour les nôtres, il a été condamné, lui aussi, à rester en deçà du Jourdain. Du haut de la montagne de Nébo, il a vu le pays d'Éphraïm, de Juda, de Benjamin et autres terres délicieuses dans lesquelles il lui a été défendu d'entrer, c'est à un autre qu'il a été donné de conduire le peuple d'Israël. Marchons donc avec ce nouveau guide à la recherche de cette patrie nouvelle, de cette Jérusalem brillante de clarté; de là nous pourrons peut-être aller délivrer nos frères, qui sur les bords du fleuve dans la terre étrangère ont suspendu aux saules leurs lyres muettes, attendant pour chanter des jours plus heureux.

Nantes, 15 septembre 1873.

Je ne sais si l'absence de sens moral contribue à affaiblir les autres facultés, mais il y a chez V... une absence complète de l'idée du beau.

J'ai cherché bien des fois à lui faire comprendre dans des cas divers combien le beau était nécessaire; que ce qu'on appelle le bon, l'utile ne pouvait exister sans lui, mais j'ai toujours reconnu que je perdais mon temps; c'est là une idée, idée qu'on peut appeler matérialiste, malheureusement très répandue surtout chez les hommes.

Pour être un homme complet, il faut tout comprendre.

tout ce qui est juste, tout ce qui est grand, tout ce qui
est beau sans quoi on descend beaucoup.

Nantes, 20 septembre 1873.

Au fur et à mesure que les années s'écoulent, surtout
avec une certaine habitude de se replier sur soi-même,
on devient de plus en plus sévère dans l'appréciation
des choses, ce qui ne veut pas dire qu'à l'occasion on
ne sache pas qu'on ne se croit pas obligé d'être indulgent
pour les personnes, si on en avait le pouvoir, ne pas
faire pendre Trochu, quoiqu'il l'ait bien mérité, mais
peut-on sans se déshonorer soi-même approuver sa
conduite?

Je te l'ai répété déjà bien des fois, tu n'écris pas assez ;
il faut absolument prendre l'habitude de causer la plume
à la main comme on cause avec soi-même, c'est le seul
moyen d'arriver à dire tout ce que l'on veut sans difficulté et sans embarras. Dans les circonstances ordinaires, il ne faut pas craindre d'être un peu prolixe. La concision a son mérite, mais employée à propos. Montesquieu qui abrégeait tout, parce que, dit-on, il voyait
tout, à l'occasion lui-même se laissait aller. Pourquoi
dans beaucoup de cas ne pas écrire comme l'on parle,
sauf dans d'autres à parler comme on écrit. Il faut sans
doute éviter d'être diffus, cela n'est pas ton défaut, il ne
faudrait pourtant pas se tromper : on peut être diffus
sans être long et être long sans être diffus. Je t'ai déjà
fait remarquer que Thucydide, qui est très concis, a des
discours qui n'en finissent pas.

Molière, lui aussi, dans beaucoup de scènes, dans celle

par exemple dans laquelle tu te disposes à briller (1), exprime souvent la même idée, mais il varie l'expression.
Aussi, règle générale, pour apprendre à écrire, il faut
écrire. Il y a cependant un de nos grands écrivains qui
semble avoir bien écrit d'emblée. Rousseau raconte dans
ses Mémoires que, le jour, en se promenant, dans son
lit, il arrangeait ses idées, cherchant le mot propre, dis-
posant ses périodes, ne les abandonnant que lorsqu'il
était content ; il arrivait ainsi à faire des pages, mais
lorsqu'ensuite il prenait la plume, tout lui échappait.
Mais, à force de se livrer à un pareil exercice, il avait
fini par assouplir son esprit et s'était rendu maître
d'une masse d'expressions qui n'avaient plus besoin
pour se produire du silence des bois ou de l'obscurité de
la nuit. Fais comme Rousseau ; écris tous les jours dans
ta tête, et quand tu prendras la plume, les expressions
arriveront d'elles-mêmes.

Nantes, 24 septembre 1873.

Tout républicain est son propre dieu à lui-même, son
souverain, tout part de lui, plein d'orgueil, pédant,
boursouflé, mal élevé, grossier, sans goût sans délicatesse d'aucun genre, doublement égoïste, puisqu'indépendamment de l'égoïsme naturel à l'homme il a
l'égoïsme du démocrate : en somme, on peut dire que le
républicain est un être hideux. Il a tous les défauts
et nécessairement beaucoup de vices, les prétentions devant le faire facilement transiger avec la conscience ;
ce sont les gens avec lesquels on doit se trouver le plus

(1) Le *Misanthrope.*

mal à l'aise, ils n'honorent rien, ils ne respectent rien
de ce qui peut un peu relever l'homme, lui faire comprendre qu'il a bien plus de devoirs à remplir que de
droits à exercer; quand je dis qu'ils n'admirent rien, je
me trompe, ils ont un culte pour des assassins, des monstres, les Robespierre, les Danton, les Carrier, des héros
pour eux.

J'avais laissé là ma lettre cherchant à sortir d'un sujet
qui n'est pas bien agréable.

Ce n'est pas l'entrée du Péloponèse que les Thébains
avaient ouverte à Philippe, mais celle des Thermopyles;
tu n'as qu'à jeter les yeux sur une carte de la Grèce
ancienne et tu vas voir que la Béotie et la Phocide étaient
au nord de la Grèce du côté des Thermopyles. Corinthe
était au centre de l'isthme et les Spartiates étaient le
peuple principal de la péninsule au moment où Démosthène parle. Les Lacédémoniens devaient jouer un petit
rôle; ils venaient d'être presque anéantis par les victoires
d'Épaminondas. Cette réflexion sur les Lacédémoniens
n'a point de rapport à ce qu'est Démosthène. Tu as suivi
mon conseil, tu parles un peu de tout, même des sau-
cisses.

Venons maintenant à une observation grammaticale.
Tu dis :

Quand Pline envoyait ses œuvres a Tacite pour savoir
ce qu'il en pensait, *il* ne devait pas les trouver de son goût.

Le « il » que j'ai souligné, se rapporte dans ta pensée à
Tacite, mais grammaticalement il se rapporte à Pline, ce
qui fait un contre-sens. Dans des phrases semblables, le
pronom sujet de la seconde chose se rapporte nécessairement au sujet de la première, sujet qui est de la troisième personne comme le premier « il » est à la seconde.

Nantes, octobre 1873.

A Claude.

Tu me dis :

« Au jugement de Mme Samson qui est la meilleure de la troupe

ne valait rien.

« Mais au jugement de Mme Samson qui est la meilleure de la troupe

ne vaut guère mieux ».

C'est un autre genre d'impolitesse.

Grammaticalement d'ailleurs la seconde phrase ne vaut rien.

En admettant que ceux qui ont placé au premier rang la transfiguration et la communion de saint Jérôme : je dis la communion et non pas la confession, comme tu as écrit par erreur, aient eu raison, il est absolument faux qu'on puisse classer de la même manière la vache de Paul Potter quelle que soit l'animation que le peintre ait pu lui donner.

En sculpture, la pose, la forme jouent certainement le premier rôle et encore on fait une distinction entre le Méléagre et le sanglier de Calydon ; mais, en peinture, l'expression des traits, la beauté de la physionomie passent avant tout. Or la physionomie d'une vache, cette vache fût-elle Io métamorphosée se rapprochera toujours trop d'une beauté purement de formes, d'une nature presque matérielle. Je t'ai raconté le mot de ce paysan qui, après avoir regardé un tableau de maître représentant un beau taureau (peut-être de Paul Potter), dit, en se tournant vers moi d'un petit air finaud : Il y en a un chez nous qui est mieux corné que celui-là. On pourra toujours dire quelque chose d'analogue de tout tableau représentant un animal.

Ce paysan-là, sans s'en douter, par la seule comparaison qu'il avait faite, venait pour ainsi dire de faire une distinction qui est une règle de jugement et une règle excellente.

Dans les arts, il faut distinguer les genres et ne pas confondre dans ses jugements la matière avec la vie, la vie presque instinctive avec la vie réfléchie. Le sentiment avec l'intelligence, toutes ces nuances-là constituent des différences considérables.

Tous les grands peintres ont été de grands portraitistes. Si, dans un tableau représentant un certain nombre de personnages dans les mêmes conditions de formes de costume, d'action, sur le même plan, le peintre a su donner à l'un d'eux un regard, une physionomie qui saisisse, ce personnage effacera tous les autres, sa figure se détachera du tableau, on ne verra qu'elle, l'expression est tout ; faute de papier, j'aurai de la peine à compléter ma pensée, mais ça se comprend.

La comédie forme au moins autant le jugement et le goût que la tragédie et vous expose moins à la déclamation. Éraste, Cléonthe, peu importe, qui mieux que ce pauvre Molière pouvait peindre la traîtrise de Tartuffe. De tous les producteurs des choses de l'esprit, ce serait probablement Molière qu'on désirerait le plus voir revenir sur la terre.

—————

16 octobre 1873.

Les bons écrivains anciens sont moins clairs dans

leurs explications que les bons écrivains modernes; cela
ne me semble pas contestable. Dans les mêmes circonstances, ils peuvent avoir des qualités que nous
n'avons pas, mais pour la clarté nous l'emportons sur
eux. Diodore de Sicile vivait du temps de César et
d'Auguste : un peu vulgaire et diffus, il passe pourtant
pour ne pas manquer de clarté; il avait donné à une
longue compilation le nom de bibliothèque historique;
les deux tiers de son ouvrage sont perdus. Il y avait
dans son ouvrage beaucoup de faits insignifiants, mais
néanmoins, comme on en rencontre un certain nombre
d'assez importants dans la partie conservée, on regrette
de n'avoir pas le reste. Il fait quelque part une description merveilleuse d'une île enchantée, description qu'on
pourrait croire de son invention si on ne savait pas
combien les Grecs étaient crédules.

L'Amphitryon français est non pas une imitation, mais
une traduction de Plaute qui lui-même l'avait emprunté aux Grecs. Le rôle de Cléanthis est dû tout entier
à Molière. Mais, indépendamment de Cléanthis, il y a
le style qui, j'imagine, vaut tous les styles latins et même
grecs. Molière ne pouvait pas ne pas être original d'une
façon ou d'une autre.

Nantes, 19 novembre 1873.

Quand on est animé d'un mauvais esprit, on le mêle à
tort et à travers. M. L... qui probablement avait dû lire
dans un... certain journal, la nuit de la bataille livrée
aux Chinois par l'armée française, se demandait, de cet
air railleur vendéen si caractéristique, comment une

bataille, où il n'y avait eu pour ainsi dire que quelques blessés, avait pu valoir au général en chef le titre de duc de Palikao : si Palikao avait été un des..... du 4 septembre, le journal le *Temps* ni ses tristes adhérents ne parleraient pas ainsi.

J'avais presque honte d'être obligé de lui rappeler, puisqu'il paraissait l'avoir oublié, peut-être ne l'a-t-il jamais su, que deux autres batailles dans des conditions semblables avaient été livrées par des armées françaises à des intervalles assez éloignés les uns des autres, la première en Égypte par Bonarparte, bataille des Pyramides. Les carrés étaient formés, à peu de distance un nuage de poussière enveloppant 60 milles mameluks montés sur les premiers chevaux du monde, avança comme la foudre, le cimeterre au poing; dans les rangs français régnait le plus profond silence, on n'entendait que la grande voix de Kléber parcourant encore une fois les fronts et disant aux soldats dans son langage : Si vous remuez d'une semelle, vous êtes tous *foutus*. L'audace, la furie individuelle vinrent se briser contre la science, le courage et la discipline. Quarante ans plus tard, le maréchal Bugeaud a eu à Isly sa bataille des Pyramides, déroute complète des Marocains, perte presque nulle chez le vainqueur.

M. L.... aurait au moins dû savoir qu'un de ses compatriotes, le général Collineau des Sables a pris une part glorieuse à cette bataille, l'objet de ses honteuses plaisanteries. Quand on ne respecte plus rien que soi-même, quand on a perdu tout sens moral, on arrive à faire pitié, on pense à ceux qui vous écoutent.

Le général Collineau ne fut ni tué ni blessé à la bataille, il mourut, avant le retour, d'une maladie du pays.

Avant la bataille d'Isly, le maréchal Bugeaud, dans une dépêche adressée à M. Guizot, alors chef du Conseil, disait : « Nous verrons demain si les chances de la guerre sont toutes dues au hasard ». Par ces paroles, il faisait allusion à une insinuation un peu inconsidérée du premier ministre qui aurait bien mieux fait de mettre dans la conduite des affaires politiques la science, la prudence et l'énergie que le maréchal déployait sur les champs de bataille.

La preuve que la bataille dont le comte de Cousin Montauban porte le nom n'a pas été sans dangers, c'est que le général Collineau après la victoire répétait à toute la brigade le mot de Kléber.

Si nous eussions bougé nous étions tous morts, le succès évidemment n'a été dû qu'à l'énergie des chefs à la discipline des soldats et à l'union des uns et des autres.

Ce que M. L..., avocat, a dit chez lui devant sa femme et moi, s'il l'eût dit dans un salon ou dans un cercle, il se serait exposé à recevoir une leçon plus que désagréable.

Si, comme Bias, un des sept sages de la Grèce, nous étions capables de tout emporter avec nous, ce qu'il y aurait de mieux à faire, ce serait d'aller transplanter nos penates dans quelque pays moins menacé de perturbations et de destructions, mais où aller pour trouver pour soi le repos que l'on veut laisser aux autres?

C'était jadis en France que beaucoup d'esprits distingués venaient chercher un asile pour leurs dernières années; aujourd'hui le pays de l'esprit, de la grâce, des délicatesses et des finesses du langage, de la société par excellence, du génie même, car il ne faut pas être injuste envers soi, n'est plus que le séjour de la trivialité, de la barbarie sauvage. La capitale du monde civilisé n'est plus qu'un vil amas de déclamateurs, d'intrigants, de fripons et d'assassins.

Nantes, 24 novembre 1873.

Chez Ballande . . . .

. . . .

. . . .

Les rôles d'hommes dans Racine sont très inférieurs au rôle de femmes; dans les pensées qu'il leur prête, dans l'expression également de ces pensées, il y a un certain convenu qui, dans beaucoup de circonstances, est presque faux et qui touche à la déclamation. Il faut se défier et rester plutôt en deça qu'au delà de l'expression.

C'est bien différent chez les femmes, il faut être plus qu'habile pour rendre toutes les nuances de la pensée que le poète a su exprimer.

Andrieux était un écrivain d'esprit et de goût, mais ces deux qualités-là ne suffisent pas toujours pour bien vous inspirer.

Qui me rendra les jours de ma jeunesse? Pour retrouver la sirène, Mme Samson nous transporte au beau temps de Mlle Mars, c'est bien pardonnable. C'est à vous d'être assez habiles sans cesser d'être polis et aimables pour tâcher de la ramener aux vrais princes de la jeunesse éternelle, les seuls chez lesquels on trouve tout à la fois la nouveauté de la raison, de l'esprit et du cœur.

Que la matière soit ce qu'elle voudra, qu'elle soit une chose indifférente au mouvement et au repos, qu'elle soit une force, le mouvement lui-même, peu importe si elle n'a pas le sentiment de la force, la volonté de son savoir, c'est tout ce que l'on voudra, mais c'est moins qu'un être, sous une forme plus matérielle, c'est la Pensée de Pascal :

L'homme n'est qu'un roseau, etc., etc.

Si Cicéron et Horace, je nomme ceux-là pour beaucoup d'autres, redevenaient citoyens de Rome, si Rome redevenait aussi, elle, ville romaine et qu'on leur donnât à traduire la Fontaine, Pascal ou Bossuet, ils pourraient bien être très embarrassés et même se plaindre de ne pas trouver dans leur langue tous les mots, toutes les expressions pour rendre les finesses, les délicatesses, la force, la grandeur du style de ces descendants des Gaulois qu'ils regardaient comme des barbares.

Une traduction ne peut jamais être parfaitement bonne. Si l'on suit son texte de trop près, la langue dans laquelle on traduit perd de son originalité : si on s'écarte trop de son auteur, ce n'est plus qu'une imitation.

Cette phrase de Cicéron dont tu parles est pour les lettres d'une amabilité sans égale, et les deux mots par lesquels elle se termine ont un tout, une simplicité qui plait sans qu'on puisse le rendre.

Nantes, 27 novembre 1873.

Nous faisons un si singulier usage de ce qu'on appelle la liberté, qu'on pourrait avec juste raison dire de nous ce que Tibère disait des sénateurs romains :

O homines ad servitutem parati.

Absolument parlant, l'homme est fait pour la servi-

8

tude ; s'il a l'air d'y résister, c'est que celui qui veut l'y soumettre ne vaut pas mieux que lui.

Lorsqu'à vingt-sept ans Bonaparte prit le commandement de l'armée d'Italie, il trouva pour généraux de division Masséna, Augereau et quelques autres plus âgés que lui et qui avaient déjà une certaine renommée. Les ayant tous réunis, il leur développa son plan de campagne, plan dans lequel se manifestait déjà toute la grandeur de son génie militaire. En sortant du conseil, Masséna se tournant vers Augereau, lui dit : Nous avons trouvé notre maître. Les mots qui indiquent que l'on s'efface pour rendre justice aux autres sont toujours plaisants à entendre ; ils font honneur et à celui qui les profère, et même à l'humanité.

La véritable supériorité, la grandeur non équivoque nous domine toujours, on ne s'humilie pas en la reconnaissant, c'est à déprécier sans cesse qu'il y a de la bassesse ; celui qui respecte, celui qui honore pourra être un jour du nombre de ceux qui seront honorés ou respectés : les autres, jamais.

Nantes, novembre 1873.

Il y a bien du bon dans ta lettre. On voit que l'esprit se développe au moins au niveau de ceux que l'Université revendique. Quand on fréquente de bons auteurs, on doit se ressentir de leur contact. Quintilien, Sophocle, Cicéron, Pascal, chacun dans leur génie, ont tout ce qui peut agrandir la sphère des idées, former le jugement et le goût. Pascal surtout, ce génie effrayant, comme l'appelait Chateaubriand et dont Voltaire, qui n'a pas toujours été injuste envers lui, disait en parlant des *Pro-*

vinciales, qu'on y trouvait et le comique de Molière et la grandeur de Bossuet. Il ne faut pas oublier que Pascal écrivait avant Bossuet et presque avant Molière.

On peut toujours opposer Voltaire à lui-même. Comme s'il y avait un bon et un mauvais Arouet.

Quand on parle de pareils personnages, il est bien difficile, si l'on porte un jugement sur leurs écrits, de se soustraire à l'influence que doit nécessairement exercer sur nous ce que l'on sait de l'opinion de ceux qui nous ont précédés. Le mieux c'est de se laisser aller à ce qu'on éprouve soi-même, sans aucune idée préconçue, et de chercher à l'exprimer le mieux que l'on peut.

La réfléxion que tu cites de Quintilien est excellente, très juste et mise en pratique, mise en pratique tous les jours ; mais l'opposé est aussi vrai. On excite les gens, les gens de bien à faire le mal en les y poussant par leur intérêt et beaucoup d'entre eux succombent.

Les *Catilinaires* sont simples et agréables à lire, on cite souvent le début de la première :

Quousque tandem, Catelina, patientia nostra abuteris?...

La forme brusque et interrogative employée par Cicéron est bien en rapport avec la situation, les circonstances ainsi qu'avec le caractère de Catilina, mais il n'y a là qu'une grandeur relative, cette véritable grandeur oratoire dont Démosthène est un si grand modèle, et que, plus tard, à plus de deux mille ans de distance, on devait retrouver tout entière et plus complète encore dans Pascal et dans Bossuet. Cicéron ne la connaissait pas. Les Romains ne pouvaient même pas la connaître. Ils étaient trop Romains, trop pleins d'eux-mêmes pour embrasser d'un coup d'œil toute l'humanité et dans un ciron, selon une expression de l'auteur des *Pensées*, voir tout l'univers. Pascal était le génie par excellence, avec une nature merveilleusement belle, fait pour tout sentir, pour tout comprendre, pour tout exprimer. Comme écrivain, laissant de côté la finesse, la grâce, la grandeur, il n'a pas d'égal pour former dans l'art d'écrire ceux qui sont assez heureux pour en avoir l'aptitude. On ne saurait trop le lire et le relire, c'était l'opinion de Nicolas, et, sans médire des modernes, l'opinion de Nicolas en vaut bien une autre.

Il faut bien dire un petit mot des mathématiques, surtout après avoir parlé de Pascal, qui, s'il n'eût pas été le premier écrivain de la France, serait peut-être devenu le plus grand géomètre de l'univers. Si l'on doit tout ramener à des lois mathématiques, si les réactions chimiques sont aussi, elles, soumises aux règles de la pondération universelle, pourquoi n'en serait-il pas ainsi des mouvements des cœurs? C'est aux psychologistes à nous dire si les sentiments qui nous animent les uns envers les autres quand nous n'habitons pas les mêmes lieux sont en mesure directe ou inverse du carré des distances. Une fois la relation bien établie, rien de plus simple que de faire des tables qui donneraient les différents degrés d'amitié, de haine et selon l'éloignement. Le difficile, ce serait de bien établir le degré de l'échelle.

---

28 novembre 1873.

A moins que ce ne soit une lettre du boulevard Suchet, ni en prose, ni en vers, mais bien tournée comme le compliment de M. Jourdain à la comtesse, je ne vois pas qui pourrait me faire plus de plaisir que la nouvelle de la chute du petit colosse qui, déjà sous la forme d'un polichinelle en sabots, appuyé sur une baguette et sa valise sous le bras, est livré à la risée publique par les caricaturistes sans vergogne.

La caricature en général est, comme le journalisme, une des plaies de notre société. Mais le crayon est moins dangereux que la plume. La moquerie du jour fait oublier celle de la veille et ne laisse pas de trace, la plume malfaisante corrompt et le présent et l'avenir. Il faut mépriser l'une et se défendre de l'autre.

J'en étais là de mon travail quotidien, quand la lettre sur laquelle je comptais est arrivée, elle n'est pas tout à fait aussi bien tournée que l'idéal que M. Jourdain avait dans la tête.

Il est vrai que M. Jourdain écrivait à une belle comtesse, bonheur que bien des gens n'ont jamais eu. Je ne sais pas pourquoi je mets comtesse, car je crois que c'était une marquise, ce qui est encore bien autre chose ; mais, je suis sûr que, dans son idéal de déclaration, l'honnête marchand de drap n'oubliait pas les transitions sans lesquelles son cœur n'aurait pas pu se mettre en communication avec l'objet de ses vœux.

Quel que soit le sujet dont on parle, il est toujours possible d'y introduire des idées étrangères qui y jettent de l'agrément et vous permettent de passer sans effort d'un sujet à un autre.

Pour que la narration fasse plaisir, pour que l'intérêt du récit aille toujours en augmentant, il faut non seulement que les pensées soient bien choisies, mais que par un certain art, on ait su les lier, les unir aux autres et en faire un tout.

Les plantations sont faites et chaque arbre n'a plus maintenant qu'à produire des fruits selon son espèce à moins que la terre maudite et stérilisée par ces deux années de crimes ne fasse naître que des épines et des chardons comme pour le pauvre Adam, qui, pour trop d'obéissance, crime si peu commun, fut condamné à ne rien obtenir qu'à la sueur de son front.

La cerise ouvrira la marche et sera suivie de l'abricot et de la pêche, la vigne avec ses vrilles, ses pampres, ses fleurs qui se répandent comme des essaims et ses grappes parfumées fermera le cortège. Viendront s'y joindre les fraises toujours vermeilles, les pommes dont le parfum ne le cède à aucun autre (*fragrantia poma*), peut-être le melon qui tempère la chaleur de la canicule ; pour ne rien oublier, il faudrait parler de beaucoup d'autres plantes moins brillantes et plus humbles, mais que le palais ne dédaigne pas.

Au moment où j'écris, la lutte est engagée, peut-être même terminée. Un traître aura atteint Achille au talon. Qui sait si les dieux, ayant pitié des pauvres humains, n'auront pas fait descendre la déesse de la paix, de la conciliation. Ils se seront tous jetés dans les bras les uns des autres : Appelle-moi ton frère. Faudra-t-il dire, au contraire : Tirez le rideau, la farce est jouée? car par ce temps d'escamotage, tout est possible. Encore quelques heures et le télégraphe va nous apprendre s'il faut rire ou pleurer, applaudir ou siffler, prendre le sac ou nous couronner de fleurs. Ces luttes, même quand elles seraient mensongères, ont cela de bon; elles font circuler le sang, rendent un peu de vie à des corps presque inertes, et font voir ce qu'à l'occasion chacun pourrait penser ou faire. D'ailleurs nous sommes dans la situation où

Solon voulait placer les Athéniens. Personne ne doit être indifférent. Si l'Assemblée eût tenu ses séances à Paris, il aurait fallu mettre debout toute la garnison pour la protéger contre les clameurs du dehors. Était-ce là un des moyens du gouvernement sur lequel comptait M. Thiers pour avoir la Chambre dans sa main? Mais dans de pareilles circonstances, qui peut prévoir qu'il ne se rencontrera pas un La crosse en l'air, un Trochu. Ces gens-là ne sont pas rares. Une émeute qui renverse tout, c'est l'affaire de quelques heures; déjà plusieurs fois nous l'avons appris à nos dépens. C'est déjà trop de l'intervention de la canaille dans les scrutins.

Je n'ai pas appris sans douleur que ce pauvre M. Desain, qui pourtant n'a rien fait pour le mériter, va tout abandonner; ça nous donnera un peu plus de temps pour les lettres qui peut-être gémissaient en silence de se voir sacrifiées au froid et au chaud, à la pluie et au beau temps, au thermomètre et au baromètre. Si on profitait de cette résolution imprévue pour chercher dans le quartier un professeur d'anglais, non pas tant pour la grammaire, dont nous pourrons nous passer, que pour la prononciation.

Adieu.

Je laisse là la théorie des transitions; je t'en ai dit assez pour te tirer d'erreur.

Nantes, 30 novembre 1873.

... Il y a des auteurs, et en grand nombre, qui, dans la peinture des caractères, n'ont que l'à peu près.

Dans le bon goût, dans la finesse, dans le délicat il en
est ainsi d'une masse d'acteurs qui, parce qu'ils se croient
dans le ton ou même qu'ils le sont, s'imaginent qu'ils
n'ont plus rien à acquérir.

Ce sont des gens qui savent solfier, il faut qu'ils apprennent à chanter. Le geste expressif, l'accent qui porte
le terrible dans le cœur qui semble être incapable
d'une émotion, qui surexcite la fibre la plus indolente.
Voilà ce qu'il faut demander à soi-même d'abord, car
comment le demander aux autres, si déjà on n'en a pas
le germe? Il n'est pas nécessaire d'avoir, comme disait
Voltaire, le diable au corps; mais il faut avoir au moins
une ardeur qui ne peut être oisive.

Tes contre-sens doivent souvent tenir à ce que tu cher-
ches trop loin de ton texte ; le plus sûr moyen du reste,
c'est, comme je te l'ai dit bien des fois, de faire strictement le mot à mot. Lorsqu'on a fait un contre-sens, si
l'on cherche à mettre la phrase dans un ordre qui se plie
à la pensée qu'on a cru voir et qui n'est pas la vraie, on
reconnaît que, dans la plupart des cas, c'est pour ainsi
dire impossible. Ce qu'on ne voit qu'après, on aurait pu
le voir avant.

Dans les choses ordinaires de la vie, avoir autant et
plus de confiance dans les faits que dans le raisonnement,
lors même que pour juger on possède tous les éléments
nécessaires, c'est pardonnable, quoique ce soit une petite faiblesse. Mais dans les sciences, comme les sciences
mathémathiques, c'est plus qu'une faiblesse, c'est un défaut de jugement, c'est une faiblesse d'esprit qui d'une
chose peut passer à une autre et qu'il faut combattre
tout de suite.

Ce vaste incendie que Tacite lui-même attribue à Néron, dévora plus de la moitié de la ville. D'après ce que dit l'historien, à la fin d'un des chapitres suivants, Rome était divisée en quatorze régions. Quatre restèrent intactes, trois furent entièrement consumées, les sept autres furent plus d'à moitié détruites. Néron, comparant les malheurs présents aux malheurs passés, chanta la ruine de Troie sur son théâtre particulier. Le récit de Tacite, comme beaucoup d'autres passages de l'écrivain, sent la recherche, c'est une description comme on peut en faire aussi bien avant qu'après l'événement; l'expression qu'il emploie en parlant des vieillards et des enfants n'est point naturelle : *Fessa demum, et rudis primitus ætas.*

J'aime moins Tacite que beaucoup de gens qui l'aiment, je crois, sans savoir pourquoi, parce que j'ai dans l'idée que s'il vivait, il serait du centre gauche, or c'est dans le centre gauche que se trouvent tous les pédants et presque tous les cuistres d'un autre côté. Il était pourtant impérialiste, royaliste, dans ce temps-là c'était la même chose, car il n'aimait pas la plèbe. Les chapitres 38me et 39me ne m'ont pas paru présenter des difficultés, du moins pour le sens.

Certains principes avec quelques détails peuvent suffire à celui qui veut se contenter de savoir en quoi consiste un art d'une manière générale, mais pour en faire l'application, il faut avoir pratiqué pendant quelque temps.

Ce qui pourrait empêcher Mme L... d'aller à Paris, c'est que, sachant comment on passe son temps boulevard Suchet, elle a peur de ne pas se trouver au niveau pour la partie littéraire.

Diderot disait de Mlle Clairon qu'elle savait de son art
tout ce qu'on pouvait en savoir, il n'ajoutait pas que
c'était là tout ce qu'elle savait, mais c'était là sa pensée.
Il ne lui reconnaissait ni initiative, ni élan, ni inspiration.
Rachel, avant même de posséder un seul des éléments
de l'art tragique, était une grande tragédienne. Ainsi
deux grandes classes dans les artistes, ceux qui doivent
tout ou presque tout à la nature, et ceux qui ont tout
acquis par l'étude et l'observation. Peu sont exclusivement dans une de ces catégories, sauf les médiocres qui
sont évidemment dans le nombre de ceux que le travail peut faire et façonner. A propos des poètes, Horace
(*Art poét.*, v. 408) se demande à quoi peut être utile
le génie sans le travail, et le travail sans le génie.

..... Ego nec studium sine divite vena,
Nec rude quid prosit video ingenium.

Les axiomes logiques, philosophiques, littéraires, pris
trop à la lettre peuvent jeter dans l'erreur. Le travail
intelligent et persévérant dans les sciences peut mener
immensément loin et c'est là qu'il est vrai de dire : Le
génie, c'est la patience; mais même dans les arts où certains de ces dons naturels semblent être absolument nécessaires, l'étude assidue a sa récompense. Le bœuf trace
son sillon, disait au Dominicain, son maître, dont j'ai oublié le nom, mieux vaut donc dire avec Virgile :

.... labor omnia vincit
Improbus.

« Le travail infatigable surmonte tout ». Ce doit être
la devise de tous ceux qui enseignent, et l'espoir de
tous ceux qui apprennent.

Ma lettre est comme le souper du bon chevalier de la Manche :

Una olla d'alguno, mas vacca que carnero.

« Une marmite de quelque chose, plus vache que mouton », la vache coriace étant plus facile à trouver que le gigot succulent. Il en est ainsi au quai de Versailles au propre et au figuré et je me contente de ce que je trouve.

———

Nantes, 2 décembre 1873.

Le succès de la pièce de Mme Berton, le triomphe d'Adèle à laquelle vous vous intéressez vivement, etc., etc...

Térence avait bien tout ce qu'il fallait tant en habileté qu'en style et ces connaissances du cœur humain pour exprimer les passions à un degré de chaleur suffisant pour la comédie, pour tracer des caractères se détachant bien les uns des autres pour convenablement mettre en scène les événements de la vie et les situations morales, et néanmoins avec toutes ces qualités-là, il n'a pas su faire une véritable comédie. Que lui a-t-il donc manqué aussi à Phèdre pour faire une autre similitude ?

S'imaginerait-on par hasard que si on donnait le cadre de Tartufe avec toutes les scènes, sans rien oublier pour ainsi dire, ni les pensées ni les contrastes, sauf toutefois le style et les traits, qu'on trouverait soit parmi les anciens, soit parmi les modernes, quelqu'un qui pût nous rendre, indépendamment du principal personnage, soit Mme Pernelle, soit Dorine, et ce quelque chose approchant même de très loin à ce que tous les autres ont fait dans ce genre-là. Il manque quelque chose qu'on

ne saurait dire, il manque le coup de crayon que mon
maître R.... savait donner aux dessins de ses élèves, quoiqu'une pareille comparaison soit presque un blasphème
si l'on songe à ce que pouvait faire un génie comme
l'auteur du *Misanthrope* mettant sa griffe sur le travail
d'un autre.

Il n'y a point de règles tant savantes, tant bien dédui-
tes qu'elles soient qui puissent enseigner à faire une
bonne comédie; la connaissance approfondie des bons
maîtres est même peu de chose sans l'aptitude et le génie.

Molière n'est pas le seul parmi nos grands écrivains
qui se détache ainsi au-dessus de tout ce qui peut lui être
comparé. En outre de Lafontaine, qui, lui aussi, jouit
pour ainsi dire d'emblée du même privilège, il y en a
encore d'autres qu'on pourrait nommer. C'est peut-être
moins visible au premier abord, mais cela n'en existe
pas moins. Que d'écrivains illustres dans des genres différents, soit au nord soit au midi, pouvant dire comme
Voltaire venant de lire je ne sais quel passage d'une
tragédie de Racine : « Mais je ne suis qu'un polisson, à
côté de cet homme-là ».

Nantes, 5 décembre 1873.

Dans les lycées de Paris et dans toute l'Université il
est, je crois, défendu d'employer une autre forme que la
prose pour faire passer du latin ou du grec en français.
Je crois, malgré cela, que si, au baccalauréat, on avait
recours à la poésie pour traduire des vers latins de
Virgile par exemple, on ne vous exclueriat pas du concours, surtout si les vers français étaient bons.

Dans ton essai, il y a quatre vers de suite dont les rimes de même consonnance masculines et féminines ne font pas un bon effet.

Tu as dû être bien aise de voir que tu étais en état de suivre le cours de M. J. Bertrand; c'est mieux que des boules blanches à un examen, car là il peut y avoir un peu de hasard, ici au contraire tu te rends *in petto* un véritable témoignage, que tu sais et que tu comprends.

On doit apprendre la géographie nécessaire pour l'usage du monde, pour ainsi dire sans en apprendre. Toutes les fois que besoin est il suffit de consulter son atlas ou son globe. Il y aurait peut-être une étude particulière, celle des limites des mondes et des grands États, celle des chaînes de montagne, celle des cours d'eau, plus l'étude particulière de la France. Le reste au hasard.

Tu peux juger par G... de la force des études faites dans l'intérieur des Lycées. Je suis persuadé que tous les externes, tout en étant aussi forts que les internes dans les parties de l'enseignement purement classique, l'emportent de beaucoup pour le reste. Leur intelligence est plus ouverte et a de meilleures tendances sous toute espèce de point de vue : l'internat est une condamnation et non pas un choix.

Nantes, 10 septembre 1873.

On a dit de Montaigne que c'était l'homme du monde qui savait le moins ce qu'il allait dire, mais qui cependant savait le mieux ce qu'il disait.

Il est seul dans son genre et n'a point d'égal dans

aucune langue. Comment avait-il atteint ce merveilleux talent de pouvoir, marcher au hasard sans pourtant jamais s'égarer?

Montaigne n'est point un érudit, il savait bien certains anciens, tout Plutarque dans notre vieux traducteur. Où en serions-nous, nous autres ignorants, sans Amyot, Cicéron, Sénèque surtout, cette divine *Énéide*, comme il l'appelle? Il lisait Tacite tout d'une file; j'en passe, mais non pas des meilleures, tel est son bagage littéraire. On peut juger par là qu'il n'était pas livré à ses propres forces. Il ne s'occupe jamais des transitions, un vers, une phrase d'un de ses auteurs lui suffit pour abandonner son sujet, sauf à y revenir, sujet du reste toujours le même et qui se présente sous tant de formes différentes qu'on peut dire qu'il est toujours nouveau; il n'était jamais embarrassé.

En y regardant d'un peu près, on voit que telle de ses pages est une page de réminiscences; ses nombreuses citations prouvent combien il empruntait à ses devanciers. Quel appui n'était-ce pas pour celui qui écrivait à l'aventure, sans avoir de cadre obligé à remplir que cette masse d'idées qu'il s'était appropriées, idées déjà élaborées par d'autres et quels autres! Pour un pareil metteur en œuvre, c'était une mine inépuisable. Lorsque surtout, comme notre Gascon, on sait s'en servir sans efforts, sans prétentions, sans recherche, en les modifiant suivant ses impressions du moment et en leur donnant un cachet qui les rend toutes nouvelles, puisqu'il n'y a rien de nouveau à dire; il ne reste plus qu'à tout rajeunir par la forme et par un nouvel ordre.

J'avais une assez bonne édition des *Essais* en quatre

volumes : pour celui qui a cessé d'être un grand lecteur, c'est presque suffisant.

Ce n'est pourtant pas que pour certaines natures ce soit ce qu'il y ait de mieux. Notre Périgourdin est sans convictions et sans enthousiasme ; avec lui on marche au hasard et il y a des gens qui dès le départ aiment assez à savoir où ils iront. Il avait beaucoup voyagé, il avait observé l'homme dans des circonstances très diverses. A moitié gentilhomme, passablement égoïste, il passe ses dernières années dans son château de Montaigne ; c'est dans son donjon, en face de lui-même, qu'il s'est si bien étudié et qu'il a étudié l'homme tout entier. Il mourut à soixante ans, sans vouloir entendre parler des médecins, en 1592, deux ans avant l'entrée d'Henri IV à Paris.

Les quelques pages que je viens d'écrire sur Montaigne, en n'ayant recours qu'à mes souvenirs, me conduisent à une réflexion qui est certainement bonne, si les pages sont mauvaises : c'est qu'il n'est pas mal, en dehors de ses études de choix, d'avoir quelques connaissances un peu variées, c'est du reste un genre de richesses assez peu embarrassant, qu'on peut même acquérir promptement et sans beaucoup de peine quand on sait s'y prendre, mais qui malheureusement n'est pas tout à fait assez recherché.

Et c'est ce qui rend souvent la conversation ingrate et difficile. Au lieu d'une simple allusion, d'un mot, il faut toute une histoire.

On pourrait ici, à l'occasion de ces connaissances qu'on n'a pas et qu'on devrait avoir, faire l'application, quoique dans un ordre inférieur, du mot de Mme d'Argenson : Fontenelle où es-tu ?

Si le conseil est bon, il faut le suivre.

Nantes, 1873.

La disparition de M. X... ne fera pas un grand bruit dans le monde, même dans ses connaissances. C'était un être insignifiant.

Je ne sais pas si M. Patin sera plus regretté; il a mieux rempli sa vie, comme secrétaire de l'Académie. A-t-il bien remplacé M. Villemain? on peut en douter sans mal parler de lui. M. Villemain n'était pas un homme facile à remplacer; dans tous les cas, M. Patin ne pouvait pas offrir à l'Académie la haute idée que pouvait en donner M. Villemain, sans que pourtant il fût un écrivain homme de génie. Mais il avait une sincérité, une justesse de goût à laquelle on n'avait rien à opposer. Je lui avais, dans le temps, il me semblait, trouvé un successeur qui n'était pas M. Patin, c'était Sainte-Beuve. La politesse aurait peut-être fait préférer l'un à l'autre; mais quand Sainte-Beuve rencontrait bien, il s'en tirait bien aussi, et cela n'est pas un petit mérite.

Dans un grand corps comme l'Académie française, on passe encore sur l'introduction d'un membre médiocre; mais quant au choix du secrétaire, on ne doit rien pardonner. Un mauvais secrétaire ne peut qu'avoir des conséquences fâcheuses : le lustre de l'Académie vient souvent du lustre de son secrétaire, tant vaut l'homme, tant vaut le corps.

Nantes, 10 décembre 1873.

Le bateau à vapeur n'a pas pu marcher ce matin ; l'Erdre était prise, vous n'en êtes pas encore tout à fait là. La Seine a plus de courant que l'Erdre ; mais si le froid continue, vous aurez des glaçons et avec les glaçons point de bateaux pour le pont des Saints-Pères. Vous ne perdrez rien de votre ardeur, vous ne manquerez pas de courage, les omnibus sont toujours là.

Je disais hier à V... que tout homme qui, n'étant pas un complice des gens du quatre septembre, n'éprouvait pas pour eux un profond sentiment de répulsion, était un homme incapable de jugement non pas seulement dans les choses de la politique et de la morale, mais encore dans les actes les plus ordinaires de la vie et que, pour l'honneur de l'espèce humaine, il était impossible qu'il en fût autrement. Lui et bien d'autres sont privés de ce qu'il faut pour comprendre un pareil raisonnement. L'orgueil n'a rien à voir dans ce que je dis là, on ne peut pas croire porter en soi le sentiment du juste et de l'injuste, du vrai et du faux, et être en même temps plongé dans l'aveuglement ; sans cette lumière intérieure, on n'est qu'un être éprouvant des sensations. Autant vaudrait descendre jusqu'à la bête et n'avoir que des instincts. Salomon a dit qu'il avait trouvé un homme sur mille. Je ne dis rien des femmes. Salomon mentait, ou de son temps les hommes valaient mieux qu'aujourd'hui. Et pourtant les peuples ne connaissaient pas encore le gouvernement constitutionnel, cet outillage industriel qui fait d'autant moins de mal qu'il manœuvre moins, car comme le navire de la ville de Paris : *Vires acquirit eundo*, mais des forces pour faire l'iniquité et la destruction. Jusqu'ici l'Angleterre a échappé en partie aux dangers d'institutions qu'elle a presque inventées ; il faut que la race saxonne soit plus vigoureusement constituée que la race gauloise.

Ils sont comme leur Loch   qui n'a succombé qu'après avoir effondré son adversaire.

M. Bertrand Geslin, le fils de l'ancien maire du premier Empire, a légué en mourant à la ville de Nantes une belle bibliothèque et une riche collection minéralogique. A-t-il mis pour condition qu'un cours gratuit de minéralogie serait créé par la ville ? Je n'en sais rien, mais le cours existe et c'est M. Dufour, conservateur du Musée d'histoire naturelle et successeur d'un M. Caillé, qui avait acquis une certaine célébrité pour des voyages en Égypte, qui en est chargé.

Ce M. Dufour n'a pas l'air de manquer d'un certain savoir ; seulement il est un peu sec et le sujet y prêtant, alors il est très sec.

Il n'est pas arrivé au point que demande Horace :

Omne tulit punctum qui miscuit utile dulci.

Celui-là a atteint le dernier point qui a su mêler l'utile à l'agréable. B..., qui est du nombre de ces petits bourgeois jaloux et disposés à sympathiser de loin avec ces mauvaises natures remplies de venin, mais qui, au moindre trouble, redoute presque la fin du monde, suit ce cours avec assiduité ; il n'est point effrayé d'entendre parler de ces révolutions qui ont produit ces roches qui constituent l'écorce terrestre, quoique ces premières révolutions puissent bien en amener d'autres pour l'avenir, mais il est placide devant un avenir aussi éloi-

gné. Gaulois s'est contenté d'une leçon, les pierres ne
lui suffisent pas ; il aimerait mieux M. l'Évesque et
Empèdocle, dût-il, pour finir de comprendre, aller à l'i-
mitation du Grec se précipiter dans le cratère.

————————

Nantes, 1873.

Celui qui a remplacé M. A... au cours de lettres
est le fils d'un conseiller municipal, ancien parfumeur.
La boutique renfermait peut-être la quintessence des
essences, mais il n'en est pas de même de son esprit, qui
est des plus vulgaires ; mais c'est un radical, chaud partisan de Guépin et autres gens de la même espèce. Son
zèle a été récompensé.

D'un professeur de sixième qu'était son fils (ici c'est
un M. David qui parle), Jules Simon en a fait un professeur de rhétorique à Angers, d'Angers il l'a envoyé à
Nantes. Vous voyez qu'avec Jules Simon on peut faire
beaucoup de chemin en peu de temps. Ce jeune fils ressemble à son père, il n'est pas beau. Sort-il de l'École
normale, est-il reçu agrégé ? Je n'en sais rien. Sans un
titre quelconque, pourrait-on être professeur de rhétorique au collège de Nantes ? tout est possible par le
temps qui court.

Mais passons au talent dont surtout nous devons faire
cas.

Une élocution non pas positivement embarrassée, mais
sèche, partant nuls traits, point d'éloquence ; il se reprend
souvent pour substituer un mot à un autre. Des notes
qu'il consulte fréquemment indiquent que sa leçon est
très préparée non seulement pour le fond, mais même

pour les détails, ce qui est un signe de faiblesse et de manque de confiance en lui. Il avait à parler de Racine de 1667 à 1677, douze ans avant *Athalie;* ce qu'il en a dit était juste, mais quand tant d'habiles gens y ont passé, peut-il y avoir du mérite à parler avec justesse de l'auteur d'*Andromaque?* C'était par la forme qu'il fallait briller. Avec le temps, il pourra peut-être l'acquérir, il a l'air assez timide. Pour expliquer le peu de sympathie du public d'aujourd'hui pour le poète de la cour du grand roi, il nous a dit que Racine était un écrivain aristocratique et que nous étions en pleine démocratie : il doit en savoir quelque chose par lui-même et par le rôle que joue son père.

Nantes, 21 décembre 1873.

..... Ab uno disce omnes.

Mimoso, au nom si doux et si flatteur à l'oreille, que vous avez dû être presque affligées de ne plus vous voir entre ses mains délicates, a répondu. Il dit avoir reçu les deux lettres, la première dans laquelle on lui donnait les pouvoirs pour agir, la seconde qui lui ordonnait de tout suspendre; à l'envoi de la seconde lettre, il n'avait encore rien fait. Mais (or, mais, comme dit doctement H... de T..., est une conjonctive essentiellement disjonctive), il songeait à agir et une pensée conçue est censée presque née et même en mouvement d'exécution dans l'intérêt du Procureur; aussi dit-il qu'il ne croit pas devoir lui-même fixer ses honoraires, mais qu'il laisse à son correspondant le soin et la discrétion de les déterminer. Quelle délicatesse! Le correspondant a été très choqué de cette manière d'instrumenter.

Mimoso s'abandonne à votre générosité; songez que nous sommes à une époque de l'année où il y a beaucoup de fêtes de famille, il compte un peu sur vous, n'ayez pas le cœur trop dur; comme vous ferez pour lui, on fera pour vous.

M. L... a raconté l'histoire au Palais. Je trouve qu'il a eu grand tort, car enfin les Procureurs de la ville pourraient bien ne pas avoir eu l'idée d'un pareil moyen de prudence, et ils vont s'empresser de le mettre en pratique à l'imitation du Gascon, dont le nom vient de *mimus,* imitateur.

Mon intention était bien, dès mon arrivée, de te présenter à M. Joseph Bertrand, pour le prier de vouloir bien t'interroger non pas pour savoir si tu es en état d'expliquer telle ou telle proposition plus ou moins difficile, et que, avec une certaine persévérance, beaucoup d'élèves, même médiocres, sont capables de faire, mais pour m'assurer que réellement tu as l'aptitude nécessaire pour comprendre la science. Cette aptitude, j'aime à croire qu'elle est en toi, et qu'elle n'a besoin que d'être développée par un travail bien entendu et par la réflexion, car tu ne peux pas être préoccupé et te contenter de ne savoir que ce que les autres ont su. Si tu ne devais arriver que là, il faudrait avoir le courage d'y renoncer tout de suite. Mieux vaudrait cent fois, se renfermant dans les lettres, même sans rien créer, acquérir du goût et du jugement, que, persistant dans les sciences en ayant l'air de tout savoir, n'être qu'un savantasse. Il faut pouvoir dire comme Archimède : Εὕρηκα, j'ai trouvé.

Il est vrai que la science a fait de tels progrès que le cercle des découvertes va toujours en se rétrécissant. Mais que de voies nouvelles qu'on ne soupçonne, si on peut parler ainsi, que lorsqu'elles sont signalées pour l'œil investigateur. D'ailleurs, c'est encore être créateur que d'être parvenu à comprendre la science dans son ensemble et dans ses détails comme un grand maître comprend un accord de tous les instruments.

Je n'ai pas eu de peine aujourd'hui à trouver de quoi remplir mes pages avec M. Bertrand, un des représentants de la science où l'on n'a pas honte de se perdre.

Ta présence assidue aux cours de M. Bertrand peut lui donner de toi une opinion favorable que tu dois chercher à justifier.

Nantes, 30 juillet 1874.

Il y a des choses beaucoup plus faciles à apprendre les unes que les autres. Ces choses faciles, à un moment donné, ne sont pas les moins nécessaires, et c'est pour cela qu'on est fautif de ne pas les savoir. Étant admis sans conteste qu'on doit former ses lettres, ses chiffres et éviter avant tout les fautes d'orthographe, il y a deux qualités essentielles sans lesquelles on ne saurait faire une bonne composition : l'ordre et la justesse dans l'expression. La brièveté et la clarté en dépendent. Sans ordre, on devient diffus et on se répète sans cesse; sans justesse, sans précision, on touche à l'obscurité ou au moins à l'ambiguïté. Ce sont là deux procédés, si l'on peut parler ainsi, dont les sciences ont absolument besoin. On les acquiert par un travail de tous les jours, soit en écrivant, soit en cau-

sant avec soi-même; c'est la même méthode dans les
deux cas : bien lier ses idées entre elles et ne jamais se
contenter de l'à peu près. Le temps fait promptement le
reste. Pour fixer ses idées dans son propre esprit, les
mots justes sont aussi indispensables que pour les communiquer aux autres.

Je ne doute point de la bonne volonté et de l'habileté
de tes guides, mais c'est surtout en toi que tout réside.
La volonté est tout.

Les connaissances, les aptitudes de L... et de G... ne
s'étendent pas fort loin ; mais ils sont dans les conditions
où l'Université veut que soient ses élèves. Quand ils quit-
tent les bancs, ils ont un savoir fort suffisant, l'étiquette
du sac couvre la marchandise ; à moins de mésaventure,
ils peuvent difficilement être refusés. En sortant du lycée,
la plupart des élèves se répandent dans le commerce et
dans l'industrie ; si la faculté se montrait trop sévère, elle
se tromperait, et elle abuserait de son droit. Le sentiment du beau, le grand goût des lettres ne peut pas appartenir à tout le monde : ce serait trop exiger. Il en est
de même dans les sciences, mais avec moins de vague
dans les connaissances ; il faut ajouter que pour le plus
grand nombre des bacheliers ès lettres, science est un
maximum, et que souvent dans les sciences il doit être
au minimum.

Le travail, auquel tu es assujetti maintenant, peut être
pour toi un ennui, même une fatigue, mais c'est tout simplement faute d'habitude. Il viendra un moment ou ça ne
te coûtera pas du tout ; moins tu feras de fautes et moins
tu voudras en faire. Si d'ailleurs ça ne devait t'être utile
que pour le moment, tu pourrais te plaindre ; mais quand
tu verras M. Bertrand, demande-lui ce qu'il en pense.

Avant de partir pour L. V, M. G..., voulant savoir quel sort l'y attendait, a cru devoir prendre son horoscope. Dans cette pensée, une ascension qui lui permettait d'observer les astres de plus près lui a semblé ce qu'il y avait de mieux à tenter. La fortune l'a servi à souhait : l'illustre Godard, avec son ballon qui ne le quitte jamais, venait d'arriver à Angers. Conventions faites avec l'aéronaute, car il faut pour tout donner de l'argent même pour monter au ciel, huit audacieux disciples d'Icare se sont réunis ; à ces huit téméraires, devait s'en ajouter un neuvième désigné par le sort au moment de l'enlèvement parmi les spectateurs. C'était une politesse de Godard envers son public ; mais ce voyageur de hasard, que la roue de la Fortune avait choisi parmi les spectateurs à 25 centimes, a eu peur au moment de mettre le pied dans la barque. Peut-être a-t-il fait un certain calcul ? Il a cédé son droit d'ascension pour 50 francs ; les huit autres avaient payé 100 francs chacun, car il ne faut rien oublier.

A l'heure dite, tous étaient bien installés dans la nacelle, chacun à sa place, les instruments de mathématique, les baromètres étaient entre les mains de M. G... et de M. B... M. B... est un Angevin qui arrive de la V... et qui était chargé par Dagobert, comme il l'a appelé, de me dire bien des choses de sa part n'importe où il me rencontrerait.

Tout était prêt, on n'attendait plus que le signal ; le commandant d'une voix solennelle a donné l'ordre de lâcher la dernière ficelle, mais à la stupéfaction générale le ballon est resté immobile.

Plus lourd que l'air.

Plus lourd que l'air, c'est justement la condition dans

laquelle il faut que soit un ballon qui doit naviguer avec des ailes artificielles, pour dominer les vents, mais ce n'était pas le cas de notre mongolfière ; il a fallu aviser. Parmi les voyageurs, il y en avait un qui n'était qu'un invité, un ami du pilote, comme bouche inutile ou plutôt nuisible ; il a été obligé de renoncer au bonheur de quitter pour un moment notre monde sublunaire. Cela a suffi avec quelques sacs de sable pour rendre au ballon la légèreté désirable. Ils ont pu enfin s'enlever aux applaudissements de la foule. Le voyage en lui-même a offert peu d'intérêt, nos voyageurs trop lourds ou trop timides sont toujours restés au-dessous des nuages. Après avoir traversé la Loire, le ballon s'est dirigé du côté de Chollet pour aller descendre à neuf lieues du point de départ, auprès de Chemillé, mais pas la moindre péripétie, pas le plus petit accident, ni maux de cœur, ni, etc., point d'hallucinations, personne n'a eu le désir dans un noble enthousiasme de s'élancer de la nacelle pour disparaître dans les espaces. Grâce à l'habileté du capitaine, tout l'équipage a pris terre sur une vaste prairie paisiblement et sans secousses, c'est à peine s'ils ont pu dire en se regardant les uns les autres :

... Et hoc meminisse juvabit.

Le récit que je vous fais est probablement le seul monument qui restera d'une expédition qui, entremêlée d'aventures soit tragiques, soit comiques, aurait pu les illustrer tous et leur assurer l'immortalité.

Le ballon a $15^m,2$, ce qui lui donne à peu près 800 de surface et un contour ou un volume de 2.000 mètres. Le gaz coûte 40 centimes le mètre, ce qui pour les 2.000 mètres fait 800 francs.

Nantes, août 1874.

Pour apprendre à parler, pour se dénouer la langue, quand on est muet, nous avons un remède qui nous a été donné par Molière, mais pour apprendre à écrire, que faut-il faire? Il n'y a qu'un moyen et encore avec ce moyen-là arrive qui peut, c'est d'écrire et d'écrire tous les jours soit sur un sujet, soit sur un autre. Il n'y a point à choisir, tout est bon, le gai, le triste, le plaisant, le sévère, la philosophie, la morale, la politique, l'histoire, les sentiments divers qui troublent le cœur de l'homme, tout, en un mot, ce qui est du domaine de l'intelligence. Plus on varie la matière et mieux cela vaut, mieux on met par là à profit les formes du langage, les termes caractéristiques qu'on a pu acquérir par la lecture ou par l'usage. En restant toujours dans le même sujet, on reste toujours dans les mêmes expressions, et au moindre changement obligé on est embarrassé. Je pourrais peut-être dire sans la moindre vanité qu'en fait de variété de sujets, je joins l'exemple au précepte. Je ne me fais pas faute un peu à tort et à travers de parler de toutes choses; mais ce n'est pas là l'exemple important qu'il faudrait donner. Ici la difficulté est tout autre et la prétention serait plus que hors de saison; il ne faut pas, comme disent les grammairiens, confondre autour avec alentour.

En définitive, cela arrive à dire que, pour bien écrire, il ne suffit pas seulement d'écrire tous les jours, mais qu'il faut s'y préparer par la réflexion et par des lectures choisies et faites avec soin sur des sujets divers.

Chaque homme, chaque génération même, invente peu de chose; on est heureux quand on peut apporter un très faible tribut à ajouter à ce que les siècles nous ont transmis, et on est d'autant plus facilement créateur qu'on connaît mieux le passé. Les meilleurs, les seuls romantiques connaissaient à fond leurs classiques. Si en général et surtout dans leur conduite on doit bien se garder de les prendre pour modèles, ici on peut les imiter sans crainte, car ils n'ont fait que ce que l'expérience enseigne et a toujours enseigné.

Nantes, août 1874.

L'économie domestique d'un côté et de bons honoraires de l'autre, c'est la seule préoccupation de beaucoup de familles. Mme L... n'est pas étrangère à ce souci-là, surtout à celui des honoraires. Elle a bien une certaine activité d'esprit qui peut faire illusion, mais il ne faut pas s'y tromper, cette activité ne porte pas sur les choses de l'esprit. Une réflexion qu'à l'occasion, et l'occasion se présente souvent, on ne peut pas s'empêcher de faire, c'est que certains défauts sont inhérents à certaines classes de la société et même que cela ne peut guère être autrement.

Pourquoi la classe moyenne, sous un certain point de vue est-elle si laide, pourquoi est-elle condamnée à ne jamais rien faire de grand, pourquoi dans ses intérieurs les conversations y sont-elles si fades et stériles? c'est que chez elle, sauf çà et là et dans des limites très circonscrites, il n'y a ni dévouement ni respect pour quoi que ce soit. Sauf toutefois une dévotion mal entendue, ses éléments sont l'indifférence et la moquerie, en même temps que la prétention et la jalousie, ce qui n'exclut pas la vulgarité et la pédanterie. Et tout cela suite inévitable et malheureuse du besoin et surtout du désir immodéré d'acquérir. Le manque de simplicité, l'ignorance du vrai beau, le goût d'un luxe faux, voilà ce qui la ravale. Quelles platitudes ne voit-on pas faire, quelles sottises n'entend-on pas dire, et dans beaucoup de cas, sans qu'on en ait le moindre sentiment, tant le sens moral est devenu obtus.

Du reste la même chose se voit partout. Les D... échangent des politesses avec les P... P... n'est qu'un drôle, l'autre qu'un déchu et un dégradé.

Il est peu agréable et peu glorieux d'attendre à jour fixe, comme quelque chose qui vous est dû, des loyers ou des fermages de gens qui quelquefois n'en ont pas trop pour eux, ce qui ne prouve pas qu'on en ait trop pour soi; et c'est même là une prétention illégitime, puisque, d'après la doctrine de Proudhon, la propriété, c'est le vol. On peut bien trouver aussi qu'il n'est pas très plaisant d'avoir à demander ou à recevoir des honoraires en échange de paroles souvent sans valeur. Aux yeux de bien des gens c'est là une chose toute simple; il s'en faut de beaucoup qu'il en soit ainsi, c'est peut-être au contraire la plus grande plaie de la société, et avec autre chose dont je ne parle pas, c'est certainement ce qui a la plus grande influence sur nos mœurs publiques et privées.

Quand on ne se fait pas d'illusions, quand on voit les choses telles qu'elles sont, il est facile de reconnaître que la partie de la société la plus corrompue, pour l'esprit surtout, c'est la classe libérale. C'est honteux à dire, mais il est peut-être plus facile de trouver un homme honnête parmi ceux qui ne connaissent que leur aune que chez ceux dont l'esprit est cultivé. Les classes tout à fait inférieures n'ont que des intérêts grossiers, et elles ne sont pas seules coupables ; mais la classe libérale à la dépravation joint la corruption, toutes les hontes lui sont familières, aucune bassesse ne lui répugne, l'hypocrisie et le mensonge, les prétentions à une dignité de mauvais aloi servent de manteau à toutes les vilenies. On en dirait trop si on voulait tout dire.

Dans notre monde terrestre, monde où quoi qu'on fasse, quoiqu'on dise, il y aura toujours des inégalités, des différences sociales, il est bien difficile que le désordre ne règne pas en bas s'il n'y a pas un peu d'ordre en haut.

Tel est le mal qui nous tourmente ; il est bien connu, et connu depuis longtemps, et suivant les médecins de Molière, médecins qui en valent bien d'autres, une maladie bien connue est à moitié guérie.

Au lieu de médecins, n'aurions-nous donc que des charlatans ?

Ayant été plus de six mois sans pour ainsi dire tremper une plume dans l'encre, il est bien juste qu'aujourd'hui, que je suis presque toute la journée assis devant une table, je prenne un peu ma revanche. Si cela n'est pas absolument nécessaire, c'est au moins un moyen d'employer une partie de mon temps. Si mes pages étaient soumises à un concours de bacheliers d'un ordre quelconque, je ne sais pas ce qu'en diraient les juges. Pour plusieurs raisons, je pense, je serais exposé à des boules noires, surtout de la part de ceux qui se trouveraient englobés dans quelques-unes de mes réflexions.

Mais je crois que j'aurais la chance d'avoir un satisfecit de M. Lacroix.

Pour que ma lettre ne soit pas, comme le ballon, plus lourde que l'air, je suis obligé de retrancher une des feuilles.

Nantes, 10 août 1874.

Ta lettre n'est pas mal, il ne s'agit plus maintenant
de ces examens de lettres, il faut songer à un autre qui
à un certain point de vue a bien une autre importance.
Je pense que tout marche à la satisfaction générale,
que l'ordre et la méthode, sans nuire à l'expression des
idées, ont su prendre la place qui leur appartient, que
la clarté qui en est la conséquence, accompagnée de la
brièveté, là où cela est nécessaire, ne se fait plus regretter ;
nous arriverons enfin bientôt à ce point où, pour parler
le langage de Bossuet, nous n'aurions rien laissé à la fortune de ce que nous pouvions lui ôter. Ce que Bossuet
dans sa grande langue, qu'ici toutefois je crois avoir un
peu altérée, dit de la guerre, nous pouvons bien le dire
et avec plus juste raison des sciences mathématiques.

Si l'examen oral n'a pas et ne peut pas avoir pour le
résultat l'importance de l'examen écrit, il a pourtant
un grand avantage pour ceux qui s'y sont bien pré-
parés. Non seulement il donne des connaissances nécessaires, utiles, agréables ; mais, comme l'a dit M. Himly,
les études qu'il nécessite enrichissent et ornent l'esprit
et sont un agrément dans le monde. Si on songeait
combien il y a de personnes devant lesquelles on ne peut
pas parler de certains sujets parce qu'on sait qu'elles y
sont étrangères, ce qui ne devrait pas être, on aurait
honte d'être du nombre de ces personnes-là.

Que de gens flottants et incertains, que d'autres qui,
privés de sens moral, s'attachent à tout et abandonnent
tout. C'est égal, à défaut de sentiments d'honneur, avec
un peu de jugement on ne devrait pas ressembler à tout
ce monde-là ; qu'est-ce que l'homme isolé au milieu de

cette foule d'êtres semblables à lui qui peuplent la terre, et dont chaque année des millions, une population plus qu'égale à celle de la France, disparaissent pour faire place à d'autres? Mais si l'homme en tant qu'une partie du grand tout, n'est pour ainsi dire rien, en est-il ainsi quand on le considère en lui-même? Tout change alors, l'homme est une intelligence, et comme intelligence, il est plus grand que l'univers, dont pourtant en apparence il n'est qu'un atome.

L'homme qui a compris l'infini, le bien, le vrai, le juste, doit être complètement anéanti, le monde n'est plus qu'un non-sens ; mais quoique absolument nous ne puissions expliquer quoi que ce soit dans son essence, nous comprenons néanmoins très nettement que rien de ce qui est ne peut être un non-sens, que tout ce qui est a sa raison d'être. Il n'en faut pas davantage pour nous conduire à cette idée nécessaire, que l'homme, être intelligent par excellence, ne peut pas périr tout entier.

C'est un peu vague, mais c'est une lumière suffisante pour nous guider.

Cette Mme de Longueville, lequel Longueville était un descendant du fameux Dunois, fils naturel du duc d'Orléans, lequel d'Orléans fut assassiné à Paris par ordre de Jean sans Peur, duc de Bourgogne.

Cette belle Mme de Longueville, que le vieux Cousin connaissait si bien et qui était inconnue à ton ami Béthune, était une digne sœur de son illustre frère ; elle avait un fils qui annonçait devoir renouveler le lustre de la maison, mais il fut tué au passage du Rhin. Son hôtel fut l'asile de Port-Royal persécuté ; comme beaucoup de grandes dames de ce temps-là, elle mourut dans la dévotion après avoir été l'héroïne, presque l'aventurière de son parti. Cette princesse de Condé fit tourner la tête à Turenne et à plusieurs autres, etc., etc.

—————

Nantes, 12 août 1874.

Ces derniers jours, j'ai relu la première Olynthienne de Démosthène, comme les philippiques, c'est un discours contre Philippe, L'orateur y garde de grands ménagements vis-à-vis de ses auditeurs tout en leur conseillant des résolutions énergiques.

A Athènes, le peuple beaucoup mêlé à la populace était le maître des délibérations de l'Agora où se traitaient toutes les affaires politiques. Ce n'était pas chose facile de bien le conseiller sans l'offenser ce peuple, ou plutôt ce semblant de peuple devait ressembler à une personne faible, mais souveraine chez elle, se laissant aller à des caprices et à des fantaisies même contre son propre intérêt. Prodigue et avare, lâche, cruel et téméraire, tout ce que peut être un être sans raison livré à toutes ses passions sans aucun frein.

A Athènes et dans la Grèce, il s'est fait de grandes choses, de plus grandes peut-être que nulle part ailleurs, mais il semble que la nation en masse n'y ait été presque pour rien. Tout est dû à l'influence, à l'autorité qu'avaient pu conquérir pour un moment certains hommes dont les noms ont traversé les siècles.

Ce discours de Démosthène et tous les autres discours politiques nous font connaître, si déjà nous ne les connaissions pas par nous-même, ce dont est capable, ou, pour mieux dire, ce dont n'est pas capable la démocratie.

Pourquoi fait-elle quelque chose aujourd'hui, puisqu'elle
n'a jamais pu rien faire, si chez nous, malgré de grandes
appréhensions, tout ne croule pas, si pour le moment
l'ordre matériel n'est pas troublé, c'est que la république dont le nom figure sur nos murailles et en tête
des décrets de l'Assemblée, n'existe que de nom. Tout
ce que l'on peut désirer, c'est que le nom et la chose
ne soient jamais réunis, surtout par des mains comme
celles que nous connaissons.

———————

Nantes, 15 août 1874.

A quelqu'un qui vous demanderait des nouvelles de
notre ami Gustave, qu'il n'aurait pas vu depuis la
grande crise, où pour bien des raisons personne n'a pu
s'entendre, il faudrait répondre non pas qu'il est malade,
mais qu'il est déconcerté. Déconcerté c'est le mot, il ne
voit plus à quoi se prendre. Comme dernière et peu
avouable ressource, il la rejette, il n'a plus en perspective que la mort du comte de Chambord, qui pourrait
bien se faire attendre encore longtemps. Il s'imagine
que la succession du dernier des Bourbons de France
tout entière, y compris la succession du trône s'ouvrirait
au profit des d'Orléans, ce en quoi il se trompe encore
en droit et en fait. Il arrange tout pour les besoins
d'une cause qu'au fond pourtant, mais malgré lui, il
regarde comme perdue, il ne sait comment s'y prendre
pour se créer des illusions, ou pour entretenir celles qui
ne sont pas tout à fait éteintes.

Avant tout, il faut chercher à voir la vérité, sauf
après et malgré tout, si on y tient, à conserver ses an-

10

tipathies et ses sympathies, que c'est le seul moyen de n'avoir pas de déceptions, et de vous empêcher de vous laisser aller à des paroles inconsidérées et sans mesure qui peuvent souvent laisser soupçonner que vous manquez de jugement.

Il n'est point un Orléaniste quand même. Y en a-t-il d'abord des Orléanistes quand même? S'il s'en trouve, ça ne peut être que parmi ces grands intrigants comme M. Decazes et autres qui s'imaginent que les d'Orléans, s'ils revenaient, ne pourraient pas se passer d'eux. Puisqu'il n'est pas du nombre de ces déplaisants personnages et qu'en outre aucun lien personnel ne l'attache à un des membres de la famille, pourquoi se condamner à pleurer leur chute inévitable comme le saint roi David pleurait la mort de son fils révolté, de son fils Absalon, que Joad perça sans pitié de sa lance lorsqu'il le surprit suspendu aux branches d'un chêne par cette longue et brillante chevelure qui faisait l'admiration des filles de Jérusalem et qui fut la cause de sa perte? Tous les ans il se faisait couper les cheveux, on en coupait six livres et un quart selon M. de Sacy, d'après sa bible.

Chez les d'Orléans, il n'y a rien de grand qui puisse faire regretter de ne pas les voir assis sur le trône qui ne leur appartient pas. Par suite de faits fâcheux, mais inavouables, ils n'ont plus d'ancêtres qui les rattachent au passé, de là résulte fatalement qu'ils ne peuvent engendrer qu'un régime de médiocrité et d'intérêts purement matériels, ils n'ont ni droit ni tradition, le souvenir du parlementarisme du règne de leur père est tout ce qu'ils possèdent, et d'ailleurs quelles luttes terribles n'auraient-ils pas à soutenir? C'est ce qui me faisait dire, et je crois avec raison, que croire aux d'Orléans, c'est croire à la mort. Ce que Gustave a de mieux à faire, c'est de préparer l'éducation de ses fils.

Pour jouer aujourd'hui un rôle dans le monde, pour y passer pour quelque chose, il faut être plus qu'un homme de lettres, même très lettré, plus qu'un savant, même très savant. La société de notre temps a des exigences qu'elle n'avait pas jadis, dans les siècles qui ont précédé le nôtre, sauf à la fin du dernier; tout ce qui tenait à la politique, au gouvernement, se passait dans des parages pour ainsi dire inaccessibles à la foule; il n'en est plus ainsi depuis nos révolutions. Non seulement on a le droit de parler de tout ce qui se passe en bien comme en mal, mais chacun, même à tort ou à raison y prend une part plus ou moins active, et celui qui n'a aucune opinion, n'est guère qu'un personnage sans valeur presque insignifiant, qu'il soit ce qu'il voudra par ailleurs, la politique a tout envahi.

Chateaubriand tenait avant tout à être considéré comme un Great Politician; il ne pardonna pas à Canning, un premier ministre d'Angleterre, lors d'un voyage que ce dernier fit en France, de n'avoir pas été lui rendre visite.

Lamartine se croyait un grand diplomate, il n'était qu'un..... Victor Hugo s'est tellement enfoncé dans..... Les véritables hommes de lettres, les vrais savants qui ne veulent pas être autre chose que ce qu'ils sont, n'ont qu'une ressource, c'est de vivre pour eux et leur intérieur, pour un petit nombre de connaissances et pour la postérité.

Il est pourtant fâcheux de ne prendre aucun intérêt même spéculatif à ce qui se passe dans le monde dans lequel on vit, tout en restant à l'écart de la pratique des affaires partout où la loi vous le permet. Il faut néanmoins ne rester étranger à aucune des évolutions qui s'accomplissent, puisqu'après tout, ce sont presque des transformations de l'esprit humain auquel le temps et les événements de chaque jour apportent des lumières, quelquefois pour nous consoler, mais malheureusement plutôt pour nous attrister.

La dévotion est une grande ressource, on ne peut pas le nier, ça toujours été ainsi surtout dans les temps de bassesse et de dégradation. Pour une bourgeoisie comme la nôtre sans le moindre ressort et corrompue jusqu'à la moelle, etc., etc.

Nantes, 17 août 1874.

Lorsque M. L'... sera parvenu à bien comprendre et ensuite à bien expliquer à ses auditeurs, et parmi eux il y a des adeptes disposés à tout croire, ce que c'est que la monade métaphysique, alors nous n'avons plus rien à craindre, la certitude brillera à nos yeux comme un soleil sans nuages; jusque-là, il faut tenir notre esprit en suspens.

L'homme ne sait pas ce que c'est qu'âme, il sait encore moins ce que c'est que corps et il ne comprend pas plus l'union de l'âme et du corps, a dit un tout autre sceptique, que tous les sceptiques de la Grèce. A l'esprit le plus vaste il joignait le plus grand cœur, et dans l'impuissance du bonheur, il s'est jeté dans un doute infernal et pour ainsi dire dans l'anéantissement de lui-même. Heureux ceux, on pourrait dire, qui par les mêmes motifs arrivent au même doute et au même désespoir.

J'ai laissé de côté aujourd'hui tout ce qui tient à la

politique des choses et des hommes, j'ai abandonné la réalité pour passer à des idées spéculatives. La double nature de notre être nous rend plus faciles ces alternatives, ces changements qui se contrarient moins qu'on ne serait disposé à le croire. C'est par la méditation qu'on acquiert les forces nécessaires pour se trouver victorieusement en face des pratiques et des difficultés de la vie.

C'est pour avoir été très versé dans les études philosophiques et morales, d'après Cicéron, que Démosthène a été le plus grand orateur de son temps et peut-être de tous les temps, malgré les avantages au profit des modernes d'une civilisation et d'une morale plus honnêtes et plus pures au moins dans la théorie.

Comme un spécimen du travail que l'homme doit faire, Sénèque, dans chacune de ses lettres au jeune Lucilius, lui envoyait à part une pensée philosophique.

Nous n'aimons pas qu'on nous avertisse de nos fautes et de nos erreurs et souvent nous serions assez disposés à agir comme Hercule qui, de sa lyre, cassa la tête à son maître parce qu'il s'avisa de lui dire qu'il chantait faux : voilà notre histoire à tous. Nous ne nous faisons aucun scrupule de faire des remontrances aux autres, de les blâmer de ce qu'ils font ou de ce qu'ils disent et encore nous ne disons pas tout ce que nous en pensons, mais ne pourrions-nous pas nous demander : les autres ne pensent-ils pas de nous tout ce que nous disons et pensons d'eux et peut-être pis? Cela ne nous embarrasse nullement, c'est très possible, disons-nous, et nous n'en doutons même pas, mais il y a certainement des gens qui voient clair et des gens qui ne voient pas clair et nous savons de science certaine que nous sommes du nombre de ceux qui voient clair.

Comment sortir d'une pareille impasse? il nous faudrait
un critérium de certitude auquel, comme à une jauge, on
rapporterait pensées et actes, comme dans les mathématiques, dans la géométrie par exemple.

Malheureusement connaître la surface et le volume de
tel ou tel corps n'est pas d'une grande utilité morale,
c'est dans la pratique de la vie, dans les relations des
hommes entre eux qu'il nous faudrait un guide infaillible
qui nous empêche de nous égarer ou qui pût du moins
nous tirer de la mauvaise voie. Ce critérium on le cherche
depuis longtemps et on ne l'a pas encore trouvé. Notre
nature, malgré sa grandeur, est si imparfaite, que c'est
à peine si pour nous il y a quelque chose de certain.

Il ne faut pas se laisser aller dans cette direction
d'idées qui est plutôt un indice de faiblesse que de force
d'esprit. On tomberait vite dans le scepticisme et du
scepticisme dans le pyrrhonisme, etc.

———

Nantes, 18 août 1874.

Lorsqu'en **1828**, après un échec à la Chambre de
M. Martignac, Charles X effrayé crut la monarchie mena-
cée d'un grand danger, il se trompa et se trompa
beaucoup ou, pour mieux dire, il fut trompé par son peu
éclairé et funeste entourage. M. de Polignac, qui devait
tout savoir, perdit tout ; la révolution de **1830** s'accomplit
au grand détriment des véritables intérêts généraux et
de la morale publique.

Au lieu de courir un grand danger comme malheureusement le roi était poussé à le croire, jamais depuis
1815 la monarchie n'avait été dans une meilleure situa-

tion pour anéantir l'opposition soi-disant libérale et pour reconquérir le vrai titre que les circonstances lui avaient fait perdre de monarchie nationale.

Pour ne pas me jeter dans des détails d'où je courrais risque de ne pas sortir, je me rappellerai le mot de Mme Jalaber à son fils Fabius : « Si Charles X, illuminé non pas d'une lumière surnaturelle, mais d'une lumière purement humaine, eût appelé Casimir Périer aux affaires en lui donnant pleins pouvoirs, il n'avait rien à craindre : Casimir ne l'eût pas trompé. C'en était fait non seulement des ultra, des faux royalistes, des cagots, mais de tout ce faux libéralisme qui depuis dix ans corrompait les esprits et dupait la France pour la conduire à l'abîme où de chute en chute elle est tombée aujourd'hui ».

Telle était, il n'y a pas longtemps, la situation du comte de Chambord. Pour sauver la France, il n'avait qu'à le vouloir, il n'avait pas de Casimir sous la main, il n'en avait pas besoin. Pour accomplir le grand œuvre, il pouvait être son propre ministre, il n'avait qu'à dire un mot tout disparaissait, faux amis et égoïstes d'un côté, intrigants et prétentions de l'autre, tout rentrait dans l'ordre et la France avec le reste.

Ces deux pages que je viens d'écrire *currente calamo*, pour ainsi dire sans m'arrêter, lorsqu'on écrit des choses qui vous sont familières, ont cela de bon, sinon pour la forme, du moins pour le fond, qu'elles sont profondément vraies. Je veux surtout parler de la première partie qui est mal connue. Sur la seconde tout le monde sait à quoi s'en tenir, on peut l'affirmer sans crainte de recevoir un démenti des documents contemporains. Charles X a eu peur à tort et c'est cette peur qui a été exploitée par ceux qui l'entouraient. C'était ce que voulait l'opposition ; on entendait dire partout : Il faut forcer le roi à mettre l'épée à la main.

On lit dans un des premiers psaumes : « Ils ont eu peur là où il n'y avait pas lieu d'avoir peur, ils sont tombés dans une fosse qu'ils ont creusée de leurs propres mains ».

Ainsi a péri le dernier roi bourbonnien et ça n'éclaire pas son petit-fils. Imbécillité humaine !

Il y a des sujets sur lesquels on écrirait plus vite dix pages, comme sur la politique par exemple, qu'une seule sur d'autres, je veux dire la morale et les lettres.

Le rabâchage politique est à la portée de tout le monde, on a toujours des faits qui vous soutiennent, soit ostensiblement, soit sans que cela paraisse. Les allusions, les réminiscences abondent, la déclamation peut presque y trouver sa place, vous êtes lu par un si grand nombre de sots !

Il n'en est pas tout à fait ainsi de la morale et de la littérature ; surtout de la science. Là on est bien plus exposé à trouver des gens qui vous remettent à votre place. La critique politique s'adresse aux passions, aux préjugés qui ne sont pas difficiles. La critique littéraire cherche à plaire et pour plaire il faut au moins de la sagacité et de la finesse.

C'est chez un marchand de draps, non pas peut-être de la force de M. Jourdain, mais un véritable marchand de draps, que le feu a pris dimanche.

En racontant la chose, le journal de Merson dit que c'est chez un négociant en tissus.

Tout marquis veut avoir des pages.

Dans une société aussi mêlée que la nôtre, où tout n'est

que prétentions et par suite confusion, pour se détacher de la foule *Odi profanum vulgus*, dit Horace, il faut travailler sans cesse à s'élever par le développement de son intelligence en même temps que par la simplicité de ses goûts et par la distinction de ses manières. Je ne parle pas de quelques autres qualités tout aussi nécessaires.

C'est une faiblesse, presque une faute de se révolter contre certaines choses qui peut-être ne sont pas conformes à la nature, mais qui sont une conséquence de l'état de la société.

Ne pas être jaloux voilà le principal, avec ça on est le supérieur de beaucoup et l'égal au moins des plus grands.

Voilà une sentence que Sénèque n'aurait pas dédaignée.

Nantes, 22 août 1874.

L'homme n'est qu'un être éphémère, il ne semble naître que pour mourir, et malgré cela le présent lui paraît peu de chose, il ne pense qu'à l'avenir, non pas au simple avenir du lendemain ; mais à l'avenir des années, même des siècles. Le sort de ceux qui doivent vivre après lui l'intéresse souvent plus que le sien propre. Certains monuments semblent avoir été faits pour l'éternité ; c'est une préoccupation à laquelle personne n'échappe, grands ou petits, riches ou pauvres, heureux ou malheureux. Ce sentiment involontaire est une des conditions de notre existence. Qu'on supprime la prévoyance qui n'est qu'une pensée du lendemain et l'humanité disparaîtra plus vite même qu'on ne saurait se l'imaginer. Ce besoin, cette nécessité, ce désir de l'avenir est une nouvelle démonstration de la supériorité de l'homme sur les animaux, en même temps que la preuve d'une intelligence forte pour durer indépendamment des corps.

Pour justifier mon dire,

> Sans en chercher la preuve
> En tout cet univers et l'aller parcourant,

je la trouve pour ainsi dire sous mes yeux en face de mes fenêtres. Dans la prévision de l'arrivée du maréchal, les gens de la préfecture sont occupés à nettoyer les appartements, on lave les carreaux de vitre, on change les rideaux, on se prépare à être propre, ce qui ferait supposer qu'on ne l'est pas toujours. Le magistrat officiel travaille à un discours qui puisse lui faire honneur tant pour le présent que pour l'avenir.

Jolibois, un ancien conseiller d'État de l'Empire, aujourd'hui avocat, qui dans le temps prononça une espèce de réquisitoire contre J. Favre, vient de plaider devant la cour d'appel de Toulouse la cause d'un curé, de Moissac je crois, qui a été condamné à 16 francs d'amende pour avoir fait à ses paroissiens, le curé dit que c'est sur leur demande, la distribution de photographies du Prince impérial; si les choses tournent dans un certain sens, ce curé-là ne peut pas manquer de devenir évêque. Vous pensez que Jolibois ne s'est pas contenté de discuter la question de savoir si aux yeux de la loi son client avait tort ou raison, il a profité de la circonstance pour parler de plusieurs autres choses, et entre autres d'un discours de M. de Rémusat, comme ministre de l'Intérieur, à la Chambre des pairs lors du projet conçu par M. Thiers de rapporter en France les cendres de Napoléon, ce qui, par parenthèse, et la parenthèse n'est pas de Jolibois, n'était qu'un escamotage. La gloire du prisonnier de Sainte-Hélène n'avait rien à y gagner. Mais M. Thiers, à cette époque-là, travaillait pour le compte de la maison d'Orléans qu'il croyait consolider par cet enterrement définitif de l'Empereur et de l'Empire.

Le discours de M. de Rémusat, je crois l'avoir dans un numéro de Merson, il est extrait de la séance de la Chambre, avec les approbations, les acclamations et les applaudissements des nobles pairs.

Nantes, 1874.

En me rendant à la gare hier au soir, j'ai rencontré, rue Royale, M. de Couélin. Il y a plusieurs dizaines d'années que nous nous connaissons et nous ne nous trouvons jamais en face l'un de l'autre, sans nous faire un échange mutuel de politesses. Sa sœur est mariée avec un Cornulier, le frère, je pense, du contre-amiral, notre maire actuel... Nous avons nécessairement dit quelques mots de politique. Je l'ai trouvé très net, trop net même sur le compte d'Henri V. Il y a dans sa famille des traditions de royalisme qu'il ne peut pas oublier; il m'a fait l'effet d'un chien de mauvais nez qui perd la trace et a rompu. Au moment où j'allais le mettre au pied du mur, dans le ton sec dont il parlait du comte de Chambord, j'ai soupçonné comme un mauvais souffle d'orléanisme; pour son honneur, je désire m'être trompé. Un véritable royaliste ne peut passer sans honte à l'orléanisme que par l'intermédiaire d'Henri V; beaucoup de grands noms se sont ralliés au premier et au second Empire et ceux qui ont agi ainsi n'ont jamais été regardés comme des traîtres aux yeux du chef de la dynastie, mais sans aucune explication il ne peut pas en être ainsi dans le cas des d'Orléans.

Il y a dans la traîtrise quelque chose d'abominable qui cause une répulsion instinctive, et cela malgré l'exemple de saint Pierre. Saint Pierre a été un triple traître, puisque ce n'est qu'au troisième chant du coq qu'il a reconnu sa faute. Son repentir pouvait lui faire obtenir son pardon, mais il ne devait jamais être le chef des apôtres. On conçoit saint Paul devenu l'apôtre des gentils après avoir été un persécuteur des premiers fidèles, mais saint Pierre c'est un contre-sens moral; il ne restait plus pour lui après sa chute que le sac et la corde.

Dans un certain ordre d'idées, il ne faut jamais biaiser ni sortir de la vraie voie, autrement on ne sait plus ce qu'on devient.

En général, chez les animaux, chaque espèce a un caractère qui lui est propre et qui diffère très peu d'un individu à l'autre; qui connaît un renard connaît tous les renards, cela est vrai des animaux doués seulement d'instinct, mais il s'en faut de beaucoup qu'il en soit ainsi chez l'espèce humaine. Sans doute les germes de toutes les facultés, des qualités, des défauts, des appétits se trouvent dans chaque descendant d'Ève, mais ces germes sont tantôt développés chez celui-ci, tantôt à l'état latent chez celui-là. Certaines facultés ou qualités qui semblent ne pas exister chez les uns sont éclatantes chez d'autres. Il n'est pas besoin de rapporter ici des faits particuliers, ils abondent. Il résulte de là qu'on a beau s'être étudié soi-même, à moins d'une sagacité dont l'homme n'est pas capable, si on n'a pas étudié les autres, on ne connaît pas bien l'humanité.

Parmi les hommes qui depuis quarante ans ont brillé dans nos débats parlementaires, il y en a trois qu'on peut mettre hors ligne, sinon par le caractère, du moins par le talent ou même par le développement de certaines facultés. Ces trois hommes sont MM. Guizot, Berryer et M. Thiers. D'autres sont là qu'on pourrait nommer ayant eu une certaine valeur, mais au fond insignifiants. D'autres aussi, mais repoussants qu'il ne faut rappeler que quand on ne peut pas faire autrement. Je nomme pourtant M. Thiers, c'est que, malgré ses souillures, il s'est toujours trouvé en position de se relever, ce qu'on ne peut pas dire des autres.

Certes ces trois hommes-là diffèrent bien entre eux; ils ne se ressemblent guère; le portrait que l'on ferait de chacun d'eux ne s'appliquerait nullement aux deux autres. Sans doute, si on réunissait la gravité, la vigueur, le profond sentiment de personnalité du premier, l'abandon, l'ampleur, l'espèce de majesté du second avec la verve et la finesse du bon temps du troisième, on ferait de cet ensemble un grand orateur, le plus grand peut-être des temps modernes; mais ce ne serait pas encore Démosthène fils de Démosthène de Péanée, à la tribune aux harangues, en présence de l'élite de la Grèce entière, c'est-à-dire de l'univers entier pour l'intelligence, faisant circuler comme un courant électrique dans toutes les têtes, dans tous les cœurs, sous l'influence irrésistible de son regard, de son geste, de sa parole, les sentiments de grandeur et de patriotisme qui l'animaient et en faisaient toujours la personnification incarnée de l'éloquence humaine.

Toutes les combinaisons soit réelles, soit de pensée dont est capable l'intelligence de l'homme ne sont

rien à côté de ce que peut produire la nature ; d'un seul
jet elle dépasse, et de bien au delà, tout ce qu'il est
possible d'imaginer en fait d'expression de physionomie ; le peintre le plus habile est à une infinie distance
de ce que peut montrer pour ainsi dire le premier visage
venu sous l'empire d'un sentiment vif et vrai.

Tous ceux-là le savent, qui ont entendu un grand artiste interpréter les œuvres des autres, qu'il est impossible de faire passer dans l'esprit de ceux qui ne l'ont
pas entendu l'effet et l'émotion qu'on a éprouvée.

Dans je ne sais quelle partie de ses œuvres, Plutarque établit une espèce de comparaison entre Ménandre,
dont nous n'avons rien, et Aristophane ; sa conclusion
est tout à l'avantage du premier, et il me semble à
moi que tout ce qu'il dit pour arriver là prouve pé-
remptoirement la supériorité d'Aristophane. Du reste,
Aristophane avait tant d'esprit qu'il est difficile de croire
que deux hommes comme lui aient existé en même
temps. C'est comme si l'on disait qu'il a existé ou qu'il
existera un autre Molière.

J'aimerais autant croire à un nouveau Messie comme
celui que les Juifs attendent.

Nantes, 1ᵉʳ septembre 1874.

Si, en tout temps, l'homme qui, par son intelligence et
son éducation s'élève au-dessus de la foule, a dû avoir
la préoccupation de la chose publique, que doit-ce être
dans une époque comme la nôtre où à plusieurs reprises on a dû se demander non pas comment gouverner la société, mais si la société elle-même ne cesserait

pas d'exister. L'ordre social est un héritage que chaque génération doit transmettre dans le meilleur état possible à la génération suivante. S'imaginer que c'est là un souci, une préoccupation à laquelle on peut se soustraire impunément, c'est plus qu'une erreur. On entend souvent dire : Laissons les affaires publiques aller comme elles voudront, occupons-nous des nôtres; mais il n'y a rien de plus bête, c'est plutôt le contraire qu'il faudrait dire. Quelles que soient les précautions qu'on ait pu prendre, personne ne peut avoir la prétention de se soustraire au danger dans ce désordre général et ce désordre, que tant de gens ont intérêt à faire naître, n'est-il pas toujours imminent? Ce mot ignoble qu'on prête au Bien-Aimé : « Ça durera autant que moi », pouvait être vrai à ce moment-là. aujourd'hui il est stupide, rien n'a de durée. Le danger est comme la mort, il est toujours sur nos têtes; c'est ce qui rend les affaires si difficiles. Quel remède trouver à une pareille situation? Ce ne sont pas les remèdes qui manquent, chacun a son spécifique heureux. Si nous trouvons un palliatif, quand ça ne serait, pour faire une mauvaise pointe, qu'un remède empirique.

Sans désespérer de l'avenir, il faut, comme le dit Cicéron, céder au temps : *Cedem tempori*.

Ceux qui sont les plus intéressés à l'ordre sont aujourd'hui, après avoir fait toutes les fautes possibles, les plus acharnés au désordre.

Hier au soir, à l'extrémité de la fosse, j'ai pris plaisir à regarder un assez beau vapeur anglais : The Neptune, de Liverpool. En échange du fer et du charbon qu'il nous apporte, nous lui donnons, ce qui fait bien voir la différence du caractère des peuples, du vin en bouteilles. Notre vin des meilleurs crus est un petit champagne, et comme a dit M. Arouet :

> De ce vin frais l'écume pétillante
> De nos Français est l'image brillante.

C'est ce qu'il faut pour rendre aux flegmatiques gentlemen et aux langoureuses misses de la fuligineuse Albion un peu de la vivacité de l'esprit gaulois, sans nuire à leurs qualités propres

The constancy and the fidelity.

Ce fut le 30 mai 1431 que Jeanne d'Arc monta sur le bûcher, condamné par Cauchon, évêque de Beauvais, et ses adeptes, après avoir été abandonnée et trahie par tous ceux qui auraient dû se sacrifier pour elle.

Ce ne fut que le 11 juin 1455, vingt-quatre ans après son assassinat, qu'un rescrit du pape Calixte III ordonna la *Procédure de révision du procès.*

Nantes, 5 septembre 1874.

On peut en écrivant commettre des fautes de plusieurs espèces, des fautes d'orthographe, des barbarismes, des solécismes. Dans notre langue la prononciation ne s'accordant pas avec l'écriture, il en résulte que, faute de lois fixes, beaucoup de mots ont une orthographe embarrassante. *Civil, subtil,* etc., au masculin ne prennent pas l'*e* *final; utile, facile,* et bien d'autres le prennent; *flagrant, flegme,* qui viennent du grec avec un *g* et que nous devrions écrire par un *ph* nous les écrivons par un *f* parce que nous les avons empruntés au latin; *fiogiaire* et *fiole* viennent tout droit du grec φιαλη et est mieux écrit *phiole.* Les règles établies ne suffisent pas pour vous guider, elles ne sont pas assez générales; sans l'analyse et surtout sans l'usage, on aurait de la peine à s'en tirer. Les barbarismes sont plus faciles à éviter; un barbarisme, c'est un mot qui n'appartient pas à la langue ou c'est un mot employé dans un sens, ou opposé à l'usage ou qui ne se déduit pas de sa signification propre; ainsi un homme conséquent, conséquent est un barbarisme, non pas en lui-même, mais parce qu'il est pris dans un sens qu'il n'a pas et qu'il ne doit pas avoir. Les gens bien élevés, en général, ne font pas de barbarismes. Quant aux solécismes, c'est autre chose, ce sont des fautes contre la règle de la grammaire et on ne s'en fait pas faute. De toutes les langues connues, la langue française n'est pas la moins belle, c'est certainement la plus claire, mais aussi elle est de beaucoup la plus difficile, même au point de vue de la correction, sans parler de l'élégance et des autres qualités du style pour laquelle elle est tout aussi exigeante et aussi délicate qu'aucune autre. Pour arriver à ne pas faire de fautes en écrivant ou pour les corriger après avoir écrit, il faut connaître passablement et se rappeler à propos les règles de syntaxe qui concernent chaque sorte de mots, chaque partie du discours. Après chaque mot que l'on écrit, il y a pour ainsi dire à appliquer une règle de grammaire. C'est en observant, c'est en cherchant toujours à observer ces règles qu'on parvient à bien écrire et même à pouvoir s'en passer.

Les professeurs qui corrigent les devoirs des élèves suivent une marche régulière : d'abord l'orthographe des mots, les accents, les règles d'accord, de régime, de participes, des temps, des modes, du plus ou moins de clarté et enfin, quand il y a lieu, de l'élégance. Pour se corriger soi-même, il faut suivre à peu près la même méthode.

Nantes, septembre 1874.

D'après la lettre de ce matin, je vois que mes poulets arriveront trop tard, mais comme ils ne sont pas bien gros, on finira par en venir à bout même sans l'aide de la compagnie. Nos acteurs, je sais à peu près à quoi m'en tenir sur le caractère et la valeur de chacun. Je ne ferai qu'une réflexion un peu générale, à moins d'un début solennel ou d'une grande autorité déjà acquise, et surtout en présence de spectateurs aussi peu capables d'apprécier la finesse de l'art, il ne faut pas renoncer à tous les moyens un peu factices de produire de l'effet, sauf à les abandonner successivement au fur et à mesure qu'on grandit et qu'on se sent plus maître de son public; on n'impose pas même le bon du premier coup. Maintenant que nous savons notre Alceste, et autre chose d'un autre genre, nous pourrons répondre aux mauvais plaisants qui nous raillaient d'avoir introduit des vers dans une composition physico-mathématique.

Par la sambleu, Messieurs, je ne croyais pas être si plaisant que je suis.

Merson, dans son journal, nous donne aujourd'hui en extrait une lettre pastorale de Félix Fournier, évêque de Nantes, par la miséricorde de Dieu et la grâce du Saint-Siège, etc., etc. Le discours est fort long. Il termine par une imitation assez plate de ces dernières paroles de Bossuet :

Heureux si, averti par ces cheveux blancs du compte que je dois rendre de mon administration, je réserve au troupeau que je dois nourrir de la parole de vie ces restes d'une voix qui tombe et d'une *ardeur qui s'éteint.*

Tout Bossuet est dans ces derniers mots.

Cette lettre pastorale, comme beaucoup d'autres du même genre, se plaint du cercle d'iniquités qui de jour en jour va se rétrécissant autour du successeur de saint Pierre et des dernières rigueurs qui lui enlèvent ses dernières ressources. L'Église devrait être la première à se rappeler que c'est à sa pauvreté primitive, à son humilité qu'elle a dû sa puissance, et que ce sont ses grandeurs mondaines qui ont commencé sa ruine.

Le père Maury pourrait nous apprendre comment les réformateurs, qui ne valaient pas grand'chose, qui valaient même moins que ceux qu'ils voulaient réformer ont su profiter des scandales qu'engendraient les richesses de l'Église pour faire une scission qui *directement* et *indirectement* a été la cause la plus puissante de toutes les révolutions politiques qui, depuis ce moment-là, se sont accomplies dans le monde.

Pour remettre les Orléanistes sur pieds, il faudrait, selon l'expression de Lallié, un de nos députés :

Que Dieu nous fît la grâce de nous affliger de la mort d'Henri V, alors ils reprendraient courage, mais sans cela leur espoir s'en va en fumée.

Nantes, 13 septembre 1874.

Le mois de septembre est le mois où notre ville voit le plus d'étrangers, des étrangers de distinction, comme on dit, qui arrivent des bains de mer. Toutes les dames ont des toilettes sinon toujours élégantes, du moins suffisantes pour attirer les regards, et un regard cela fait toujours plaisir.

Après un jour ou deux. c'est autant qu'il en faut

pour satisfaire la curiosité, tout ce monde s'en va ; la plupart retournent manier l'aune ou la balance, mais ils ont eu leur moment d'illusion, on les a pris pour ce qu'ils n'étaient pas.

Même en amour, c'est beaucoup d'avoir un jour ; pendant que de jeunes aventuriers nous arrivent, désireux non seulement de se faire voir, mais encore de plaire, toute notre jeunesse est aux champs se souvenant sans doute de la sentence : « *Gardez-vous daller lusinghe della lingua della stransura* ».

Quoique M. Guizot appartienne encore au monde, on peut parler de lui comme en parlera la postérité. La *Gazette de France* rapporte que lorsque les forces physiques reviennent entre certains moments d'affaissement, il répète parfois ces paroles :

> Malheureux peuple français,
> Inconstant, inconscient.

S'il y a un homme au monde qui, dans une circonstance solennelle, n'a pas le droit de prononcer ce mot d'inconscient en l'appliquant aux autres, certes c'est M. Guizot.

Et on peut lui appliquer à lui ce vers de Regnard :

> Hélas! le malheureux meurt comme il a vécu.

Il étouffe dans le sentiment de sa personnalité impitoyable.

On reste toujours un homme très inférieur tant qu'on n'est pas en état de porter sur les hommes et sur les choses un jugement réfléchi qui vous appartienne en propre tout en appartenant évidemment à bien d'autres,

> Nullius addictus jurare in verba magistri,

sans s'attacher au mot à mot : « Ne pas jurer sur la parole du maître. » Mais il y a une grande distinction à faire entre ce qui est du domaine de la raison stricte et ce qui appartient à l'expérience, à l'autorité. Ainsi le jugement que je viens de porter sur M. Guizot, en admettant qu'il fût aussi faux que je le crois vrai, en définitive ne compromettrait que moi. Mais si, partant du principe que tous les hommes sont égaux, j'en veux faire une application immédiate, pas n'est besoin de démonstration pour montrer les abominations que je m'en vais commettre. Avant de prononcer un jugement, il faut donc avant tout se demander si on a le droit de juger.

Nantes, 19 septembre 1874.

Harpagon voulait qu'on inscrivît en lettres d'or dans la salle à manger :

Il faut manger pour vivre, etc.

Je trouve le mot de Démosthène aux Athéniens encore bien meilleur (*Pro L.* χρημάτων), il faut de l'argent, il faut de l'argent même à ceux qui ne mangent que pour vivre.

Que dire de ceux qui ont dans leur cave des vins de plusieurs années et de plusieurs espèces? Sans rien exagérer dans chaque genre, il est pourtant difficile d'avoir une bonne idée de celui qui ne mange que pour vivre.

La fin de la phrase a dû vous surprendre, vous vous attendiez peut-être à l'opposé, mais non, c'est bien ce que je voulais dire. Que penser de celui qui n'aime pas une bonne morue de Terre-Neuve avec des pommes de

terre de Hollande, ou une bonne purée de lentilles bien
brassée avec une cuillère de figuier?

Je n'oublie pas un excellent *smoking dish of love,
eggs and bacon*, ce mot qui coupait court à toute dissertation de Partridge, le serviteur de Tom Jones. Ainsi,
avoir un sens de moins, c'est être un homme incomplet.
Salomon le dit d'ailleurs, l'homme n'a rien de mieux à
faire sur la terre que de bien manger et de boire. *Tutta
la fatica del uomo per la bocca.*

C'est donc non seulement nécessaire, mais agréable.

Pour que ma conclusion soit d'accord avec les pro-
messes, demain par la poste vous recevrez des loyers.

Retranchez du talent d'orateur de M. Guizot tout ce
qui tenait au profond sentiment qui était en lui de sa
supériorité et au mépris qu'il avait pour les autres, et
vous le réduirez de moitié. C'était là aussi la raison pour
laquelle il n'était fort et supérieur à ses adversaires, que
lorsqu'il était maître du pouvoir et qu'il disposait d'une
majorité dévouée; son dogmatisme ne pouvait s'allier
qu'avec l'autorité.

Il n'avait ni l'élan ni la verve qui conviennent si bien
à l'attaque. S'il fût resté dans l'opposition, malgré sa
longue course parlementaire, il ne se serait pas élevé au-
dessus du second rang.

Une autre réflexion qu'on peut encore faire sur
M. Guizot, c'est qu'il n'a jamais été un homme nécessaire
d'aucune partie de la France ; dans un moment difficile
on n'a jamais jeté les regards sur lui comme vers un astre
de salut. Après avoir fait du désordre comme tous les
hommes de 1830, il a voulu faire de l'ordre ; on a fait mi-
trailler et fusiller les vainqueurs des trois glorieuses.

Tous ces mêmes hommes ont travaillé les uns dans

un sens, les autres dans l'autre, et ont fini par démon-
lir ce qu'ils avaient constitué. De ces dix-huit années, il
me semble qu'il ne reste que deux hommes : Casimir Périer et le maréchal Bugeaud. Comme homme de courage,
comme homme de résolution et comme homme de dévouement pour le dernier s'entend, tous les autres ne
valent pas la peine d'être nommés.

Par suite du développement du commerce et de l'industrie, la richesse est chez les marchands, et dans les
grandes villes comme Nantes, ce sont les enfants de ces
parvenus de la dernière heure qui fréquentent les institutions universitaires presque totalement délaissées par
les classes qui occupent un rang plus élevé dans la société. L'instruction des lycées ne peut pas remplacer
l'éducation de la famille. Aussi les professeurs de notre
lycée se plaignent-ils beaucoup de la situation qui leur
est faite.

Nantes, 21 septembre 1874.

Dans la lettre de M. Thiers à M. Guillaume Guizot tout
est plus que médiocre, tout est plat, le fond et la forme.
Pour être en état d'écrire une grande page, il ne suffit
pas d'avoir de l'esprit et beaucoup de savoir-faire, il
faut tout autre chose qui lui fait souvent défaut. L'illustre vieillard pouvait encore moins l'avoir dans la circonstance. Je veux dire surtout ce sentiment d'abnégation qui vous met en état de rendre justice aux autres,
sans laisser paraître la moindre préoccupation de ce
qu'on peut valoir soi-même. En admettant que ce sentiment-là ne soit pas étranger à M. Thiers et que plusieurs

fois il en ait donné la preuve, on conçoit très bien qu'il ne pouvait pas être dans une pareille situation d'esprit vis-à-vis de M. Guizot, vis-à-vis l'homme qui pendant leur commune carrière parlementaire lui a toujours barré le chemin, aussi est-il embarrassé dans l'expression de sa pensée, on y sent une espèce de gêne. Il semble qu'une plume aussi exercée que la sienne aurait pu mieux s'en tirer.

Nantes, septembre 1874.

Il s'est passé, et il se passe encore probablement quelque chose d'extraordinaire dans la maladie de M. Guizot.

Je vous l'écris, supposant, ce qui est possible, que votre journal n'en a rien dit.

Depuis cinq heures du soir jusqu'à onze heures du matin, il perdait pour ainsi dire l'usage de son intelligence, toute mémoire disparaissait. Entre onze heures et midi jusqu'au soir, l'intelligence reprenait toute sa puissance sans le moindre affaiblissement, et pendant plusieurs heures il dictait des pages d'histoire où rien de ce qui caractérise son talent ne paraissait manquer. Il termine son existence laborieuse comme il l'a commencée, par des travaux historiques ; l'histoire pour un esprit de cette nature n'est pas une simple nomenclature de faits, un récit plus ou moins dramatique, c'est l'histoire de l'homme considérée sous tous les points de vue possibles. Tout s'y trouve, la morale, la politique, les lettres, les sciences et les arts et d'ailleurs pour celui qui a pris une si grande part aux événements de son temps, quel cadre plus complet pour un examen de conscience, que le tableau des événements passés, avec leurs enseignements contre lesquels la passion ne peut plus rien.

En se contentant de s'interroger soi-même, on peut se fuir, s'éviter, mais l'histoire est inexorable; vous vous y retrouvez et les autres vous y retrouvent. Je vous connais, disait Royer-Collard, à je ne sais quel député de l'opposition (ce devait être ce creux pédant d'Odilon Barrot), vous vous appelez Péthion. Péthion, vilain personnage, a été maire de Paris en 92; il fut un des trois qui ramenèrent le roi et la reine de Varennes à Paris; les deux autres, il est bon de le savoir, étaient Latour-Maubourg et Barnave; Barnave était dans la même voiture que Marie-Antoinette qu'il n'avait peut-être jamais vue. De révolutionnaire qu'il était il devint un serviteur dévoué de la couronne, mais il était trop tard.

———

2 octobre 1874.

Je me disais, ce que l'on dit souvent en lisant les anciens : Si l'on excepte ce qui a rapport aux sciences qui sont le produit du temps, tout ce que nous savons, les anciens le savaient. Mais Cicéron en disait autant de ceux qui l'avaient précédé. A quelle époque faut-il donc remonter pour trouver du nouveau? La série des grandes idées, des idées générales s'est promptement produite, comme toutes les grandes passions, tous les grands sentiments. Il n'y a de nouveau que les détails, les nuances, les rapprochements et la forme. La forme qui à elle seule donne aux choses une si grande originalité. C'est cette originalité qui disparaît dans une traduction au point que les plus grands écrivains y perdent tout leur prix.

On le dit de Lafontaine, chez les Anglais; c'est possible; mais, dans tous les cas, ce serait une preuve que les fils d'Albion ne savent pas bien le français, ce qui n'a rien d'extraordinaire.

Parmi les ouvrages qui m'ont mis en suspens pendant ma mise en ordre de la bibliothèque, je pourrai citer l'*Histoire de l'Académie* par Pélisson et d'Olivet; mais c'est le premier volume seulement, celui de Pélisson, qui est le meilleur.

Dans ce volume se trouve une petite biographie de chaque académicien mort avant 1652 et quelques mots sur les vivants. De Corneille, il se contente de donner la nomenclature de ses ouvrages; c'est plus qu'un peu sec. Pour remplir ma feuille, ce qui n'en sera pas plus mauvais, je vous transcris le portrait qu'il trace d'un académicien, M. de Mezeriac, qui mourut en 1628. J'en prends quelques traits çà et là.

M. de Mezeriac était de Bresse, d'une famille noble et ancienne. Il était bien fait et de belle taille, avait les yeux et les cheveux noirs, le visage agréable et la conversation fort douce. Il était savant dans les langues, et particulièrement en la grecque; très profond en la connaissance de la fable, en l'algèbre, aux mathématiques et aux autres sciences curieuses.

Il avait traduit Diophante de grec en latin avec des commentaires dont on faisait beaucoup de cas.

Voici le savant, passons à l'homme du monde : il s'était retiré à Bourg en Bresse, où l'auteur continue :

Après s'être ainsi retiré, il se maria, et quoiqu'il pût prétendre à de riches partis, il aima mieux prendre une femme sans biens, mais de bons lieux, bien faite et d'une humeur fort douce et qui se rapportait parfaitement à la science. Il ne se repentit point de ce choix. Et prenait souvent plaisir d'en parler avec ses amis, comme de la meilleure chose qu'il ait jamais faite.

On dirait autrement aujourd'hui, mais on dirait sûrement d'une manière moins agréable. Mais ce qui doit
surtout recommander M. de Meziriac à vos yeux, c'est
qu'il aimait beaucoup la comédie et qu'il la faisait jouer
chez lui par des personnes de condition. Ce qu'il y avait
de plus merveilleux, c'est qu'il choisissait ses acteurs
dans des situations de cœur se rapprochant le plus possible de celle du personnage qu'ils représentaient. Il
remplissait le précepte d'Horace.

> .....Si vis me flere dolendum est
> Primum ipsi tibi.

Il n'est pas mal à propos de savoir ce que c'était que
Pellison : ami de Fouquet d'abord, puis historiographe
et enfin convertisseur des protestants. Voyez le dictionnaire.

10 novembre 1874.

Mardi soir, j'ai assisté à deux leçons, l'une de chimie,
l'autre d'histoire, c'est un peu tard s'y prendre pour en
rendre compte. Il faut pourtant bien m'y décider, car ce
soir a lieu le cours de lettres, et si je laisse accumuler
les séances, je ne pourrais plus m'en tirer. B... qui a
paru le premier est le successeur, comme directeur, de
M. Comte, professeur d'histoire naturelle, qui a été pour
ainsi dire le fondateur de l'école. Un peu intrigant, passablement courtisan, et peut-être même charlatan, ce
M. Comte avait toutefois une certaine valeur : il était
lettré et ne manquait pas d'élocution. Il se faisait écrire
des lettres ou plutôt il se les écrivait lui-même, et dans
ces lettres il manifestait des inquiétudes sur le danger

que pouvait causer l'orthodoxie à l'occasion de certaines doctrines antédiluviennes. Il profitait de ces circonstances qu'il avait fait naître pour faire une profession de foi. Il citait Bossuet, Fénelon, les Pères de l'Église et il arrivait quelquefois que, dans sa leçon, il avait parlé de tout, excepté d'histoire naturelle; mais il avait amusé son public. C'est là le point principal.

Faisant un jour allusion à un fait de chimie, il dit que B... était un charmant professeur. Or B... n'a jamais été un Adonis, tant s'en faut, et d'un autre côté il est totalement dépourvu des grâces de l'esprit. Si pour mettre la main dessus on n'avait eu d'autre signalement que celui de M. Comte, il eût fallu renoncer à le chercher.

Dans cette leçon qui était la première de l'année et la première du cours, qui dure deux ans, notre charmant professeur avait à faire connaître d'une manière générale quelle était la science dont il allait entretenir ses auditeurs. Il avait à exprimer quels sont ses caractères propres, en quoi elle diffère d'autres sciences qui, comme elle, s'occupent des corps. Par exemple de la botanique qui les étudie dans leur développement, de la minéralogie, qui les considère dans les formes qu'ils affectent, dans leurs cristallisations; de la physique qui constate les effets qu'ils exercent les uns sur les autres, sans cesser d'être eux-mêmes, sans rien perdre de leur nature intime.

Il était facile de développer ces quelques idées, ou plutôt cet ensemble de faits, avec une certaine grandeur, avec une certaine richesse d'expressions; il avait, pour ainsi dire, devant lui la nature entière; mais il lui manqua, ce qui du reste manque à beaucoup d'autres, la connaissance de la vraie langue, de la langue des idées. Et sans la connaissance de cette langue-là on ne peut rien dire, pas même la chose la plus vulgaire. Quittant les généralités, il a passé aux faits particuliers : d'abord à la grande divisibilité des corps. A cette occasion, il a cité une opinion de son maître Dumas, qui en opposition avec ses confrères ne veut pas qu'on dise que la division s'arrête à un certain point et qu'on a des atomes, que cela touche à l'infini et que l'infini nous échappe. Qu'il faut se contenter de dire que les corps ne se combinent que dans des parties très ténues, dans ce qu'on appelle des molécules.

J'écris un peu vite, aussi a-t-il dû se glisser beaucoup d'incorrections et mêmes de fautes, et quand on critique les autres, on ne devrait pas, soi-même, trop prêter à la critique.

Je ne parlerai pas aujourd'hui de M. B..., je joindrai sa première leçon à la seconde. Je vais me contenter de terminer la leçon de chimie, qui, à la satisfaction des spectateurs, a fini par des expériences.

La chimie a ce grand avantage, c'est que les expériences réussissent toujours et que beaucoup sont très curieuses et mêmes saisissantes. Elles réussissent toujours, parce qu'elles sont indépendantes de la bonté des instruments, de la dextérité du professeur ou de l'habileté du préparateur. Si on jette dans de l'eau un morceau de potassium, à l'instant même le potassium s'enflamme et se transforme en potasse qui ne ressemble point au potassium ou à l'oxygène, éléments de sa formation.

Pour que l'expérience s'accomplisse, il suffit d'avoir du potassium et de l'eau. Ces deux corps mis en contact se chargent de l'opération.

Adieu.

Au sujet des livres à acheter pour L.., je me demande comment M. L..., qui n'a jamais consacré le moindre temps à l'étude du langage, à ce qu'on appelle la linguistique, qui ne sait peut-être même pas ce que c'est qu'une véritable étymologie, se croit obligé de montrer tant d'amour pour le Dictionnaire du sieur Littré, Dictionnaire dont il n'a jamais lu un seul mot. La circonstance d'être un radical plus ou moins... est-elle donc un titre suffisant à ses yeux pour qu'on soit un véritable littérateur? M. Dupanloup en juge autrement en pareille matière. Lequel est le plus compétent de l'avocat ou de l'évèque?

Laissant le style de côté, quoique pourtant ce soit bien quelque chose, il serait par trop facile de démontrer que l'abbé Latouche, quoique abbé, était incommensurablement plus fort en étymologie que l'académicien Littré, quoique académicien radical. L'un, le dernier, n'a qu'une science de mots, qu'une érudition, que le temps et le travail peuvent toujours faire acquérir; l'autre, l'hébraïsant, malgré des excès d'orthodoxie, a une science qui illumine, science que M. Littré et ses pareils ne connaissent pas. et qu'ils ne connaîtront jamais.

Ma conclusion n'est pas cependant qu'il faut acheter pour L.... le Dictionnaire hébreu-français de l'abbé Latouche, mais de faire remarquer qu'il est toujours prudent de ne parler que de ce que l'on sait et de ne pas vanter ce que l'on ne connaît pas.

Mme L.., elle aussi, a déclaré qu'elle entendait étudier les origines de notre langue; je vous dis cela seulement afin que vous preniez vos précautions à l'avance.

Nantes, 16 novembre 1874.

Samedi dernier j'assistais à la leçon d'histoire ; cette même leçon je l'avais entendu faire à M. Lacroix. Le professeur ici avait à parler à son public de la minorité de Louis XIV, de cette époque si curieuse, si fertile en événements et en hommes, il faut ajouter en femmes, car il ne faut pas oublier Mme de Longueville. Il a raconté la suite des faits avec ordre et précision, jusqu'au traité de Westphalie, mais sans dictinction aucune, sans rien faire ressortir. Tout d'une venue.

Quelle différence ! M. Lacroix sait vous intéresser, il connait les bons coins ; il choisit bien, et tout ce qu'il vous dit on peut, si on en est capable, le conserver dans son esprit. M. Lacroix est royaliste, ce qui lui permet d'avoir de l'admiration pour ce qui a pu se faire de grand dans les siècles passés.

L... ayant oublié tout ce qu'il savait de grec, ce qui n'était pas grand'chose, on vient de lui donner un sixième maître.

Sub numero peribit, comme le malade de Molière de cinq médecins et de trois apothicaires. Pendant qu'il prenait sa leçon de piano, sa grand'mère, qui n'a pas pu aller en soirée, a fait une sortie d'un autre genre ; elle a fait des imprécations contre le latin, le grec et les mathématiques, demandant à quoi cela pouvait servir. Après tout, a-t-elle dit, il en saura toujours assez, il sera riche.

———

Nantes, 29 novembre 1874.

M. Bonnet. — M. Bonnet vous a fait voir comment

l'algèbre différentielle appliquée à la géométrie rendait le tableau plus facile à suivre que les démonstrations faites sur le tableau lui-même. Par l'une on achève, on complète ce qu'on n'avait fait que commencer par l'autre. Cette circonstance de n'être que cinq ou six au cours, te forcera dans ton amour-propre et dans ton intérêt à porter toute ton attention.

M. Tannery. — La thèse de M. Tannery, agrégé, professeur à l'École normale, est, dis-tu, fort savante et contient d'importants résultats. Elle s'appuie sur quelques formes de démonstrations et de notations proposées par M. Cauchy, qui lui-même les avait tirées de démonstrations proposées par d'autres, et faciles, en apparence du moins, car à l'origine tout paraît aisé et simple, quoique tout soit difficile.

M. Montet, *normalien.* — A Alice, tout lui réussit. Quoiqu'elle soit un peu souffrante, elle vous a lu des vers d'un style léger et badin qu'elle a reçus du normalien *Montet.* De ce poète tous les vers sont faciles et heureux; il ne se permet pas d'en envoyer de mauvais. En apprenant qu'ils ont été lus boulevard Suchet, pourquoi ne soupçonnerions-nous pas qu'ils viennent d'une autre main?

———

Nantes, 6 novembre 1874.

L'examen que j'ai à passer ici n'est pas aussi difficile que celui de la Sorbonne, mais il est peut-être plus embarrassant, d'autant que je ne puis pas en fixer le jour. Enfin à quelque chose malheur sera bon, j'arriverai fixé sur l'allemand à pouvoir tenir tête au prince de Bismarck.

M. le professeur Ch., de l'ordre des lettres, comme le qualifie l'*Union bretonne,* commencera demain vendredi son cours de littérature à l'école supérieure. Quoique ce soit souvent la province qui alimente la capitale, il faut néanmoins souvent se défier des capacités provinciales. La médiocrité et la prétention abondent dans nos bonnes villes. Si cela était encore la *mediocritas aurea,* avec la simplicité de manière et son élégance de bon goût; mais il en est des choses de l'esprit comme de tout ce qui a rapport à la toilette. Il serait bien extraordinaire, il serait même fâcheux qu'il en fût autrement, la grandeur de l'esprit ne peut pas s'allier avec la bassesse du cœur. Je ne vais pas plus loin dans mes réflexions, quoique ce soit là une voie où l'on a une grande tendance à se jeter lorsqu'on est plus occupé de l'avenir que du présent. Et le présent lui-même qu'est-il quand on le regarde de près? J'écris sans trop y voir et surtout sans être dans un bon courant d'idées qui puisse offrir de l'intérêt.

Nantes, 14 novembre 1874.

Un grand schisme vient d'éclater dans le temple, votre journal vous l'a appris sans doute. Beaucoup de récalcitrants ont été interdits; Gustave est du nombre.

Il y a division entre les orthodoxes et les hétérodoxes. On pourrait d'abord se demander ce que c'est que cette orthodoxie et cette hétérodoxie relatives chez des gens qui sont l'hétérodoxie incarnée; mais dans cette voie de libre examen les uns veulent s'arrêter, les autres entendent aller jusqu'au bout. Que ceux qui veulent

12

s'arrêter retournent donc au Pape ; les autres disparaî-
tront bientôt débordés les uns par les autres. S'imaginer
que les séparatistes seront animés d'un véritable esprit
d'indépendance, que ce soit la saine raison qui les
pousse, c'est une erreur ; là comme ailleurs, il n'y a que
désordre.

Mme L... est arrivée à heure fixe et dans de très bonnes
conditions. A peine entrée, elle aurait voulu pouvoir dans
une seule phrase dire tout ce qu'elle avait vu, tout ce
qu'elle avait fait et même tout ce qu'elle avait dit ; mais
ça été impossible, il faudra s'y reprendre à plusieurs
fois, sauf à se répéter.

Puisque les examens de licence sont terminés, après
avoir choisi ceux qu'il sera à propos de suivre, il s'agira
de bien distribuer ton temps. Grec, allemand, piano,
lecture, récitation, puis nous dirons comme Orosmane :

Bien loin de fatiguer l'esprit, des études diverses le
reposent et lui conservent toute son élasticité.

Le reste du jour sera tout à Zaïre.

Il ne faut pas sans doute se renfermer exclusivement
dans les matières de l'examen, mais il ne faut pas trop
s'en écarter ; il ne faut rien laisser sans très bien le savoir.
Newton regrettait de n'avoir pas étudié la géométrie
élémentaire d'une manière plutôt que d'une autre, tant
à ses yeux bien savoir était important ; mais il faut bien
se garder de se claquemurer dans une seule étude, cette
étude fût-elle l'étude de la sagesse. Grâce à quelques
connaissances que tu n'es pas fâché aujourd'hui d'avoir
acquises, tu as pu déjà rendre des services à d'autres.
Serait-ce là le seul fruit que tu en aurais retiré, ce serait
déjà quelque chose.

L'homme n'est pas fait pour vivre, isolé et concentré en lui-même, sa nature veut qu'il ait des rapports avec ses semblables; pour cela il faut qu'il parle leur langue, qu'il sache ce que tout esprit cultivé doit savoir en général; sans cela, dans le monde, il sera comme un étranger qui a toujours besoin d'un interprète.

Le fameux mécanicien, celui qui a fait faire tant de progrès aux machines à vapeur, causait philologie, littérature, philosophie avec les meilleures têtes de l'Angleterre.

———

Nantes, 28 novembre 1874.

Les grandes agglomérations devraient engendrer en même temps les grands mouvements des cœurs et de l'esprit. L'isolement n'est pas favorable au développement de l'intelligence; que serait la Grèce sans Athènes, sans les grandes fêtes où toute la nation réunie, oubliant les dissentiments, sympathise avec toutes les gloires, toutes les grandeurs, et provoque les applaudissements à toutes les productions du génie? Malheureusement l'homme est un être si incomplet que toute la puissance de ses facultés ne suffit pas pour combattre le génie du mal, qui, comme le crime, le suit d'un pied boiteux *pede claudo*, sans jamais l'abandonner.

Ce qui prouve fatalement que la société pour vivre a besoin d'un pouvoir pris en dehors d'elle et sur lequel elle n'ait aucune prise. Notre orgueil se refuse à l'admettre, mais notre intérêt nous le recommande, et c'est la raison pour laquelle, lorsque ce pouvoir se rencontre ou semble se rencontrer, tant de gens y applaudissent. Dans ceux qui ne l'admettent pas il n'y a que jalousie de métier et pas autre chose, ils sont humiliés de voir confier à d'autres ce dont ils se croient seuls capables. Si encore ces prétentions ne s'agitaient que dans les sphères inférieures, mais non, ça commence au village et ça va jusqu'au sommet,

Vires acquirit eundo.

Quand on a des devoirs à remplir, tout le monde prétend avoir des droits à exercer, ces fameux droits de l'homme que la Constituante a si follement et si mal à propos proclamés.

Nantes, 5 décembre 1874.

La critique est aisée et l'art est difficile.

Je doute que ce fût là un axiome pour Sainte-Beuve; il aurait dit, je crois, plus volontiers : La critique est aussi difficile que l'art. Il est certain que le plus petit jugement raisonné à formuler sur le moindre sujet littéraire, quand ce ne serait qu'avec une certaine justesse, sans parler du reste, est de beaucoup au-dessus des forces communes, et s'il s'agit de faire entendre le premier son de cloche, comme dirait le même critique, il faut être bien fort.

Dans la société, la plupart des jugements sont des jugements d'emprunt, surtout ceux portés par des hommes plus ou moins lettrés, à moins qu'on ne se contente d'appréciations vagues et presque confuses. Tel auteur me plaît, tel autre m'ennuie, j'aime mieux un tel qu'un tel ou qu'une telle, car il y a aussi des unes telles dont il faut tenir compte, au grand ennui de certaines gens.

Pour parler ainsi il suffit d'une moyenne dose de goût et de sentiment, pas besoin de cette sagacité qui analyse la pensée et saisit les nuances.

Pour aider M. X... à passer son hiver, on lui porte, faute de mieux, un certain nombre de livres; parmi ces livres, dont j'entendais le détail, se trouve un petit ouvrage ou mieux un opuscule (*le Neveu de Rameau*), dont quelqu'un a dit que c'était, sans conteste, un des chefs-d'œuvre de notre littérature.

Un autre s'est permis de faire observer que, sans discuter ce qui pouvait s'y trouver de bon, on avait le droit de dire que c'était un chef-d'œuvre de trivialité ou, si l'on aime mieux, de prétentions. La trivialité, les grossièretés aussi n'y manquent pas.

Ces deux jugements sont bien différents l'un de l'autre; si l'un est vrai, l'autre ne peut pas l'être. Pour ma part, si j'étais obligé de prononcer en dernier ressort, je donnerais raison au dernier; vous vous en douterez peut-être.

La trivialité, cette plaie dévorante d'un certain monde, bien nombreux pourtant, qui ne s'en doute pas, ou qui par une triste aberration s'en fait presque gloire, ne disparaît, et encore avec bien de la peine, que devant le génie; mais sitôt que le génie baisse ou disparaît, où ne tombe pas l'homme mal élevé dès sa jeunesse? La distinction est le privilège pour ainsi dire exclusif d'une bonne éducation.

Une chose qu'il faut reconnaître, qu'on le veuille ou qu'on ne le veuille pas, c'est que la distinction des manières, du ton, du langage, la distinction en générale,

C'est le fait de l'inégalité des conditions. Pour être un véritable gentleman, il faut dès son enfance avoir été élevé comme si on était ce qu'on ne peut pas être. Le sentiment de l'égalité tend à ravaler tout le monde les uns au-dessous des autres. Si on ne s'élève pas, on s'abaisse.

C'est là un triste résultat de la civilisation et ce n'est pas le seul. Ces siècles de civilisation tant vantés sont pour les peuples ce que sont les années pour l'homme. Heureux donc les peuples qui ont eu une brillante jeunesse et une riche virilité; quand l'heure de la décadence sonnera, s'il y en a encore pour lesquels elle n'ait pas sonné, à défaut de réalité ils auront de grands souvenirs.

Nantes, 4 décembre 1875.

M. Gaston Boissier va nous entretenir cette année des tragédies de celui des Sénèques qu'on appelle le tragique. Sans dire de mal de ce tragique, j'aimerais mieux entendre parler du vrai Sénèque, de ce Sénèque que Montaigne aime tant à citer et avec juste raison. C'était un grand esprit, moins agréable, moins littéraire que Cicéron, néanmoins il donne à ses pensées, à ses réflexions morales, et elles sont nombreuses, une concision et une précision remarquables. Aussi est-il un ornement dans tout ouvrage philosophique qui admet des citations. Diderot en a fait un éloge enthousiaste, mais le chef des Encyclopédistes est un homme dont il faut se défier; on trouve tout chez lui : le vrai, le faux, le beau et surtout le trivial.

Nantes, 8 octobre 1875.

La gloire des titres qui viennent de l'homme est peu de chose. Bossuet, malgré son génie et sa grandeur, reste évêque de Meaux, pour récompense de ses travaux qui feraient la gloire de tous les évêques de l'univers; il ne fut appelé ni à un archevêché ni au cardinalat. L'évêque Dupanloup, qui n'est pas un Bossuet, mais qui comme homme de plume dépasse de beaucoup ses confrères, entre dans le diocèse qui a vu la gloire de Jeanne.

Juillet 1875.

M. L... en a assez de ses occupations de palais. Comme beaucoup d'autres, il veut aller jusqu'à l'extinction de ses forces. Sans gloire sûrement, mais peut-être pas sans profit, et le profit est tout; il oublie le précepte d'Horace :

Solve senescentem mature sanus equum,

« Sain d'esprit, délie de bonne heure ton cheval qui vieillit ».

C'est dans sa première épître que le poète latin parle ainsi. Ce n'est pas qu'il pense que son esprit épuisé ne fût plus propre à rien, mais il croit qu'il est temps de renoncer aux travaux où l'imagination et le cœur jouent le plus grand rôle; il veut revenir au domaine de la raison,

Quid verum, atque decens, curo et rogo, et omnis in hoc sum.

Pour celui qui n'a pas toujours été sage, mais qui l'est devenu ou qui tend à le devenir, Horace est le poète par excellence. Tous les préceptes de la sagesse pratique et même plus que pratique se trouvent chez lui en termes heureux et en général faciles à retenir. Tout véritable homme du monde, à l'âge où la raison doit prendre le dessus, devrait savoir son Horace, pour en faire à lui-même et aux autres des applications profitables.

Nantes, 2 septembre 1875.

Votre lettre m'arrive. Je vois que c'est, comme au Conservatoire, rôles de choix et réplique, rien n'y manque. Vous devez avoir fort à faire pour vous préparer. C'est pour cela que ta lettre est si courte. Elle n'est pas trop mal dans sa brièveté, mais un peu de laisser aller ne nuirait pas ; il ne faut pas avoir peur de se compromettre.

On est quelquefois étonné de l'effet que produit dans une pièce qu'on regarde comme médiocre un acteur de talent, mais rien n'est plus simple. Je dis cela à l'occasion des souvenirs de Mme Samson.

Mlle Mars n'était pas excellente que dans les pièces de Molière. Marivaux, Sedaine et d'autres lui ont fourni des occasions de triompher et des triomphes légitimes. Le cœur humain est si prompt à se mettre en mouvement, et elle savait si bien faire passer chez les autres ce qu'elle était censée éprouver, que dans toute situation où un auteur un peu habile avait su toucher certaines cordes avec certaine délicatesse, à l'instant même toutes les merveilleuses qualités s'épanouissaient. Avec un pareil interprète pas n'était besoin de beaucoup de science pour charmer le public.

Molière, dans la plupart de ses pièces, est trop souvent au-dessus de ceux qui les jouent ; il y a trop de profondeur dans ses caractères et même dans les mots détachés pour qu'on puisse les comprendre sans l'avoir étudié, ce que sont bien loin de faire ceux qui fréquentent le théâtre français, et étudier Molière n'est pas déjà une chose si simple.

Ce n'est pas un paradoxe de dire qu'il est plus facile de comprendre sans grand travail Plaute et Térence que notre grand comique ; il a autrement creusé dans le cœur humain.

Je doute que Mme S..., tout en se rappelant parfaitement le jeu, les manières, le ton de Mlle Mars dans les fausses confidences, puisse la traduire comme elle peut le faire dans quelques scènes de Molière. C'est tout au plus si la grande comédienne rendait complètement Célimène, et elle était plus que la Marquise, plus que Victorine, etc. Talma était plus que le Sylla de M. Jouy, plus même que le Sylla de l'histoire.

Loin d'ajouter à Racine, Rachel y trouvait toujours quelque recoin qui lui avait échappé.

Sans votre lettre qui m'a jeté dans la comédie, j'allais, ne pouvant pas les écorcher tout vifs, égratigner les Débats ; il paraît que quelqu'un les a mordus ; ils ont fait un second article, c'est toujours la même chanson, mais une chanson arrangée pour piper les sots et les niais.

Voici une de leurs phrases :

« Il peut y avoir des dogmes en religion, etc., etc. » ; demain je terminerai ce que je veux dire là-dessus.

Port-Royal écrivait il y a plus de deux cents ans :

Le sens commun n'est pas une qualité si commune que l'on

pense. Il y a une infinité d'esprits grossiers et stupides que l'on ne peut réformer en leur donnant l'intelligence de vérité, mais en les retenant dans les choses qui sont à leur portée et en les empêchant de juger de ce qu'ils sont capables de connaître.

Ils n'y pensaient pas ces penseurs de Port-Royal en voulant empêcher les hommes de juger de ce qu'ils ne peuvent pas connaître; c'est pourtant là que nous en sommes arrivés, la matière domine l'intelligence. Ceux qui pensent sont dans la dépendance de ceux qui ne font aucun usage de leur raison; à la vérité, on peut répondre que la corruption est telle chez ceux qui ont la prétention de penser que, d'un côté comme de l'autre, le même danger est à craindre.

Nantes, 1875.

En voyant tout ce qui se passe, on est poussé malgré soi à faire des réflexions tristes, et même plus que tristes; et comment les éviter, puisque c'est peut-être la seule manière de sentir et de prouver que nous existons réellement et que nous ne sommes pas de pures machines?

Avec les années, avec l'expérience, il semblerait qu'on devrait acquérir un certain courage d'esprit, une certaine indépendance de caractère, se dépouiller enfin de tout ce qu'on avait en soi de faux et de mensonger, et qui, dans la vivacité de l'âge pouvait faire illusion. Mais non, il n'en est rien. En vieillissant, l'homme ne se purifie pas, il se corrompt, il s'abaisse, il se dégrade de plus en plus, et il arrive à la fin, n'emportant avec lui que des hontes, si tant est qu'il emporte quelque chose. Je ne sais qui a dit ou a pu dire : Ce n'est pas tout d'avoir à peu près su vivre, il faut encore savoir mourir.

C'est bien pis quand on peut dire de vous ce que je ne sais quel prédicateur disait en parlant d'un archevêque de Paris dont on le priait de faire l'oraison funèbre : « Tout est ici embarrassant, la vie et la mort ». Le vénérable prélat avait vécu dans le scandale et était mort d'une attaque d'apoplexie.

C'était pourtant ce Harlay

Formosi pecoris custos, formosior ipse

qu'a-t-il donc gagné à monter en dignité?

Pour faire diversion au courant d'idées qui, quoique vraies, ne sont pourtant pas bien agréables, je ne vois pas pourquoi je ne passerais pas à un autre sujet. Pour me distraire, je parcourais dans ma traduction anglaise d'Amyot la vie d'Alcibiade. De cet Alcibiade je n'en dirai rien faute d'espace; je me contenterai d'en rapporter un mot qui est très connu et qui vaut bien la peine de l'être.

S'étant présenté chez Périclès, on lui dit que Périclès ne pouvait pas le recevoir parce qu'il était occupé à travailler pour rendre ses comptes aux Athéniens. Il ferait bien mieux de songer à ne pas les rendre. Le conseil était bon; Périclès le suivit. Bien d'autres depuis dans les mêmes circonstances en ont fait autant.

Hier au soir à cinq heures le Maréchal, conduit par Grégoire avec ses chevaux blancs, le seul cocher de notre ville qui, par sa tenue, sa coiffure et le reste soit digne de s'asseoir sur le siège de la voiture d'un grand seigneur, est arrivé au chantier Jollet, suivi des autorités instituées, toutes si bonnes, et d'un grand nombre de personnes invitées. Une foule immense couvrait les quais de la Fosse, du monde partout aux fenêtres, sur les cales,

sur le pont et dans les hunes des navires rangés en
bataille sur l'île Gloriette et sur la petite Hollande. Plus
de la moitié de la ville, m'a dit quelqu'un, car je vous
raconte ce que je n'ai vu qu'une heure après l'événement. Jamais navire dans notre ville et peut-être dans
aucune autre ville de France n'avait eu tant de spectateurs pour aller prendre possession de son élément. A
l'heure voulue par la marée, le Maréchal, armé d'un mar-
teau d'acier au manche d'argent, a donné les trois coups,
signal du départ, et le navire s'est mis en mouvement
majestueusement, et, franchissant lentement l'espace qui
le séparait du flot qui semblait l'attendre avec impa-
tience, déjà il allait se plonger dans l'eau douce mêlée
d'eau salée quand un frémissement terrible s'est fait
entendre dans toute la carcasse et soudain il s'est arrêté
immobile comme un cheval généreux à la vue d'un
précipice qui vient de s'entrouvrir devant ses yeux. Ni
les vœux de ceux qui l'entouraient, ni les ..., etc., etc.,
n'ont pu le décider à se jeter dans les bras d'Amphitrite,
il est resté sur son ber cloué comme par une main invisible,
jalouse peut-être, mais sûrement d'un mauvais augure.
Jollet, pâle et défait, ne se soutenait plus, ses amis et ses
serviteurs l'ont emporté dans sa tente comme un chef
d'armée blessé.

Le Maréchal, calme au milieu du trouble et qui a
bien vu d'autres désastres, s'est contenté de dire à ceux
qui l'entouraient : En paix comme en guerre, sur eau
comme sur terre, respect aux vaincus et courage aux
malheureux.

C'est un navire, m'a-t-on dit, de 1,500 à 1,800 tonneaux ;
il a 72 mètres de long, 9 mètres de plus en longueur
que notre église de Saint-Pierre n'a en hauteur.

72 mètres c'était une belle glissade, s'il eût bien marché ; il s'est arrêté après avoir fait sur terre environ la moitié de sa course, c'est-à-dire la moitié de sa longueur : il commençait à toucher l'eau. Un navire en sortant de son ber ne doit pas rencontrer l'eau immédiatement ; ce serait un obstacle qui serait suffisant pour l'arrêter, ou bien il faudrait supposer au ber une pente considérable, ce qui aurait de très grands inconvénients.

Un homme moitié de mer et moitié de l'autre, avec qui je causais après l'échec du navire, me disait : Ce n'est pas ce qu'il en coûtera pour le mettre à flot, mais c'est le bisquement (1). Il avait bien raison, ce mot de bisquement était bien choisi, il n'y en a pas peut-être un autre meilleur.

———

Nantes, 1875.

L'homme intelligent a besoin d'une étude qui remplisse sa vie, qui fournisse toujours un aliment à sa curiosité. Si tu n'arrives qu'à cette science stérile et courte de la plupart des professeurs de lycée, cette science, après t'avoir été utile, pourrait te devenir une fatigue et un ennui. Dans le terre à terre, il n'y a que des obscurités qui se renouvellent sans cesse. Dans les sommets, au contraire, il n'y a que des lumières : c'est à ces clartés qu'il faut viser, à ces clartés où se trouvent l'ordre, l'élégance et la beauté, le fond et la forme. Le grand style appartient aux grandes pensées, le style médiocre est le résultat des idées vulgaires. Quand on n'a ni originalité ni grâces dans l'esprit, il est difficile

(1) Rachel récitait un rôle devant Samson. Pourquoi dites-vous cela de cette manière ? Parce que, répondit-elle, ça le fait bisquer.

qu'on en ait dans l'expression. La grande science fait le grand écrivain.

Lorsqu'on voit des jurisconsultes sans science et sans profondeur, des avocats sans sagacité et sans élocution, des médecins, chirurgiens sans vrai tact et sans adresse, quand on voit tout ce monde faire plus que vivre et même prospérer, on peut se demander à quoi donc la véritable habileté peut-elle servir, puisque tant d'incapables conquièrent renommée et fortune.

On peut pourtant affirmer, et avec juste raison, que dans tout métier, dans toute profession, soit dans les sciences, dont je n'ai rien dit, soit dans les lettres, l'homme intelligent et capable n'a point de concurrent à redouter; sa science théorique peut avoir besoin d'une certaine science pratique, mais cette science pratique s'acquiert toujours; il n'y a point à s'effrayer d'une concurrence qui est pour ainsi dire impossible. Quand pourtant il s'agit de conquérir la première place, on pourrait, tout habile que l'on fût, avoir à lutter contre de vrais rivaux. Newton et Leibnitz ont soutenu des luttes, qui oserait dire pourtant que l'Anglais n'ait pas été la vraie tête mathématique? Dans aucun pays il n'y a jamais eu d'ambiguité pour le premier rang.

Nantes, 1875.

Ce qui manque au couvent de Chavagne et à toutes les pensions de jeunes femmes du même genre, c'est qu'en général l'éducation n'y soit pas donnée par des hommes, sans interdire pourtant l'entrée aux femmes, là où leur présence est nécessaire et même indispensable. A cette occasion-là, Mme L..., qui a des prétentions beaucoup au delà de ses forces, m'a lu une lettre qu'elle a écrite à Mme de T..., lettre, m'a-t-elle dit, qui prouverait que la présence d'un homme pour la forme, l'esprit n'avait pas été nécessaire. Je n'ai pas besoin de vous dire ce que c'était que cette lettre : la raison et le bon sens n'y dominaient pas. Quelques aperçus, mais au fond point de réalité; j'ai détourné la conversation pour ne pas lui dire ce que j'en pensais.

La dame à laquelle on écrit n'est pas sotte, mais je n'ai jamais eu pour elle la moindre sympathie. J'ai fait un bon mot sur son compte que je puis bien citer, puisque l'occasion se présente. Il y a déjà un certain nombre d'années, quelqu'un me disait, une femme, bien entendu, en parlant de Mme de T... : Ça vous conviendrait, et je répondis : Je suis trop vieux pour elle et elle n'est pas assez jeune pour moi.

Nantes, 1875.

On trouve rarement des personnes avec lesquelles on puisse causer naturellement de tout, sans difficultés, sans ambages, sans querelles. Être toujours obligé, pour s'entendre, de faire des concessions sur les points les plus importants de la vie, c'est là le fait de la société, mais ça ne peut pas être le fait de l'intimité. L'intimité pour mériter ce nom doit être telle que sur la chose de la moindre importance l'union soit parfaite. Il faut bien reconnaître qu'il doit en être ainsi, autrement en admettrait que sur chaque sujet il y a autant d'opinions que d'individus, ce qui est évidemment faux. Donc dans l'intimité l'union parfaite est possible et peut se rencontrer; d'où vient donc qu'elle ne se rencontre jamais, et que le nom d'ami, dans son sens propre, doit être rayé de nos dictionnaires?

Il y a d'abord deux classes d'êtres avec lesquels il n'y a point d'intimité possible, ce sont les esprits faux et les esprits jaloux : deux espèces beaucoup trop nombreuses dans notre société. Si procédant ainsi par éliminations, je retranchais tous ceux chez lesquels on ne trouvera rien où puisse germer l'intimité, on arrive ainsi à réduire pour ainsi dire à zéro le nombre de ceux que je cherche et encore combien dans ceux-là, s'il en reste, que leurs professions, leur éducation, leurs fausses croyances, leurs habitudes, tiendraient forcément éloignés les uns des autres, et on arriverait facilement à cet isolement qui est pourtant une honte. Si cela n'est pas un très grand effort pour elle, la jeunesse devrait travailler à se dégager de cette humiliation.

Si on ne le fait pas, il est au moins bon de voir ce que l'on devrait faire.

Plus on avance dans la vie et plus on devient sévère et indulgent selon les personnes, les caractères, les circonstances.

Quoi de plus déplaisant que l'orgueil, la vanité, les prétentions, l'amour sans raison de la toilette, la préoccupation de soi-même, que tout en un mot ce qui fait de vous un être vide et sans valeur?

Que d'autres défauts auxquels on pardonne faussement et sans regrets ni remords! En agissant ainsi nous obéissons aux lois du monde qui a les mêmes sévérités et les mêmes indulgences. Les fautes que l'on ne pardonne pas, ce sont celles qui offensent tous les autres. Les défauts par-dessus lesquels on passe et qui pourtant peuvent beaucoup vous affliger, sont ceux qui blessent leurs auteurs. Ces derniers sont plutôt ceux de la jeunesse, les autres appartiennent à l'âge mûr.

Telles sont les réflexions auxquelles, faute de mieux, je me livre ce matin dans mon gîte :

Car que faire en un gîte à moins que l'on ne songe?

et j'allais probablement continuer, mais j'ai été interrompu et je ne m'en suis pas plaint, etc.

Nantes, 30 juin 1875.

La séance d'automne vous occupe déjà. Blanche Barretta a parlé de Rosine : c'est un choix auquel les dévotes de bonne maison ne peuvent qu'applaudir. Je dis les dévotes de bonne maison, car ce sont les seules qui soient de bon aloi. Sur les choses il est toujours bon de faire les distinctions nécessaires.

Dans sa jeunesse, Talma a joué une pièce où il a eu un très grand succès. Ce succès il le dut à un mot, à un mot qui était comme le nœud principal de la pièce. Dans son rôle de Manlius, comme conspirateur, il est trahi par un de ses amis! une lettre qui le met au courant de cette trahison lui tombe entre les mains. Il profite d'une rencontre avec son ami pour lui remettre cette lettre à lire. Puis la lettre lue, il se retourne vers lui et le regardant les bras croisés il lui dit de ce ton qui suffisait pour remplir la salle : Qu'en dis-tu?

Dans ce « qu'en dis-tu? » l'acteur avait su mettre tout ce que l'amitié méconnue, la foi trahie avaient pu lui ins-

13

pirer, sans rien oublier des sentiments divers qui devaient nécessairement l'agiter.

Pour arriver à l'expression générale de ce sentiment, expression qui n'était que celle de dix sentiments particuliers s'accumulant, et s'offrant tous à la fois à son esprit, il avait plus travaillé que l'auteur lui-même de la pièce ne l'avait fait pour la pièce entière.

Ce que je dis là de Manlius n'a peut-être pas été dit, mais M. de Jouy, l'auteur de *Sylla,* l'a dit de Sylla et du même acteur.

C'est à des travaux de ce genre que Talma et tous les grands acteurs ont dû leur supériorité.

Lorsqu'il jouait le *Misanthrope,* Fleury était malade avant et après. J'espère que l'émotion de Claude n'ira pas jusque-là. Parmi ceux qui s'intéressent un petit nombre sans doute comprendront la beauté de ce que tu diras, mais peu importe le nombre, ne seraient-ils que deux ou trois. Talma, dans certaines pièces où il savait que Geoffroy l'écoutait, ne jouait que pour lui seul, pour Geoffroy, je veux dire.

————————

Nantes, juin 1875.

Le domaine de Bretagne, Tragonet, m'a fait négliger la philosophie d'origine espagnole. J'y reviens aujourd'hui. Il y a dans Sénèque plus de pensées littéraires, plus de sentences philosophiques que je n'en trouverai jamais sur les bords du Guignu et je ne parle que de ses lettres à Lucilius. Nous en étions à la sixième dans laquelle il se félicite d'une espèce de transfiguration qui vient de se passer en lui, et qu'il désire vivement communiquer à son ami. Car, lui dit-il, aucune chose ne me délectera, tant belle et rare qu'elle soit, que je serai seul à connaître. Il va donc lui envoyer les livres dans lesquels il a puisé cette connaissance de lui-même, source de sa joie. Il lui envoie en même temps la sentence qu'il lui doit, sentence tirée d'Hécatée.

Amicus esse mihi cœpi, « J'ai commencé à être ami de moi-même ». Celui qui est ami de soi-même est ami de tous.

Cette pensée d'Hécatée que Sénèque a l'air de s'appliquer, je sens que j'en ai profité, car je commence à être ami de moi-même, ne serait-elle point un peu subtile si on la compare à ce que dit l'Évangile, qu'il faut que chacun porte sa croix ? Sans doute qu'au fur et à mesure qu'on arrive à un plus grand contentement intérieur, on arrive en même temps à avoir plus de bienveillance pour les autres, mais a-t-on bien le droit de se dire ami de soi-même ?

Cette satisfaction-là appartient-elle bien à l'homme sur la terre ? On peut en douter. Dans tous les cas, ce serait là un prix de vertu comme l'Académie n'en a jamais donné ni par la bouche de M. de Laprade ni d'aucun autre du même tempérament. Il est difficile de ne pas y voir un peu de cette sensibilité si familière aux Grecs.

Nantes, juin 1875.

Dans sa septième lettre, Sénèque donne à Lucilius des conseils de sagesse que l'autre n'observait peut-être pas strictement. Il l'engage à fuir ce que nous appelons le monde, à ne pas fréquenter la société. On y trouve toujours quelqu'un qui vous recommande un vice, qui vous l'inspire ou qui vous l'insinue à votre insu.

D'où l'on devrait conclure que ceux qui parcourent le monde pour se corriger doivent se corrompre par le contact des autres, et avec le temps devenir des corrupteurs. Les conseils de sagesse trop particuliers comme celui-ci sont très souvent exposés à la critique selon l'esprit, le caractère, les dispositions de ceux auxquels ils s'adressent. Vrais pour les uns, ils peuvent être faux pour les autres.

Continuant sa leçon, le philosophe arrive à flétrir ces jeux qui pendant plusieurs siècles ont fait la joie de la tourbe romaine. Notre civilisation plus raffinée ne les admet plus, mais de temps à autre, comme pour preuve que la férocité humaine est toujours la même, elle introduit d'autres spectacles, d'autres scènes sanglantes plus ignobles encore et qui pourtant trouvent leurs défenseurs. A l'occasion de ces jeux, Sénèque trouve à dire beaucoup de choses qui ne sont pas des déclamations, mais qui sont des idées particulières. Puis il cite une pensée de Démocrite, qu'il faut mépriser la foule et vivre en soi et pour un petit nombre. Il termine enfin par une réflexion, qu'il n'est pas mal d'avoir le droit de s'adresser à soi-même.

Multi te laudant, ecquid habes ut placeas tibi, si is es quem multi intelligunt introrsus bona tua spectent.

« Beaucoup te louent, que peux-tu donc avoir pour te plaire ? Si beaucoup te comprennent, que ce soit tes qualités intimes qu'on regarde ».

Dans cette phrase, il semble manifester pour la foule

un certain mépris, que sous certains rapports il avait peut-être le droit d'avoir.

Odi profanum vulgus, a dit Horace ; on ne peut guère lire Sénèque et chercher à bien le comprendre, ce qui n'est pas toujours très aisé, sans soi-même faire des réflexions et presque devenir philosophe à son tour. Tel est l'avantage de ceux qui pensent, c'est qu'ils forcent leurs lecteurs à penser. Rien de ce qui touche à l'esprit n'était étranger à notre philosophe. Il eût été un grand esprit dans tous les temps, sous tous les régimes ; a-t-il été un grand orateur ? ceci est plus douteux.

Nous sommes dans un temps où il est bon d'avoir fait une certaine provision de sentences qu'on puisse mettre en pratique à l'occasion, surtout quand on n'est rien soit par son âge, soit par son goût. Lorsqu'on est dans le monde au milieu des devoirs, des obligations publiques, on se soumet à des exigences bien différentes de celles auxquelles on s'astreint quand on se contente de faire strictement son devoir dans les limites du droit et plutôt de l'équité.

Qu'importe à celui qui n'a pas de compte à rendre de suivre ou de ne pas suivre telle pratique, dont il sait qu'il n'a rien à retirer ni pour sa conscience ni pour le bon exemple à donner aux autres. Mais si je suis maire, adjoint, etc., etc., comment m'y prendre ?

Je suis un peu comme ceux qui ayant passé le temps de chercher femme ont une recrudescence de mariage qui peut leur jouer un mauvais tour et à qui, comme à Panurge, il faut une compagne. Lorsque, dans un cas pareil, on prend une femme d'un âge raisonnable, tout peut bien aller ; mais si, se laissant séduire, on se laisse prendre aux attraits d'une jeune blonde ou même d'une brune, alors que deviendrait-on si dans la situation où nous sommes par le désir que j'ai, désir légitime du reste, de vous voir propriétaire d'un second domaine, nous allons nous faire enjôler et nous faire jeter dans un précipice d'où nous ne nous tirerons qu'en en enjôlant un autre, ce serait notre seule ressource, il faudrait bien nous le pardonner.

Cet argument que je me posais à moi-même vous prouvera que je suis sur mes gardes, et que ni blonde ni brune, à moins qu'elle n'ait une bonne dot, ne me captivera.

Nantes, juin 1875.

Claude a été reçu par M. Bertrand qui a été plus qu'aimable pour lui; il a bonne confiance dans la réception de Claude. Les deux billets qu'il a donnés pour une séance à l'Académie sont plus qu'une politesse.

Nantes, 14 juin 1875.

Tu fais des compositions de mathématique : n'aurais-tu qu'à mettre en ordre des choses que tu sais déjà très bien, ce serait un excellent travail, travail qui, quoiqu'il ait l'air de ne rien vous apprendre, met dans vos idées une suite et une liaison, et même une simplicité très grande, soit dans le fond soit dans la forme, et nous prépare à une élocution sans ambage, avec toute la clarté désirable. Ceux-là seuls qui ont écrit et bien écrit savent parler et bien parler. Ce n'est que dans l'écrivain que l'on trouve la justesse et la sobriété, c'est à bien faire, à très bien faire qu'il faut s'appliquer pour acquérir l'habitude et la facilité. Les versions doivent te donner l'élégance et, dans certains cas, l'abondance ; les compositions de science, la netteté, la justesse, la clarté. C'est en variant son travail qu'on développe ses facultés ; par des compositions de chaque jour, on arrive non seulement à un heureux choix d'expressions, mais même à celle de mots heureux, significatifs, expressifs qui sont la peinture des choses et qu'on rencontre à vous émerveiller dans Molière et dans les écrivains de son temps. Le siècle suivant a peut-être enrichi la langue, mais il n'a pas rendu le style plus pittoresque. Les temps de la plus grande simplicité ont été d'accord avec ceux de la plus grande originalité.

La plus grande, la plus noble des occupations, c'est celle d'écrire, et d'écrire sur des sujets honnêtes, vrais, sérieux ou gais, qui peuvent être utiles et agréables aux générations présentes et à venir : c'est là le travail du petit nombre, trop de gens même s'en mêlent qui n'en sont pas dignes.

———————

Nantes, 1875.

Hier au soir la grand'mère et le petit-fils ont reçu chacun les chapeaux de tous. Mme L... et son petit-fils étaient plus que transportés. On a apporté ensuite un jupon brodé, c'était trop à la fois. Mais enfin c'est la dernière toilette que l'on fera faire : il faut pardonner quelque chose. Les excuses pour les folies sont toujours faciles à trouver. Heureusement que B... n'était pas là, car chez la fille l'amour des robes va jusqu'à la rage ;

chez la grand'mère, ça passe et ça revient, mais cela passe tout chez la fille ; c'est une passion permanente et qui se nourrit d'elle-même. Parler toilette, c'est le meilleur moyen de parler de soi-même. Quel plus beau sujet de conversation peut-on avoir? Cela est pourtant une erreur ; voulez-vous qu'on parle de vous, n'en dites rien vous-même.

————

Nantes, 1875.

Il y a beaucoup d'études, où en s'y attachant exclusivement, loin de s'élever, on est exposé à abaisser son esprit. Les mathématiques étudiées, sous un point de vue trop particulier, peuvent, tout en développant notre intelligence, vous conduire à cet état de médiocrité ; il est nécessaire de laisser là les x et les y pour considérer les choses d'une manière générale, et ne prendre que ce qu'il y a de grand dans chaque chose. Les formules c'est bon pour préciser et ramener les idées à quelque chose de (réel), mais il y a encore quelque chose de plus général que les formules, et c'est à cela qu'il faut s'attacher si on ne veut pas rester qu'un simple savant en géométrie, en algèbre, en dynamique ou hydrostatique, etc., etc. Avant tout il faut toujours être un homme.

Si l'on s'imaginait que pour n'avoir point étudié les mathématiques, mais pour s'être attaché à la philosophie ou à l'histoire, on a conquis tout ce dont on a absolument besoin pour être réellement quelque chose, on se tromperait également. La science de l'homme, la vraie science, n'est exclusivement ni là ni ailleurs, elle est partout. C'est cette science-là qu'il faut posséder, qu'il faut étudier sans cesse pour arriver à la fin de sa vie meilleur qu'on n'y est entré. Le jugement et le goût, voilà les deux grandes clefs de l'existence. Si c'est le jugement qui vous manque, vous tendez à la sottise ; si c'est le goût, vous n'êtes qu'un Petra, celui de qui on peut dire : C'est un homme sans jugement, sans goût et évidemment un homme sans valeur et on ne travaille que pour être quelque chose.

Il y a plus de cent ans, Frédéric II disait que, s'il était roi de France, aucun coup de fusil en Europe ne se tirerait sans sa permission : tout est bien changé. La France n'a plus de voix au chapitre ; au lieu d'imposer son autorité au monde, elle subira tout ce qui entrera dans le caprice des empereurs. Pour nous tirer de cet état d'humiliation et de dégradation, il nous faudrait des révolutions intérieures qui seraient peut-être l'achèvement de notre ruine. La Prusse sait bien à quoi s'en tenir sur ce qu'elle appelle ses victoires, elle n'ignore pas où sont dans notre pays ses amis et ses ennemis. Nous ne devrions pas l'ignorer non plus nous ; mais nous sommes devenus si lâches, si ignobles, que ce sont les auteurs de tous nos désastres qui sont encore les maîtres. Que faire contre toutes ces bassesses ? Espérer et attendre.

Nantes, 1875.

Merson prétend avoir joué un grand rôle dans une réunion de journalistes qui a eu lieu à Paris devant le garde des sceaux, au sujet d'une loi sur la presse ; il soutient qu'il a été le seul à défendre les intérêts de la presse provinciale. Son journal a assez d'importance dans le département et dans ceux qui le touchent, pour que dans ces dires il n'y ait aucune exagération. Il n'est pas probable que votre grave gazette abandonne les sommets de la politique pour s'occuper de pareils détails, mais dans nos villes cela n'est pas la même chose. Cette discussion a donné lieu à deux lettres d'un M. Massicaut, rédacteur de la *Presse*, au rédacteur de l'*Union bretonne*, et ce dernier, dans sa seconde lettre surtout, a trouvé moyen de faire tourner les choses à son profit et de bafouer un peu son adversaire. Avoir raison en politique n'est rien; il est bien plus important d'avoir l'apparence pour soi. En parlant des événements d'Espagne, mon journal semble marcher d'accord avec les Alphonsistes; ce qui ferait supposer qu'il a aperçu Cabrera; Cabrera a été un traître, et quel intérêt peut-il trouver à applaudir à un pareil acte?

Je sais bien que les journalistes ne sont que de la canaille, et qu'ils mentent avec une impudence sans égale; mais il y a des infamies devant lesquelles on devrait s'arrêter, et qu'on s'en trouverait bien! Entre le fils d'Isabelle et l'empire je ne vois d'autre lien qu'un lien à moitié révolutionnaire, lien qui jusqu'à un certain point peut convenir à l'Espagne, mais ne peut nous satisfaire que médiocrement. Ce qu'il y a de plus clair c'est que je n'y comprends rien.

Ces routes que je parcours tous les jours et sur lesquelles je ne trouve personne, sont couvertes le dimanche de promeneurs qui vont chacun de leur côté. La population de province est la même que celle de Paris. Les dimanches et fêtes il lui faut des distractions, et ces distractions elle les prend là où elle peut les trouver.

Quand le vin a été bon ou passable comme cette année et qu'il n'est pas trop cher, c'est là la distraction par excellence. Que peut-il trouver de mieux à certains moments celui-là même qui connaît les jouissances de l'esprit? Ne voyons-nous pas dans l'Olympe Vulcain, une coupe de nectar à la main, l'offrir à sa mère et calmer ainsi son ressentiment contre le fils de Saturne, et tous les dieux, après des joies et des rires inconnus des mortels, aller sur leurs lits d'or chercher le repos et la force pour leurs succès du lendemain?

———————

Nantes, 1875.

Lorsqu'on a un livre renfermant des problèmes avec leurs solutions, problèmes de nature à pouvoir être donnés à l'examen auquel on se prépare, il est bien important, si on étudie un problème, de n'avoir recours aux solutions qu'après y avoir consacré le temps que nous accorde la faculté, et d'avoir bien employé ce temps. Autrement on arriverait à une paresse d'esprit dont on serait la victime. Comme le travail que l'on fait dans ce cas-là est un travail préparatoire, il vaudrait mieux si dans le temps voulu on n'était pas arrivé à comprendre son problème, le laisser là pour le reprendre plus tard, car avant tout il faut comprendre, par ses propres forces, sans secours étranger.

Ce que je dis là, je pense que tu le fais, parce que tu sens bien que tu aurais tort d'agir autrement.

Le patron de François a beaucoup d'importance et dans son quartier et même en dehors de son quartier; il est fort riche mercier de la ville. Comme Abraham, tout ce qu'il a ou paraît avoir est bien à lui. Indépendamment de cette fortune dont il n'est pas sans faire cas, il a trois jeunes filles, toutes les trois, à ce qu'il paraît, fort jolies. L'aînée, Renée, au catéchisme, tous les petits garçons se levaient pour mieux la voir, et dans la rue, quand elle passait, tout le monde se tenait aux portes pour mieux la regarder. Cette jeune fille est très généreuse, et tout ce qu'elle a dans sa bourse est à la disposition du premier pauvre ou estropié qu'elle rencontre. Naturellement le père est très fier de sa fille, qui du reste lui ressemble beaucoup. Le jour de la première communion, elle a voulu habiller une jeune voisine dont les parents n'étaient pas riches ; elle a presque, malgré sa mère, donné tout ce qu'elle avait, 125 francs. Ce même jour, le père offre un grand dîner à toute sa parenté. On vient de Guémené près Redon, de Rennes et d'ailleurs. Ils sont plus de quarante à table ; au premier service, on sert du cidre, mais à la fin du repas les meilleurs vins ne sont pas de trop.

Ce que je viens de dire au sujet de celui dont je parle n'est pas trop à son désavantage. C'est un marchand, un marchand qui vend le plus cher qu'il peut la bonne comme la mauvaise marchandise. En cela il fait comme ses confrères ; mais ce qu'il a de plus que beaucoup d'entre eux, c'est que quelquefois il oublie son métier et devient presque un galant homme.

A tous les départs de voitures, de bateaux, de chemins de fer, il y a toujours des gens qui arrivent trop tard, le véhicule est parti. C'est là la véritable histoire du monde ; dans la vie que de lambins qui ne se montrent que lorsque la place est prise : alors il faut aller frapper à une autre porte que peut-être on ne nous ouvrira pas. Les cris, les plaintes ne servent à rien, il faut se soumettre et ne pas recommencer. Une suite de ces petites aventures a pu transformer la vie d'un homme.

L'indifférence et le zèle, voilà deux défauts opposés l'un à l'autre et qui chacun de leur côté nuiraient beaucoup à l'accomplissement des choses. Le zèle en précipitant tout arrête tout, l'indifférence en ne faisant rien met obstacle à tout. « Hâtons-nous lentement » est donc un excellent principe dont, en général, on doit bien se trouver.

On pourrait croire que je veux arriver à dire quelque chose d'une application récente, il n'y a rien de pareil. C'est un simple courant d'idées auquel je me suis laissé aller, et qui peut être utile à moi et à d'autres.

Dans ce moment-ci je suis un peu comme Archimède, qui, dans son amour pour la science, disait qu'on devait toujours chercher les rapports qui lient scientifiquement les choses entre elles sans se préoccuper des applications.

———

Nantes, 1875.

Dans un passage du livre de M. Boissier sur Cicéron, j'ai lu que l'auteur reprochait à l'orateur romain d'avoir trop pratiqué le barreau, et par là d'avoir fait passer en lui cette habitude et ce langage des discussions civiles, forme si peu en rapport avec la grande éloquence. M. Boissier avait-il tort, avait-il raison ? Il est probable que Cicéron ou tout autre à sa place ne serait jamais arrivé à cette hauteur où s'est élevé Démosthène, qui, devant ce petit peuple d'Athènes, parlait, on peut le dire, à l'univers entier, ce que Cicéron ne pouvait faire ni devant cette tourbe romaine ni même devant le Sénat, malgré sa morgue et son caractère.

Bossuet, sans avoir peut-être toutes les qualités de Démosthène, a été aussi loin et même plus loin que lui, à la lecture, dans l'effet qu'il a produit, mais cela tient au milieu dans lequel il vivait, et à un ordre d'idées que le grec ne produit pas et dont Bossuet a si bien su tirer parti.

Ce n'est que chez les écrivains qui ont consacré leur temps à l'étude de l'homme, à ses devoirs envers ses semblables et aux rapports qui se lient à tout ce qui existe, que l'on peut trouver des éléments durables et par conséquent vrais, de consolation ordinaire, de conseils à donner et même d'éloquence. Les connaissances les plus variées, les plus étendues, en législation, en jurisprudence, en économie politique, et bien d'autres, pourraient être d'une certaine utilité, mais ne sont jamais absolument nécessaires à l'homme d'État dans des circonstances difficiles. Dans tout cela il ne pourra faire que des effets secondaires et ce n'est jamais dans un pareil ordre d'idées que les grands orateurs ont brillé. Tout ce qui est simple connaissance acquise se comprend par le travail de l'esprit, par l'étude et le raisonnement, et ne saurait produire de ces effets instinctifs qui frappent et entraînent même les indifférents.

Si les maîtres de la terre, les paysans, ne sont que la vulgarité incarnée et même quelque chose de plus, que sont donc les souverains des villes, les ouvriers? Ceux-ci ne sont que la grossièreté même. Que ce soit les uns, que ce soit les autres qui gouvernent peu importe, notre sort sera le même, l'abrutissement général est la conclusion forcée de tous ces systèmes de politique. Les

Picard, les Favre et autres coquins seront remplacés par des gens moins lâches ou plus hardis dans le crime, et nous ne pourrons pas éviter d'arriver à un état de dépravation et de dégradation inconnus aux âges précédents. Qui sait si ce n'est pas là le commencement de la fin des fins, car de cet affreux bourbier dans lequel chaque jour nous nous précipitons et qui devient de plus en plus fangeux qui? quoi? peut arriver qui puisse nous retirer? quel est l'ange, l'ange voyageur, le Raphaël qui nous rapportera du fiel de poisson pour nous rendre la vue comme au vieux Tobie?

Les dames L.., qui n'ont point de ces préoccupations qui jusqu'à un certain point peuvent troubler l'esprit, tout en vous donnant néanmoins quelque chose de sérieux, ne sont occupées que de distractions où la toilette entre pour une partie. Elles iront ce soir à un concert, à un concert des beaux-arts, conduites la mère par Mme G...., la grand'mère par Mme T... ; des acteurs venus de Paris y jouent *l'Éclair* d'Hérold. Comme à une réunion, on y va encore plus pour s'y montrer que pour entendre; B... prétend qu'elle aura une superbe toilette. Mme L... ne lui cédera en rien, et pourtant tout cela n'est qu'un simple exercice, en attendant les noces et festins. Je trouve que Mme B... grossit beaucoup, elle ne ferait pas mal de se soumettre au régime de votre serviteur, elle ne s'en trouverait pas plus mal.

Nantes, 1875.

Ce matin il a tombé quelques gouttes de pluie. Dans la température, comme dans la politique, les choses sont

un peu dérangées, mais avec le temps tout s'arrange
dans un cas comme dans l'autre. Nous avons tout ce qu'il
faut pour brouiller les cartes et amener une péripétie,
soit en bien, soit en mal. A quoi bon des hommes de
loisir, disent les uns? à quoi bon les sciences et les lettres?
une bonne entre-côte à l'ail et à l'échalotte avec un
bon litre, voilà ce qu'il nous faut à nous autres gens du
siècle, et Molière et Racine, Pascal et Bossuet ne sont
bons qu'à fausser l'esprit, avec les gens du 4 septembre
et surtout les brûleurs du 19 mars, qui ne sont que
leurs exécuteurs. Ce qui fait la joie et l'espérance des
uns est l'abomination des abominations, mais nous
l'avons voulue par nos actes, cette corruption de Ninive
dont Jonas et sa baleine ne nous tireront pas. Quand on
n'a pas su vivre, il faudrait au moins savoir mourir.

Je suis parti le premier et nous sommes au 5 ; il me
semble que Claude a eu tout le temps pour minuter une
lettre, pouvant être lui-même dans une académie de
province, où on n'a pas toujours le droit d'être bien difficile, ce qui fait un grand avantage pour ceux qui s'y
font recevoir. Vous êtes peut-être très occupés des nomi-
nations à faire à l'Académie française, académie pour
laquelle nous ne sommes pas faits, à moins que nous
n'abandonnions la science pour les lettres.

A la fin j'ai quitté la robe pour l'épée, mais j'aime
autant supposer que les répétitions ne nous laissent de
repos que le temps suffisant pour dormir ; aussi je prends
mon mal en patience, comptant toujours sur un entr'acte
entre une scène de tragédie ou un dialogue entre Blanche
et Alice.

Nantes, 1875.

J'ai lu ce matin quelques contes de Camp; ils ne valent pas ceux de Schmid. Les sujets n'en sont pas tous très bons; leur seul mérite c'est d'être de l'allemand. Il faut espérer que les livres que nous aurons à lire plus tard, ou plutôt que tu liras, seront aussi bons pour la forme et ne laisseront rien à désirer pour le fond. Sur cela nous nous en rapporterons, pleins de confiance, à M. Bertrand, qui est une autorité. Du reste, quand il s'agit d'érudition et même de science, on peut croire beaucoup de choses des Allemands. S'il était question de jugement et de goût, il faudrait beaucoup se défier.

En cherchant bien, soit dans les catalogues de sciences, soit à la librairie des Augustins, tu dois trouver quelque chose sur la mécanique qui complétera ce qui te manque ou plutôt peut-être ce que tu crois te manquer. A un examen, on a toujours peur de ne pas en savoir assez, et le mal est plus généralement de ne pas savoir assez bien ce que l'on croit savoir. Néanmoins, quand on a le temps, il est bon d'être prêt à frapper d'estoc et de taille, car on ne sait pas sur quelle partie on sera interrogé, d'autant qu'on rencontre quelquefois des professeurs bizarres qui vous font sans préliminaires des questions singulières, tel que celui qui, à un examen de physiologie, demandait à Bacca quelle était la température des crapauds : c'était Richerand.

Nantes, 1875, dimanche.

Wilfrid Coquebert disait, il y a quarante ans et plus :

14

Le dimanche est le seul jour où sans scrupule on peut se dispenser de travailler. Le vieux Caton avait dit avant, bien plus philosophiquement et plus pratiquement : Je ne suis jamais plus occupé que lorsque je suis de loisir.

La préoccupation où l'on était chez M. L... a empêché de causer de la noce et des toilettes qui se préparent. On m'a pourtant fait voir de la soie jaune qui doit figurer comme ornement.

Mais, en regardant de près, sans la toilette que seraient les fêtes? Une robe d'une bonne nuance a souvent rapproché des cœurs qui commençaient à ne plus s'entendre, dissipé des ressentiments et rendu chacun plus aimable. Il ne faut donc pas trop en vouloir à ces étoffes de soie, à ces parures de dentelles, à l'éclat de ces perles et de ces diamants : c'est encore là le fondement de la société. Sans le désir de plaire que resterait-il? Ce qui se passe ici se passe partout. Dans toutes les maisons la même chose a lieu; ceux qui s'en plaignent ont tort, car d'abord ils feraient toilette s'ils étaient invités, et en même temps ils ne manqueraient pas de critiquer tout ce qui ne leur semblerait pas de leur goût. Là comme ailleurs il y a une limite.

Tous les soirs j'achète l'*Union bretonne;* j'en laisse beaucoup de ce journal de Merson. Je ne sais trop quelle publication on peut choisir sans être obligé d'en faire autant, à moins d'être plus royaliste que le roi, ce qui est assez difficile aujourd'hui avec le mouvement des choses et des esprits. Il y a tant d'imbéciles qui lisent les journaux soit le matin, soit le soir, que ce n'est guère que pour eux que l'on travaille; il faut donc élaguer et beaucoup élaguer, si on ne veut pas descendre au rang des niais et des dupes.

Nantes, 1875.

J'écris ordinairement le matin avant déjeuner, c'est ainsi qu'il faudrait toujours agir dans toutes les circonstances de la vie. Commencer par le nécessaire, c'est là ce que vous recommandaient Sénèque et tous les moralistes. C'est sur ce nécessaire qu'ils ne sont pas tous d'accord. Le nécessaire pour toi aujourd'hui, c'est de faire tous les matins une bonne version latine, bien écrite et tournée le moins mal possible. Tu t'imagines qu'il te serait beaucoup plus profitable d'étudier une proposition d'algèbre supérieure, ou de calculer un problème de la nature de ceux qu'on te donnera à ton examen : les deux choses sont bonnes, mais l'une n'exclut pas l'autre. L'allemand, lui aussi, nous sera un jour indispensable, il faut donc l'apprendre. Je ne dis rien des lettres, sans lesquelles dans le monde, et à juste raison, on passe pour un pauvre esprit. Il semble aussi qu'il manque quelque chose à celui qui n'a pas le sentiment de la musique. Toutes ces choses-là sont utiles et même nécessaires, aucune ne doit être négligée pour faire place à une autre ; elles ont pour ainsi dire la même importance et tiennent presque le même rang dans l'éducation d'un homme comme il faut. C'est à cette éducation qu'il faut viser pour ne pas être confondu dans la classe des êtres vulgaires et sots, sans jugement, sans goût, comme on en trouve tant, et qui ne s'en doutent pas. Nous vivons et nous marchons surtout à grands pas vers le régime de la trivialité ; travaillons à nous détacher de ce régime hideux tant pour les individus que pour les nations.

Je n'ai rien dit de l'histoire et pourtant Bossuet a écrit :

Il serait honteux, je ne dis pas à un prince, mais en général à tout honnête homme, d'ignorer le genre humain et les changements mémorables que la suite des temps a mis dans le monde.

Ainsi la connaissance de l'histoire fait nécessairement partie de l'éducation d'un homme comme il faut. On devrait donc chaque jour y consacrer un moyen temps. Il est vrai que de notre temps l'histoire n'est qu'une occasion pour beaucoup de gens de répandre leurs préventions, leurs sottises et leurs immoralités ; on en est quitte pour choisir, ce qui n'est pas très difficile.

Que l'on place dans un musée riche en chefs-d'œuvre deux individus dont l'un ne saura pour ainsi dire rien des temps passés et l'autre, au contraire, aura l'esprit très cultivé : à la différence des jugements que chacun d'eux portera on pourra savoir à quoi sert l'éducation.

On ne peut pourtant pas tout savoir, on est bien obligé de se borner et de n'avoir de beaucoup de choses qu'une idée générale, mais assez cependant pour ne pas rester étranger à une des conquêtes de l'esprit humain. Toutes ces connaissances variées donnent du prix au style en lui fournissant des images et des comparaisons que sans cela il n'aurait pas trouvées. Ceux qui par métier sont dans la nécessité de parler de beaucoup de choses diverses ont ce qu'on appelle un style pittoresque : ce n'est peut-être pas le grand style, mais quand on n'en abuse pas, il ne manque pas de valeur.

Je reviens à mon commencement : attachons-nous à ce qui est nécessaire et laissons au temps, aux circonstances et à une certaine vigilance le soin de nous apprendre ce qu'on peut apprendre en dehors de ses études.

Il est dit dans l'Évangile : Les lis ne filent pas, et ils

sont mieux vêtus que Salomon ; c'est là une idée orientale, mais en réalité il n'y a que le travail qui soit quelque chose, le travail intellectuel surtout.

Nantes, 1875.

Lorsque je demande que Claude prenne la plume tous les jours pour me rendre compte de ce qui se passe dans son esprit ainsi que dans la maison, ce n'est pas la simple curiosité qui me pousse à parler ainsi, quoique ce fût là un motif suffisant ; mais c'est afin qu'en écrivant chaque jour sur des sujets divers, il puisse acquérir l'habitude et l'habileté nécessaires pour dire ce qu'il pense, et en bons termes sur chaque chose, et même de causer avec lui-même sur tout ce qui peut vous occuper, comme si on dictait des lettres à divers. Il est de toute impossibilé d'apprendre à écrire, si on n'écrit pas très souvent et sous des formes différentes, sérieuses ou plaisantes, quand on a quelque chose à communiquer, et le premier sot venu qui a un peu l'habitude d'écrire pourrait vous donner des leçons.

Ne vous quittant jamais, Claudine et toi, Claude n'a guère que moi à qui il puisse écrire librement et familièrement ; mais, dans un pareil cas, une seule personne c'est tout autant qu'il en faut pour s'exercer et acquérir l'aplomb et la faculté indispensable pour dire tout ce qu'on peut avoir à dire lorsqu'on écrit sans gêne et sans avoir peur de se compromettre soi et les autres.

Autrement on arrive à une sécheresse désespérante, on ne dit que ce qu'on peut avoir à dire strictement, sans rien ajouter à ce qui fait l'ornement et l'agrément

du style. Un exemple de ce que je dis là se trouve
pour ainsi dire dans deux auteurs que tu connais, Phèdre
et Lafontaine. Phèdre se contente souvent de raconter
son sujet; si le sujet est gai, ça lui suffit presque. Lafontaine y ajoute toujours des traits, des réflexions ou
sérieuses ou plaisantes qui font sa grande supériorité
et son originalité.

D'après la lettre de Claude d'aujourd'hui, qui me donne
des détails sur le voyage de Mme Levasseur et sur les difficultés de l'entrée aux Beaux-Arts, je vois que j'aurais
pu me dispenser d'exposer ma doctrine sur ce qu'on
doit faire pour apprendre à écrire, mais ce qui est écrit
est écrit. Si je ne vous envoyais pas mes quatre premières pages, il faudrait en écrire quatre autres. Ce
que je dis d'ailleurs n'est pas tout à fait mal à propos.

Claude ne se crée jamais le sujet de sa lettre, c'est
toujours à des sujets plus ou moins intéressants qu'il
demande la matière dont il a besoin. Il vaudrait beaucoup mieux que tous ces faits-là n'arrivassent que par
accident et que le fond de la lettre lui appartînt en
propre, mais je ne veux pas recommencer ce que j'ai
déjà écrit.

Nantes, 1875.

Claude ne me dit point s'il continue la lecture de
l'allemand, ce n'est qu'une volonté de trois quarts
d'heure à une heure tous les jours. C'est peu de chose,
et pour le moment cela suffit. Quel est celui qui a fait le
plus de choses et qui les a le mieux faites? c'est celui
qui a eu le plus de volonté, c'est pour l'homme l'instrument universel, surtout à un âge où l'intelligence et la

mémoire sont d'accord, l'une pour comprendre, l'autre pour retenir. Il faut éviter les fautes que l'on voit commettre aux autres, non pas pour les critiquer, mais pour sa satisfaction et son utilité particulière. La critique n'est utile que lorsqu'elle porte la lumière dans l'obscurité, et c'est dans ce sens que Sainte-Beuve était à soutenir qu'un grand critique était un créateur.

Les jeunes gens sont victimes et d'eux-mêmes et de ceux qui les enseignent. Lorsque, comme Claude, après avoir été introduit dans la science, on travaille seul et sans aide, on a peut-être plus de peine pour arriver, mais on arrive bien plus sûrement qu'avec un mauvais professeur, qui vous gâche mal ses leçons et ne vous donne que des connaissances incomplètes.

M. Ducoudray-Bourgault est dans ce moment-ci à Athènes à faire des fouilles ou des recherches pour découvrir quelque chose qui ait rapport à la musique des Athéniens. C'est un musicien archéologue, il en est à son second voyage. Je crois qu'il est envoyé par le ministre des beaux-arts. L'Archéologie est une science où aujourd'hui, sans savoir grand'chose, on peut faire son chemin. De ceux qui s'en occupent on peut dire ce que Cicéron disait des augures de son temps : Ils ne peuvent guère se regarder sans rire. Un petit opéra, n'aurait-il qu'un acte, mais où il y aurait du frais et du nouveau, vaudrait mieux que toutes les découvertes qu'il va nous rapporter, s'il en rapporte.

J'écris un peu comme l'on parle souvent, sans trop savoir ce que l'on dira. Il n'y a qu'un sujet sur lequel on a toujours quelque chose à dire, surtout quand on a dans le cœur une haine invétérée contre les choses et contre les personnes. Merson, qui n'aime pas les gens du 4 septem-

bre, les appelle toujours les grands criminels; cette manière adoucie de parler de ces misérables lui a été
commandée par la prudence, ou ne veut-il pas salir sa
plume en les appelant du seul nom qui leur convienne,
et pourtant ils sont dix fois plus coupables que ceux qu'on
envoie à l'échafaud, pour des crimes hideux, mais qui ne
sont rien à côté de ceux qu'ont commis ceux que les hommes
qui sont aux affaires honorent et qui sont presque pro-
tégés par la loi. S'il faut respecter de pareils drôles,
dans quel gâchis ne sommes-nous donc pas tombés!

Nantes, 1875.

Natalis grati numeras?

« Comptes-tu gaiement tes jours de naissance? » c'est
là une des questions qu'Horace adresse à Florus dans son
épître du deuxième livre. Horace et Florus pouvaient déjà
dire tous les deux :

Singula de nobis anni prædantur euntes,

« Chaque année qui arrive nous enlève quelque
chose ».

Tu es bien loin d'être rendu à ces moments où, si
nous étions aussi sages que nous prétendons l'être, nous
vivrions non seulement sans murmurer, mais avec contentement. L'heureux temps où chaque année ajoute encore quelque chose à celles qui sont écoulées est bien
loin d'être passé pour toi. Dans la semaine prochaine tu
vas entrer dans ta dix-neuvième année, année encore
d'enfance et de première jeunesse, mais qui précède de
près celle où tu seras mis au rang des hommes.

Je pourrais te dire beaucoup de choses comme renseignement; mais j'aime autant te laisser à toi-même. Ne sais-tu pas tout ce que tu as à faire et ce qu'à l'occasion tu pourrais avoir à dire, c'est à toi de le passer en revue depuis le moment où tu te lèves jusqu'à celui où tu te couches, et alors tu pourras quelquefois te dire comme Horace que je cite encore (Sat., IV, l. 1er, à la fin) :

> Hoc faciens, vivam melius : sic dulcis amicis
> Occurram : hoc quidam non belle...

etc., etc., je ne traduis pas.

Pendant que vous boirez à vos santés pour ta naissance un verre de malaga ou du cachet vert, je me joindrai à vous avec un verre de mon meilleur. Je n'ai pas peur qu'il ne soit pas bon, dans pareille affaire la pensée est tout. N'oublions pas qu'à dix-neuf ans on aura à remplir des devoirs qu'on n'avait pas à dix-huit.

———

Nantes, 1875.

Au fur et à mesure qu'on avance dans la vie on arrive bien plus facilement au mépris qu'à la glorification de soi et des autres. Comme on ne voit presque que des sots autour de soi, des gens sans cœur et sans honneur, on est forcé de penser qu'on offre aux autres le même spectacle. Dans ceux dont Bossuet a prononcé les oraisons funèbres, qui seul a été un grand personnage moral? Il ne faut pas posséder une grande dose de valeur pour être au moins l'égal des autres. Ce n'est pas là seulement une consolation pour se refaire à ses propres yeux, mais une vérité contre laquelle il n'y a rien à dire. Tout ce qui n'est pas grand par le cœur ne peut être que médiocrement grand par l'esprit, il lui manque quelque chose.

Le professeur d'allemand au lycée Louis-le-Grand, celui qui a publié le petit volume de contes de Schmid, a dit en parlant de Lichtwer, dont il a donné un certain nombre de fables, qu'il a écrit le livre des fables d'Ésope et que la plupart de ces fables sont regardées aujourd'hui comme des chefs-d'œuvre des Grecs. Nous autres Français, nous nous imaginons que le grand maitre en ce genre de littérature nous appartient de l'aveu de tout le le monde; mais nous nous trompons. Ces Allemands sont merveilleux : non seulement ils ne rendent pas justice aux écrivains étrangers, mais ils s'attribuent à eux-mêmes des mérites qu'ils sont bien loin d'avoir. Ce Lichtwer, autant qu'on peut en juger par ses premiers contes, est un homme médiocre; il n'y a point de comparaison à faire avec notre fabuliste. Cette poésie allemande est assez fatigante à lire; la première, comme pièce choisie, ne donne pas de l'auteur une très bonne idée.

Nantes, 28 août 1875.

La *Gabrielle,* c'est le nom du navire qu'on pourrait appeler la *Belle Gabrielle,* après avoir fait la difficile pour prendre un bain sous les yeux d'un vieux soldat, comme le Maréchal et beaucoup d'autres qui la contemplaient de près et de loin, ce matin à six heures et demie en présence d'un petit nombre de personnes de peu d'importance, s'est mise à l'eau le plus gentiment du monde. Le départ n'a pas été aussi bien qu'il avait été le premier jour, par suite du chemin qu'elle avait déjà parcouru. Le défilé a été moins rapide, mais au milieu du fleuve elle

était magnifique; c'est une satisfaction, mais le bisquement est toujours là. Un homme du quartier qui avait
l'air bien informé disait que, la veille, Jollet avait reçu le
ruban désiré, mais que les ouvriers qui comptaient sur
la pièce tapée n'avaient rien reçu du tout.

Les deux heures que j'ai employées à aller voir la
belle *Gabrielle*, ce sont ordinairement des heures pendant lesquelles j'écris; ça va me mettre un peu en retard.
Heureusement que je ne suis pas comme l'entrepreneur.
Néanmoins ce que l'on a l'habitude de faire à une certaine heure, on le fait toujours moins bien si on est dé-
rangé. L'esprit est comme l'estomac, il n'est pas entièrement soumis à notre volonté, quelquefois il se refuse à
faire ce que d'autres fois il fait très facilement. Pour
avoir un esprit qui ne soit pas rebelle, il faut qu'il soit
bien assoupli, bien préparé de longue main. Il ne faut
pas attendre la moment où on en aura besoin. L'esprit,
selon comme il a été dressé, est tout ce qu'il y a de plus
docile ou de plus indocile, de plus revêche ou de plus
complaisant et facile, accordant tout aux uns, refusant
tout aux autres, mais, bien entendu, suivant le mérite et
le travail de chacun.

J'entends toujours V... quand il vient se plaindre
de ce qu'il ne sait pas écrire; je le plains beaucoup moins
qu'il ne se plaint lui-même, parce que s'il savait écrire,
il ajouterait encore un volume et peut-être plusieurs à
ceux déjà trop nombreux sur l'économie politique, sur
cette littérature courageuse, comme l'a appelée M. Thiers.
Par V... on peut juger qu'il y en a beaucoup d'autres
comme lui à qui l'art d'écrire ne servirait à rien; il y en
a déjà trop de ces gens-là qui croient que la transforma-
tion de la matière est la seule chose utile à l'homme.

J'ai lu quelque part que dans un chantier où travaillaient, mais séparément, Anglais et Français, l'ouvrage fait par les Anglais était beaucoup plus considérable que celui fait par les Français pour le même nombre d'hommes, mais que les Anglais mangeaient le double, ce qui revient à dire : Dis-moi combien tu manges et je te dirai ce que tu vaux.

1873.

M. L. et le petit L., contents l'un de l'autre, vont tous les deux ce soir à *la Queue du Chat,* pièce que vous devez connaître de nom ; de nom seulement, car je ne suppose pas que vous abaissiez vos loisirs à de pareilles bagatelles, disciples, que vous êtes, des sages de l'antiquité dont tous les jours vous écoutez les leçons par leurs doctes interprètes. A la vérité, il est bon de ne pas toujours être sages.

Si *Peau d'âne* m'était conté,
J'y prendrais un plaisir extrême.

Le malheur de ces pièces annoncées avec tant de fracas et jouées cent fois de suite, c'est qu'elles n'ont ni gaîté ni esprit et qu'en les écoutant on descend au niveau de ceux pour lesquels elles sont faites.

Il faut éviter le vulgaire,

Odi profanum vulgus...

plus encore dans les choses de l'esprit, que dans la conduite de la vie, où l'on est quelquefois et malgré soi obligé de faire des concessions, mais pourquoi étudier ou lire un mauvais livre? pourquoi assister volontairement à la représentation d'une mauvaise pièce?

Quand on a tant de peine à s'élever, pourquoi donc travailler à s'abaisser? La vulgarité dans les idées, dans les sentiments, dans les goûts, dans les manières, c'est la conséquence de la dégradation.

La société moyenne, qui n'a jamais brillé beaucoup par la distinction, croit l'avoir acquise aujourd'hui parce que pour ainsi dire elle ne voit rien au-dessus d'elle et qu'elle parvient à tout; mais elle se trompe fort. Si elle n'est pas étrangère à certaines élégances, je parle ici des femmes bien entendu, ces élégances ne sont qu'à la surface, le fond reste le même. L'esprit n'est point cultivé par la lecture et encore moins par la réflexion. La petite existence de ce qui les entoure, les préoccutions incessantes d'intérêts retient le centre dans lequel elles végètent sans chance de salut. Quant aux hommes, c'est bien pis, ils valent beaucoup moins que ceux d'autrefois, cela saute aux yeux et ne vaut pas la peine d'être démontré.

La vulgarité est donc la plaie de la société. C'est contre elle qu'il faut protester et réagir non pas seulement par des préceptes qui sont à la portée de tout le monde, mais par des exemples. C'est là le difficile, sans doute, mais pourtant moins qu'on ne s'imagine. Point de bassesse de cœur et tout ira tout seul, même le jugement, même le goût; le cœur est la source de tout.

Je n'aime pas les discours que Salluste met dans la bouche de ses personnages, ils manquent de simplicité; on y trouve une recherche qui indique qu'ils ne sont pas en entier, du moins pour la forme, à ceux auxquels on les attribue. Si l'auteur de *Jugurtha* a de la valeur comme écrivain et est par conséquent très bon à lire

et même à étudier, au fond, pour les sentiments qui
l'animent, il est toujours déplaisant : c'était une mauvaise nature.

Comme je n'ai pas le texte, je n'ai pas pu m'assurer
si ta traduction était exacte. Tout ce que je peux dire,
c'est que dans le français il y avait des négligences
qui n'existaient pas dans le latin. Tout canaille qu'il
soit, Catilina parle purement sa langue.

Adieu.

<hr />

Nantes, 14 juillet 1875.

Il y a quelques jours Mme L... me disait que le lendemain elle aurait quatre lettres à écrire. Elle ne m'a
pas nommé les personnes, mais j'ai pu supposer que
chaque personne avait son caractère particulier, ce qui
ferait que ce que l'on dirait à l'une on ne le dirait pas
à l'autre, ce qui rendait la correspondance plus facile;
autrement si elle avait eu la même chose à dire, il aurait fallu le faire avec des nuances, ce qui serait devenu
embarrassant. Elle aurait eu quatre secrétaires que,
comme César, elle eût dicté les quatre lettres sans crainte
de se brouiller.

Je n'en suis pas tout à fait là, je n'ai qu'une seule
missive à écrire, mais cette missive s'adresse à tous. Sous
un seul nom c'est à une espèce de trinité que je m'a-
dresse; certains passages sont assez clairs pour que la
personne de la trinité à qui ce passage s'applique le
reconnaisse immédiatement. Il y en a d'autres où le
vague de l'expression peut laisser un certain doute, ça
s'adresse au tout mais une des personnes a plus le
droit de se l'attribuer. Une trinité ça ne peut jamais

être complètement clair. Il faut toujours qu'il s'y trouve un peu d'obscurité autrement que deviendraient les saintes obscurités de la foi?

C'est à celui qui parle à se faire entendre de ceux qui l'écoutent, mais que de choses sont mieux dites sous certains voiles qui ne cachent que ce que l'esprit veut se cacher à soi-même. D'ailleurs cette clarté qui laisse voir les choses a nu est-elle bien le besoin de l'homme? Tant bien dite que soit une chose, celui qui laisse à deviner a mieux atteint son but que celui qui a tout dit.

Ma première feuille est toujours ou presque toujours écrite avant l'arrivée du facteur et en général on peut le voir. J'écris plus nettement ce que j'ai à écrire, je l'ai mieux dans l'esprit, à moins pourtant que je ne sois un peu troublé parce que je crains ce qui va peut-être se trouver dans la lettre que j'attends.

Pour bien tourner sa pensée il faut n'en avoir qu'une en tête, autrement on mêle des choses qui n'ont pas de rapport les unes avec les autres, ce qui fait à l'occasion ces bons imbroglios de comédie. Je n'en ai point de pareils à vous envoyer, il faut les laisser aux génies de la plaisanterie et du rire. En général, à moins d'un don particulier, il ne faut courir qu'après le bon sens et la raison : c'est le seul point sur lequel on puisse ne pas perdre tout à fait terre. Pour faire de l'esprit il faut en faire naturellement et presque sans s'en douter; quand on y vise, on le manque, et on est bien près du ridicule.

---

4 janvier 76.

Dans ce qu'on appelle nos sociétés où l'on a à peine

le sentiment de ce que l'on doit dire, et où se dit au contraire tout ce qu'il faudrait taire, quand par hasard on assiste en silence à une de ces conversations, on est bien autorisé à se demander ce que l'on est venu y faire. Avec les fous, avec les insensés, il faut être fou soi-même, en prenant sa part de sottises on n'a rien à reprocher aux autres. Cette remarque j'ai eu à la faire pour ainsi dire deux fois de suite dans la même maison, et je me disais que ceux qui fuyaient le monde n'avaient pas complètement tort. Le temps que l'on passe tout seul, si mal employé qu'il soit, vaut mieux que ces banalités, que ces grossièretés mêmes dont on ne se fait aucun scrupule. Ce que l'on gagne dans ces bavardages du monde, ne vaut pas, il faut bien l'avouer, ce qu'on y perd. Dans les salons, dans la société si renommée du temps passé, les choses ne pouvaient pas se passer ainsi; pour y être admis, à défaut d'une politesse exquise qui déjà par elle-même est une grande qualité, il fallait au moins être un original hors ligne et par ses excentricités pouvoir racheter ce qui nous manquait; il fallait apporter son appoint à ce que tous les maîtres dans l'art de bien dire laissaient échapper sur les travaux de la science, de l'esprit et du goût. A ceux ou à celles qui manquaient de ces qualités on demandait au moins de la grâce et de l'élégance. On parlait peu pour parler, on savait se taire jusqu'au moment où un mot heureux vous arrivait : le principal était de ne pas courir après la balle, mais de la retenir quand elle vous arrivait.

Ce qu'on dit être un salon aujourd'hui n'est guère qu'un fatras, qu'un mélange de vulgarité de plusieurs genres.

Il doit pourtant y avoir encore de ces maisons où les hommes livrés à des occupations qui ne les exposent jamais à rougir ont la liberté et le droit de se laisser aller aux idées que leur inspire leur conscience, et dans lesquelles les femmes, par le hasard si l'on veut des circonstances, sans prétention, mais non pas sans esprit, sans préoccupation d'elles-mêmes, mais non pas sans grâces, réunissent les qualités qui plaisent à celles qui attachent et sont toujours un ornement dans leur intérieur.

Ces dons que je suppose sont pourtant encore assez rares. Mais, sauf des exceptions, ils n'appartiennent qu'à un certain monde, et dans ce monde même que d'inégalité, que de faiblesse, que d'ignominies, il faut bien le dire, dont, et c'est ce qu'il y a de pis à avouer, on ne croit pas avoir à rougir, car dans ce monde-là sans honte on va encore plus loin qu'ailleurs.

---

6 janvier 1876.

Les professeurs de la capitale ont fait probablement comme ceux de la province. Au premier de l'an ils ont pris des petites vacances. Ce soir M. Anthoine fera encore une leçon sur Corneille. La dernière fois c'était *Polyeucte* qui l'avait occupé. Avant d'entrer dans aucun détail, il dit d'abord que *Polyeucte* était une pièce religieuse. A ce mot de religieuse, le grand G....., qui était presque en face du professeur, a baissé la tête et a pris la fuite comme s'il eût été poursuivi par l'eau bénite. Comme peu de gens dans le public connaissent l'homme, on a cru que c'était une indisposition subite ;

15

mais, il n'y a pas à s'y tromper, il en veut aux vivants
et aux morts.

Je ne partirai que lundi. Je crains de ne pas être prêt
pour dimanche matin ; du reste, je vous l'écrirai demain.
J'ai vu Mme L. : elle s'est empressée de m'annoncer l'envoi de l'*Histoire* de M. Guizot. Je crois que je me suis
trompé en accusant l'auteur de l'Histoire à ses petits enfants d'avoir contribué à l'élection de M. Littré. Je ne
connaissais point les détails de l'élection, détails que je
ne connais pas encore ; mais la démission de l'abbé Dupanloup m'a fait nécessairement supposer une trahison
de la part de ceux qui marchent avec lui.

Je disais à M. L., qui avait l'air de préférer M. Rousset,
l'auteur d'une *Histoire de Louvois* à Théophile Gauthier :
Qu'on mette donc tout ce monde-là dans une chambre
sans livre, avec seulement du papier et de l'encre et
qu'on exige d'eux quelques pages littéraires sur un sujet
donné. On verra ce que deviendront ces faiseurs de
livres à coups de livres. Bien sûr que Théophile en
sortirait à son honneur.

Diderot disait en parlant de l'*Histoire des deux Indes*,
par l'abbé Raynal : « Il manque, par ci par là, quelques
pages de verve ». Et c'est là justement ce qui manque à
tous ces écrivains dont on fait des immortels.

Adieu, j'écrirai demain.

—————

Nantes, 8 janvier 1876.

Ton collègue au cours de M. Levy est un homme
remarquable, ses titres le prouvent : grand prix de
Rome en architecture, ancien élève de l'École polytechnique et professeur aux Beaux-Arts.

Tu as rencontré aux leçons de M. Hermite un jeune homme qui a passé ses examens de licence en même temps que toi. Ce jeune homme pense que le doctorat est une bonne chose : il voudrait s'y préparer.

C'est aujourd'hui le premier dimanche qui suit la fête des rois. Tout le monde célèbre ce jour, même ceux qui se disent républicains et qui sont tout autre chose.

J'aime à penser que vous aussi vous avez eu un roi et une reine et je bois à leur santé ainsi qu'à celle de tous les assistants.

Pour faire plaisir au petit garçon de Thérèse et pour l'initier aux usages, j'ai fait acheter un gâteau. La fève sera dans son lot et on boira à sa santé. Pour cette première fois il n'aura pas de reine, tous les plaisirs ne peuvent venir ensemble.

Adieu.

---

9 janvier 1876.

J'ai un feu magnifique, le plus beau peut-être que j'aie fait depuis que je suis ici, un feu de mottes cependant, sept à huit au plus appuyées sur un petit morceau de bois qui les soutient, un feu sans trop d'éclat pourtant, le vrai feu d'un sage, d'un philosophe. Ces mottes ont peut-être coûté un demi-centime pièce. Il y a deux ans, on disait un jour devant le père Jacob : C'est le feu du pauvre, les riches s'en servent. Ils ont bien raison ; employées dans les conditions dans lesquelles je m'en sers, elles valent tout le bois possible. Quoiqu'elles n'aient pas l'air de chauffer, elles brûleraient si on en approchait trop près.

Je voudrais pouvoir vous en envoyer plusieurs milliers, mais le transport rend cela impossible.

Dans notre existence factice, il y a tel qui, dans un vaste et riche hôtel avec intendant, laquais, équipages, chef, etc., vit plus modestement, plus simplement même, que tous ces soi-disant sages qui, après tout, n'étaient que des êtres grossiers. Que de gens dans le monde à qui ces soucis incessants de tous les jours conviennent mieux que la préoccupation de l'esprit et de l'imagination. Après tout, la vie n'est qu'un mélange confus où rien ne doit étonner.

Pendant que Gustave était à l'École centrale, il a assisté à une représentation de la pièce dans laquelle va jouer Blanche. Cette pièce de Mme Sand lui avait semblé médiocre. Chez elle comme chez beaucoup d'autres, la qualité essentielle manque, je veux dire le *vis comica,* qualité que César reprochait à Térence de ne pas avoir.

Le classique, le vrai classique vaut mieux que toutes ces pièces modernes que l'ingéniosité plutôt que le génie des auteurs met aux prises sans aucun profit pour l'art ni pour le bon goût du public.

Il faut s'attacher à tout ce qu'on a sous la main et qui est excellent, et laisser au temps à produire ce qui peut lui appartenir.

Célimène n'a pas son égal et ne l'aura probablement jamais. Alceste suffit à l'étude d'un grand comique. Que dire de la première scène de la duègne dans le *Tartuffe.* C'est notre corruption qui nous empêche de voir dans Agnès toute la grâce qui s'y trouve.

Il suffit d'ouvrir Molière au hasard et il y a encore à prendre ailleurs. Les chefs-d'œuvre sont dans le passé;

dans le présent et dans l'avenir, il n'y a que des médiocrités.

Molière d'ailleurs n'est point un auteur qu'il faille rajeunir, il est toujours du temps où on le joue. Par toute la France, sur tous les théâtres on est certain de trouver un public pour le comprendre et l'apprécier. Ne nous défions pas de nous-mêmes au point de croire que le *Supplice d'une femme* et d'autres médiocrités pareilles aient détrôné les chefs-d'œuvre de l'esprit humain. Ces pièces ont eu leur jeu, elles peuvent encore l'avoir; la grossièreté et le mauvais goût ont toujours leur place dans le monde comme la finesse, la délicatesse et le bon goût. Si nous ne sommes que des goujats, ou quelque chose de pareil, ce n'est pas une raison pour que les siècles qui nous ont précédés n'aient rien connu de meilleur.

La civilisation d'aujourd'hui, même en laissant ses horreurs, n'a que l'apparence pour elle, au fond elle n'est que bassesse et dégradation.

On conçoit jusqu'à un certain point que ceux que l'ambition pousse usent de tous les moyens pour parvenir : mensonges, injures, calomnies; mais quand on n'occupe qu'un rang inférieur dans la société, qu'on est condamné à n'être que spectateur, ne pas conserver la dose de jugement nécessaire pour juger sainement dans la plupart des cas, des hommes et des sages, c'est se dégrader soi-même et être pour les autres un sujet de gêne et d'ennui.

Adieu.

A CLAUDE.

Ce petit travail que tu t'es chargé de faire pour un

élève qui a été malade, s'il est fait avec soin te sera profitable et te fera honneur.

Par les soins que tu y apporteras, tu en retireras encore plus d'avantage que lui.

Je ne dis rien de ta chute, ça devrait être une préoccupation pour toi de songer toujours à regarder à tes
pieds.

Si je ne prenais pas plus de précautions que toi, je
tomberais plusieurs fois par jour.

Ne pas avoir de souci de certaines choses, c'est une
indifférence impardonnable.

BOSSUET.

Gaulois, esprit qui n'est pas sans valeur, a cessé, étant
malade, de sortir. Robinet, qui le voit de temps en
temps, m'avait apporté hier une question de son ami,
une question à laquelle il n'avait osé répondre de lui-
même ; c'était sur moi que l'autre comptait. Robinet
m'a soumis à l'épreuve avec une certaine prudence. En
définitive, il en est arrivé à me demander :

Au fond, que pensait Bossuet des idées et des doctrines catholiques ?

Vous voyez, c'était une question qu'un professeur de
philosophie à la Sorbonne n'oserait pas introduire en
chaire.

J'ai pourtant répondu courageusement et sans trouble,
il ne s'agissait pas d'un simple docteur de Sorbonne
chargé de résoudre un cas de conscience dans un collège de province, mais du plus grand génie qui ait illuminé la cause sans se manquer à lui-même.

Dans une situation comme celle que le temps lui avait faite, qui pouvait avoir conduit ce grand esprit, ce grand philosophe à un renoncement à sa propre raison pour ne plus être qu'un esprit de soumission que la liberté abandonne, qui devient l'aigle de Meaux, ramené à ce rigorisme que la foi seule embrasse? Le prêtre peut encore s'y retrouver, mais l'homme disparaît et avec l'homme disparaissent la majesté, la grandeur, la vérité. Que ferez-vous de toutes ces puissances en présence de Louis XIV et de ses faiblesses pour ne pas dire plus? Que deviendra sa voix sur les tombes d'Henriette de France et sur celle d'Henriette d'Angleterre? Je ne dis rien du père de Louvois et du grand Condé, tout ce qui se retrouve chez les prêcheurs de deuxième et de troisième rang se retrouvera encore chez lui, mais tout ce qu'on trouve chez lui et qu'on ne retrouve que chez lui ne s'y retrouverait pas.

Sans sortir du même ordre d'idées, j'aurais pu mettre en saillie beaucoup d'autres choses, et plus crues, et plus sévères, et plus évidentes. Bossuet acceptait, subissait des doctrines intolérantes et qui lui semblaient nécessaires, il aurait pu difficilement être plus tolérant pour les actes de la vie, et aurait même pu être plus sévère. Enfin, en lui l'autorité royale trouvait un champion que rien n'ébranlait. Cette dernière doctrine ne se rattachait qu'incomplètement à l'idée religieuse.

Robinet est parti content de sa missive.

Tu as été content de M. de Coulanges. Pour être capable de juger ce qu'un homme peut dire, il est bon de l'entendre plusieurs fois. La leçon a été curieuse et intéressante et exprimée avec clarté.

Nantes, 76.

Cultivons les sciences, elles sont une des grandes manifestations de l'intelligence humaine; mais honorons les lettres et la philosophie morale. L'homme est là tout entier. C'est la loi et les prophètes. Sous forme d'une petite dissertation morale, je viens de jeter quelques pierres dans le jardin de Claude; mais elles ne sont pas bien grosses; ça ne l'empêchera pas de s'y promener à l'aise. Je n'ai pas la volonté ni la puissance de Jéhovah, qui, pour punir Adam d'avoir goûté à l'arbre de la science, le chassa du Paradis et mit à la porte du jardin pour l'empêcher d'y rentrer un chérubin avec une épée flamboyante. Claude doit trouver en lui la force nécessaire pour ne pas se laisser aller à une pente trop rapide. La barque doit toujours sentir la main du pilote, autrement elle va se jeter sur les récifs.

Les sensations purement physiques de la vue, de l'ouïe ne sont réellement ce qu'elles peuvent être que lorsqu'elles se rattachent à des sentiments existants dans le moment, ou ayant déjà existé dans le passé. Ces enchantements que les choses produisent, il faut qu'elles exhaussent bien l'esprit, qu'elles le transportent dans des sphères bien élevées pour qu'il en reste quelque chose quand le cœur n'y est pas.

Je n'ai rien à vous apprendre.

Adieu.

―――――――

Je ne suis pas du tout étonné que Claudine et Julie aient été très satisfaites du cours de M. Lacroix, quand on

l'écoute avec attention et dans un bon esprit, on en
retire toujours profit; les sources où il puise sont
excellentes et font voir les faits sous leur véritable caractère, il a assez d'indépendance pour ne pas cacher la
vérité à ses auditeurs. Les manants, comme il s'en trouve
toujours à ces cours-là, ne sont pas contents de son respect
pour le passé. S'il était plus autorisé à le faire, il leur
parlerait encore plus durement, mais avec le temps
cela viendra.

The Weather is fine to-day, j'ai pu lire un peu d'allemand. J'en suis rendu au chapitre où Job dit à ses faux
amis, amis qui semblent n'avoir été mis là que pour
donner la réplique :

En vérité, à vous tout seuls vous êtes tout le monde et
avec vous périra la sagesse.

Ces tristes conseillers, ces médecins de malheur,
comme il les appelle dans un autre passage, ressemblent
beaucoup à des saltimbanques bien connus qui se re-
gardent comme des anges; quand derrière eux ne marche que l'ignominie. Si j'arrive à lire les derniers chapitres sans avoir besoin de recourir au Dictionnaire, je
pourrai avoir fait quelques progrès. A la vérité, le dernier est peut-être le plus facile, c'est celui où il est dit
que Job, plus riche que jamais, eut sept nouveaux fils
et trois nouvelles filles, que ces filles étaient les plus
belles de la terre et qu'elles eurent part à l'héritage de
leur père. Job vit les enfants de ses petits-enfants jusqu'à la quatrième génération, il mourut vieux et plein de
jours.

Mourir vieux et plein de jours tel a été chez les Juifs le
seul espoir du bonheur. « Ne coupe pas ma vie en deux,
est-il dit dans les psaumes. Que mes ennemis descendent

dans la tombe avant d'avoir des cheveux blancs ». L'idée
d'un autre monde ne s'introduira que beaucoup plus
tard. Le Messie des Juifs a toujours été un Messie terrestre.
Pour ne pas mettre le Saint-Esprit en contradiction avec
lui-même, on a donné des interprétations erronées à
beaucoup de passages, et bien loin d'éclairer les textes,
on n'a fait que les obscurcir. C'est là cette doctrine que
les dames libre-penseuses allaient chercher au cours de
M. Renan.

8 février 1876.

Il en est des défauts de l'esprit comme de ceux du
corps; avec l'absence de certaines qualités on peut
admettre certains défauts. Chez la femme à laquelle
manque un peu d'intelligence, on peut tolérer la superstition; chez celle où brillent l'intelligence et la raison aucune faiblesse n'est admise. Cette réflexion peut,
dans une réunion bien choisie, se lire si elle est imprimée, mais ne peut pas se dire si elle n'est pas écrite
dans un livre. Il est difficile qu'il en soit autrement, la
conversation n'est pas une satire permanente.

Cette pensée est pourtant plus neuve, elle a dû déjà
être faite et en meilleurs termes. Elle demande pourtant à être faite avec certaines précautions. Si elle fait
beaucoup d'honneur aux unes, elle fait beaucoup descendre les autres, et c'est beaucoup risquer.

Parmi toutes les femmes que vous connaissez, il y
en a bien peu à qui on puisse l'appliquer dans le bon
sens. La finesse et l'esprit se rencontrent malheureuse-

ment plus facilement que l'intelligence et la raison et cela pour le malheur de tous.

J'ai su hier au soir que Gaulois était très mal. C'est un souvenir qui remonte bien haut déjà.

---

15 février 1876.

C'est en lisant des thèses sur divers sujets que Claude peut arriver à en trouver un qui lui convienne. Dans sa position, il ne suffit pas de faire une thèse, il faut en faire une bonne, que la matière soit bien choisie et bien traitée. Une thèse qui lui ferait voir que les portes de la science lui sont ouvertes.

Il faut y croire, d'heureuses rencontres peuvent nous y mener.

Je sais bien qu'on n'est pas le maître d'y arriver, que le hasard doit y être pour quelque chose, mais au hasard il faut s'aider tout en enrichissant son esprit, il faut soigner sa manière de dire, il faut arriver à la grande forme, à la forme du génie qui conçoit et qui exprime de nouveau tous les genres, veiller sur soi-même pour arriver non seulement à la perfection du fonds, mais à l'excellence de la forme. Le temps que l'on emploie à former son style est moins que rien comparé au résultat.

Quand on parvient à rendre heureusement une pensée, on doit être satisfait.

C'est une conquête qu'on a faite.

Je n'ai aucun convive sur lequel je puisse compter pour m'inviter à dîner cette semaine; personne qui puisse m'écrire : On déjeune à huit on pend à neuf. Il faudra me contenter et je ne m'en plains pas, de quelque morceau de mouton avec des pommes de terre ou d'une demi-côtelette de veau qui s'égare entre des carottes ou parmi des oignons. J'ai encore la ressource d'un morceau de bœuf sur le gril, presque desséché selon la mode du lieu. Mon bon jour, c'est lorsque je vois paraître soit morue, soit merlan, soit sole frite ou brème; pour la délicatesse du festin ce jour-là je porte défi à tout le monde, les autres jours s'entremêlent, je n'ai jamais l'abondance dont je n'ai pas besoin, mais toujours la suffisance.

Une remarque que j'ai faite et que beaucoup d'autres ont pu faire comme moi, c'est que lorsqu'on a une femme à son service, on peut toujours arriver à avoir un cordon bleu, c'est de se réduire toujours au fur et à mesure qu'elle est moins habile, sans s'en douter et sans se plaindre. On arrive ainsi à la perfection du genre.

La gourmandise est un besoin général auquel on ne peut pas se soustraire, il faut savoir s'accommoder aux mets et accommoder les mets à soi-même, faire comme pour un jour de bataille, ne rien laisser à la fortune de ce qu'on peut lui enlever.

L'homme le plus indifférent ne l'est pas quand il fait cuire sa soupe et la goûte pour voir si elle est assez salée. Celui qui ne vit que de fruits choisit les meilleurs.

Février 1876.

Il n'y a qu'une chose dans la vie; tout doit nous y ramener et tout nous y ramène quoi qu'on fasse et qu'on dise. Il faut y revenir nécessairement avec le courage de l'esprit et du cœur. Tous les jours il faut y travailler,

éviter les pièges et les finesses, se renfermer dans la
simplicité et dans la vérité. La mort est souvent la
chose dont on parle le mieux quand on est dans la
santé ; le plus fort en temps ordinaire meurt comme un
sot, le plus faible a le courage du lion. Ce que l'on
regrette n'est rien ; on a tout en soi : l'esprit et le cœur.

Les anciens ont cherché à combiner des systèmes de
récompenses et de peines, de bonheurs et de châtiments
pour la vie à venir. Les modernes ont bien été obligés
de les imiter, sans les suivre dans ces combinaisons plus
que hasardées. Laissons aux imaginations des poètes s'é-
garer dans ces fantaisies. Elles sont mieux là que tout
autre travail de l'esprit, sans jamais être plus loin de la
vérité.

---

17 février 1876.

Lorsqu'on se dispose à écrire, si on reste toujours dans
la même incertitude, sans avoir rien à se dire, on peut
y rester longtemps : c'est là l'état où j'étais ce matin, je
suis resté ainsi jusqu'à l'heure de la poste.

Je suis sorti d'embarras par la répétition solennelle
de Claude, la nouvelle du dîner, etc., alors j'ai cherché
à remplacer le temps perdu. J'ai rempli quatre feuilles
au plus vite et je continue pour achever le temps que
j'ai encore, car si personne ne vient, je ne sortirai pas
avant deux heures ; je sors de déjeuner, j'ai encore beaucoup de temps devant moi.

Il n'est personne à qui on ne puisse dire ce que Rousseau disait aux philosophes de son temps : Si risibles
sont certaines gens à ne pouvoir pas se regarder les
uns les autres. Tous tant que vous êtes, vous êtes plus

que ridicules; il aurait été lui-même bien en peine de dire où il fallait le placer. Que restait-il de l'homme, du musicien, de Mme de Warens et de l'homme du *Contrat social?*

Les hommes, qui dans toutes les circonstances, dans des lieux publics, dans des cours professent des doctrines royalistes sont et ne peuvent être que des légitimistes. Tel est, par exemple, celui à qui Claude a offert son bras pour le conduire au second étage de la Sorbonne. Quand on l'entend, on est porté de le prendre pour un véritable légitimiste et plusieurs fois il a eu le courage de le dire à ceux qui l'entourent.

Quand on est obligé de faire choix d'un cours à la Sorbonne, on ne se trouve pas mal de le prendre : c'était toujours à lui que je m'adressais. Je suis toujours content d'apprendre que de temps en temps Claude se livre à des exercices de gymnastique littéraire, ce qui prouve qu'en lui se trouvent le sentiment et le goût des lettres. Devant ce grand maître dans l'art de bien dire il aura fort à faire, mais il dira ce qu'il aura appris sans fausse modestie et il aura bien raison pour se faire honneur à lui-même et à celles qui l'ont guidé.

———

5 mars 1876.

Le mardi gras a donné tout l'opposé de ce qu'on aurait voulu avoir. Bien des voitures en grande pompe sont sorties, qui promptement ont été obligées de chercher un refuge, les cigares parfumés sont restés dans leurs boîtes, les oranges ne sont pas sorties de leurs caisses. On se sera rabattu sur quelques bons dîners, sur la ressource de ces jours que la pluie désorganise, on aura fait fête aux champions du Carrousel. Aujourd'hui le temps n'est pas beaucoup plus beau, le vent vient de l'Ouest. La simplicité des fêtes du grand cours ne répondra pas à leur annonce ; la toilette, ce grand élément des réjouissances publiques, se fera regretter. La tristesse du temps sera d'accord avec la tristesse des événements.

Le carême d'après son institution est un temps de pénitence et de méditations. Il doit répondre à des idées sérieuses, quoi de plus sérieux que ce que vous cherchez ? Vous voulez entrer non pas seulement dans l'instruction, mais dans la science, dans la science qui féconde les esprits. Vos visées ne sont pas des visées vulgaires, des banalités que tout le monde peut avoir.

Je vous embrasse.

26 mars 1876.

Sénèque est un bon auteur, il y a toujours à en profiter ; ses erreurs même sont des erreurs de stoïcien, c'est-à-dire courageuses. Il y a quelques minutes, je lisais une de ses lettres sur un incendie qui, de son temps, dévora toute la colonie de Lyon. A cette occasion, il fait beaucoup de phrases sur la nécessité pour l'homme d'être prêt à tout. Phrase plus ou moins philosophique, puis par un détour il revient à une autre pensée tout aussi fade que les autres, mais qui appartient à la philosophie stoïcienne.

Non sumus in illius potestate cum mors in nostra potestat sit.

Nous ne sommes en la puissance de personne lorsque la mort est en notre possession.

Mais, pauvre philosophe, qu'est-ce que cette mort dont tu parles, et où puises-tu le droit de te la donner?

Les modernes, plus prétentieux mais sans avoir plus de sagesse, car ici la sagesse n'est pour rien, ont interdit ce droit que l'homme courageux s'attribuait; sont-ils plus dans le vrai? c'est possible, mais ils n'en savent rien et l'affirmation de Sénèque était complètement fausse. C'était là la doctrine que par une pensée savante et habile il introduisait chaque jour dans les oreilles de Lucilius dont le nom seul et pour ainsi dire tout seul s'est conservé grâce aux lettres du philosophe romain qui a fait lire son meilleur ouvrage.

J'ai le second volume d'une édition de Sénèque, des Elzévir à Amsterdam. Le défaut de cette édition est de n'avoir pas une seule note, mais elle est bien imprimée. J'avais entrepris jadis d'en extraire les principales sentences, mais il y en a tant que j'ai été obligé d'y renoncer.

Aujourd'hui je pourrai avec autant d'à-propos m'adresser tout ce qu'Horace à la fin de son épître dit à son ami Florus :

> Natales grate numeras?

« Vois-tu avec plaisir arriver tes jours de naissance? »
« Es-tu plus bienveillant pour tes amis? »

> Ignoscis amicis?
> Senior et melior sis accedente senecta?

Avec la vieillesse qui approche es-tu meilleur et plus doux?

> Quid te exempta juvat spinis de pluribus una?

« Qu'importe qu'un vice disparaisse si les autres restent? »

Cette morale pratique, à l'usage des gens du monde, n'en est pas moins excellente et trouve facilement sa place. En vous disant que c'est aujourd'hui la veille de mon jour de naissance, je me réserve de ne pas vous dire le quantième.

---

22 avril 1876.

J'avais ce matin une lettre à écrire dans la Vendée à quelqu'un que jadis j'ai beaucoup connu, et qui se trouve aujourd'hui, et par son état de santé, et par la perte successive de ses deux fils, dans une situation à ne pas recevoir de consolation. Je lui ai écrit, à lui et à sa femme, une lettre telle que les circonstances semblaient l'exiger, telle au moins qu'ils pouvaient l'attendre de moi. Les événements les plus imprévus viennent bouleverser la vie et pour ainsi dire détruire la famille, sans y rien laisser qu'une grande fortune que le travail du père avait amassée et qui va passer à des mains étrangères.

A quoi sert de vivre puisqu'il faut mourir? Que revient-il de plus à celui qui a vécu cent ans comparativement à celui qui n'en a vécu que cinquante. Nous soupirons après les années qui, chaque jour, chaque heure nous échappent. Pour être quelque chose, la vie doit être autre chose qu'une série d'années.

Celui qui s'est levé le matin peut se coucher le soir, tant vieux qu'il ait vécu, s'il n'a rien ajouté au travail collectif de l'homme, s'il était mort en naissant

16

il eût rendu autant de service à l'humanité que par une
vie de cent ans, une vie inerte.

On se demande et l'on cherche en vain quelle leçon
de philosophie on peut avoir la prétention d'enseigner
à un autre, quand à une philosophie pratique, une
philosophie honnête, on n'y joint pas quelque chose
de la vie future, non pas avec cette pression de langage,
avec cette détermination d'idées plutôt faites pour détruire que pour conserver les idées d'éternité, mais en
développant ces sentiments qui sont en nous, que rien
ne peut en ôter, que par cela seul que nous avons vécu
nous vivrons. Comment vivrons-nous? Nous n'en savons
rien. Mais l'anéantissement de notre être est un contre-
sens contre lequel on a le droit de protester et même
de s'insurger.

Que nous ne sachions pas ce que nous deviendrons,
cela importe peu si le mot de Descartes est vrai : Je
pense, donc je suis; par cela seul qu'on a dit j'ai vécu
on peut dire je vivrai, mais c'est tout ce que nous saurons.

Ce sont là des idées qui se sont trouvées dans tous les
temps et chez tous les peuples, mais qui n'ont convenu
à personne.

Tout ce qu'on a cherché à mettre à la place de ces
sentiments que l'homme n'a ni créés ni inventés, mais
qui sont en lui, avec le temps sont devenus des dogmes,
qui n'ont eu pour résultat que de faire passer une partie
de la généralité sous l'influence de l'autre, tout en
partageant le monde en sectes différentes se damnant
les unes les autres.

Le vrai sage, le vrai philosophe est celui qui, dans sa

raison, dans sa conscience, trouve tout ce qu'il lui faut
pour se rendre un compte exact de lui-même, tant dans
le bien qu'il a pu faire, que dans le mal qu'il a pu commettre.

Sans orgueil ni forfanterie, il juge toutes choses avec
les éléments que le monde a mis à sa disposition, et il
se soumet d'avance à l'arrêt suprême qu'il aura à subir
sans savoir ce qu'il sera.

———

24 avril 1876.

Demain ou après-demain doit se lancer du chantier
de Babin-Chevaye, du député qui, par la belle *Gabrielle,*
croyait fêter l'arrivée du Maréchal président, doit se
lancer un beau navire en fer du tonnage de mille à douze
cents tonneaux. On peut croire que, sans qu'il y ait
autant de spectateurs, la réussite sera plus complète.
Babin-Chevaye et ses associés ont de beaux chantiers
d'où les navires peuvent partir avec tout ce qui leur
est nécessaire pour leur armement. De ce navire en fer
quel est le nom et quelle sera la destination? C'est ce
que je ne sais pas. Il se présente bien sur le chantier
de façon à offrir un beau spectacle. C'est un beau spectacle, spectacle que les Parisiens ne connaissent pas,
qu'un grand navire s'élançant pour ainsi dire à la voix
de son chef et allant prendre possession de son élément
aux acclamations de la foule émerveillée. Grâce aux
moyens de transport, on peut pourtant aujourd'hui se
donner cette satisfaction qui n'a pas son égale. Je dis
qui n'a pas son égale et j'ai tort ; elle ne satisfait que

l'esprit, et Rachel et la Malibran ébranlaient l'esprit et
le cœur. Cette puissance de l'être humain sur son semblable est une merveille devant laquelle il faut s'incliner
et qui se retrouve dans tous les actes de la vie. Sans ce
puissant attrait, qui jette l'homme hors de lui-même,
que serions-nous?

28 avril 1876.

Dans un seul vers, Horace a caractérisé l'art d'écrire
(*Art poétique*) :

Omne tulit punctum qui miscuit utile dulci :

ce qu'on peut traduire ainsi : « Celui-là a remporté le
prix des prix qui a su mêler l'utile à l'agréable ».

Il ne se contente pas de donner le précepte, il y joint
souvent l'exemple; mais pour arriver là quel chemin
faut-il prendre?

Le grand moyen du législateur du Parnasse latin,
c'est : *Sæpe stylum vertas*, c'est-à-dire corrigez et surtout
effacez.

Mais si j'efface toujours, il ne restera rien.

Tant mieux, morbleu! tant mieux.

Vaut mieux rien que du médiocre.

Vous voyez que je suis peu docile aux leçons du maître, moi qui vous écris tous les jours sans passer le
style, et autrement il ne resterait presque rien. J'ai
l'audace de dire presque, comme le prédicateur devant
le grand roi.

Nous pourrions tous ou presque tous suivre, je crois,
les règles les plus importantes. Écrire souvent, *nulla
dies sine linea*, bien posséder son sujet, éviter toute in-

correction, fuir les à peu près, rejeter, c'est là le hic, toute expression triviale, n'être ni trop long ni trop court, ne rien se pardonner à soi-même pour n'avoir pas à demander le pardon des autres. A ces préceptes qui sont à peu près comme la grâce suffisante des bons pères Jésuites dont Pascal se moqua, à la grâce efficace il faut encore ajouter quelque chose; ce quelque chose, plus puissant que tout le reste : c'est la lecture des maîtres. C'est par là qu'il faut commencer, c'est là qu'il faut revenir sans cesse. Beaucoup de maîtres sont bons à lire, mais un petit nombre est bon à étudier; dans les autres il faut choisir.

Je serai bien aise d'apprendre que Claudine et Claude ont été aux Français assister aux adieux de Mme Arnoult-Plessis. Il est bon de retenir le souvenir du *Misanthrope* tel qu'elle l'a compris. Célimène est encore la pierre de touche des grandes actrices.

Si Claude a le temps de bien préparer son examen, s'il se passe dans de bonnes conditions, il aurait probablement tort de s'effrayer de la concurrence qu'il rencontrera. C'est à être bien prêt qu'il doit viser et à ne pas s'effrayer mal à propos.

1er mai 1876.

Montaigne dit :

Me trouvant entièrement dépourvu et vide de toute autre matière, je me suis présenté moi-même à moi comme argument et comme sujet.

L'on ne voit pas ce qu'il pouvait faire de mieux, ayant une fois mis la main à la plume. Soit dans le passé, soit dans le présent, que pouvait-il trouver de préférable à lui-même? Ce n'était pas du reste un petit travail que celui qu'il entreprenait. L'a-t-il toujours accompli avec la fidélité qu'il semblait promettre? On peut en douter. Mais n'importe, qu'il ne se soit pas toujours vu tel qu'il était, qu'il ait reculé devant un portrait trop ressemblant, c'est un péché qu'on peut lui pardonner; son livre n'en est pas moins un merveilleux livre. Tout ce qu'on a à y gagner ne peut pas se dire.

Dans tous les temps, il y a eu dans la société des classes diverses, classes qui imprimaient aux hommes qui les constituaient des caractères tout différents les uns des autres. Les femmes qui appartenaient à ces classes avaient également chacune selon son ordre des manières qui empêchaient qu'on ne confondît la femme d'un bourgeois de la rue Saint-Denis avec celle d'un conseiller au Parlement ou avec la femme d'un duc et pair. Tout ce monde-là se connaissait intrinsèquement tout en cherchant à passer de sa classe dans la classe supérieure.

Colbert mariait ses deux filles, l'une au duc de Brinvilliers, gouverneur du duc de Bourgogne, l'autre au duc de Chevreuse. Les deux gendres ne se trouvaient pas mal politiquement et financièrement parlant de l'alliance du grand ministre du grand roi. Plus tard, à la fin du même règne, Chamillard mariait, sous la pression du roi, ses deux fils à deux filles de gentilshommes de la cour. Ces deux donzelles se croyaient perdues à tout jamais. Les deux Chamillard n'apportaient rien à leurs femmes qui pût compenser leur trivialité. Telle était la vie du monde, telle elle est encore chez certaines gens. Les mariages chaque jour se font dans les mêmes conditions et produisent les mêmes effets.

Bien choisir son monde est nécessaire à l'homme pour ne pas arriver à dire ce que Molière a si bien dit et que je ne veux pas répéter. Tout pourtant s'est un peu métamorphosé et la vanité a souvent pris la place de la prétention, mais la prudence est toujours utile. J'en ai peut-être dit assez, si je continuais je pourrais arriver à dire ce qu'on doit ne laisser que soupçonner. C'est à moi que la prudence est nécessaire. J'ai souvent la même précaution à prendre. La glose ne doit pas être plus véreuse que le sujet.

---

6 mai 1876.

Les plus grands travaux de l'esprit lorsqu'ils ne développent pas chez l'homme le sens moral, et même à un haut degré, ne constituent qu'un petit avantage dont il faut bien se garder de tirer gloire tout habile que l'on soit dans sa science, dans son art, même dans l'art d'écrire. Il faut encore autre chose, sans quoi vous n'êtes, pour ainsi dire, moins que rien. Le sens moral, qui ne tergiverse jamais, établit sa grande supériorité. Si l'on cherche pourquoi Homère a conservé son rang dans le monde, et toujours le premier, ce n'est pas à autre chose qu'il le doit. Tous nos écrivains du dix-huitième siècle et les autres depuis, malgré leur tendance philosophique, ne sont jusqu'à un certain point que des hommes ordinaires, des hommes du second et du troisième ordre. Dans le dix-septième siècle, il y a toujours quelqu'un au-dessus d'eux.

Il ne faut pas t'étonner de me voir si souvent préconiser la même idée, y revenir à toute occasion. Cette idée a une valeur qu'on ne saurait trop se mettre dans

l'esprit. Pour peu que, dans ta vie, tu te trouves mêlé aux
questions d'affaires et de relations de société, et pourquoi n'y serais-tu pas? tu verras de quelle importance
il est d'y porter un esprit sur lequel les autres puissent
toujours compter, qui soit, pour ainsi dire, pour les
hommes faibles et incertains, comme il y en a tant, un
guide infaillible. On n'arrive à cette fermeté de jugement, à cette lucidité que par un travail de tous les
jours, non pas, bien entendu, par des travaux *ad hoc*,
mais en veillant sur tous les jugements que l'on peut
avoir à porter, dans les petites choses comme dans les
grandes; en visant toujours à avoir raison, sans en avoir
la prétention.

———————

9 mai 1876.

Ce ne serait pas beaucoup se tromper que de dire de
Montaigne que, pour ainsi dire, par l'éducation qu'on
lui a donnée, on a presque fait de lui tout ce qu'il a été.
Si on supprime de son domaine intérieur ce qu'il savait
de Virgile, d'Horace, de Cicéron, de Sénèque, etc., il
ne restera pas grand'chose. Mais si l'enchaînement qu'il
a su mettre aux idées des autres mêlées aux siennes, on
le lui retranche, à quoi serviront tous ces Latins, sans
parler d'Amyot? Les plus grandes connaissances acquises
ne font qu'un érudit : il faut bien autre chose pour faire
un philosophe, un moraliste, un penseur; je ne dis
rien des savants. Ceux qui croiraient qu'en apprenant
par cœur tous les Grecs et tous les Latins qu'ils deviendraient des Montaigne se tromperaient beaucoup, ils
resteraient probablement des ânes comme il y en a de
trop.

———————

10 mai 1876.

Ce qui en apparence fait notre faiblesse dans les choses religieuses et ce qui pourtant constitue notre force, c'est notre ignorance, ignorance qui n'est pas complète, mais qui laisse percer en nous une doctrine qui établit la conscience et les idées morales, les seules choses dont nous ayons besoin.

J'ai vécu, donc je vivrai.

Ce n'est pas seulement un sentiment qu'un autre sentiment peut effacer, c'est une doctrine que tout corrobore, le mal comme le bien, le faux comme le vrai, et à laquelle on ne peut pas échapper.

J'y trouve tout, dans cette doctrine dont j'ai besoin, pour éviter les absurdités et les ignominies du matérialisme, et grâce à elle les superstitions sur lesquelles on a cherché à satisfaire les faiblesses humaines me sont complètement inutiles.

Je n'explique rien, mais les combinaisons innombrables de la nature me suffisent pour me faire admettre le merveilleux des choses sans miracles.

Il faut savoir se contenter de l'idée générale sans en sortir. Les plus petits détails deviennent non seulement embarrassants mais inexplicables. Ce sont là les saintes obscurités de la Foi.

L'intelligence et le corps font essentiellement partie de l'homme. Nous ne pouvons pas conserver l'un sans l'autre. Je ne veux pas aller plus loin, j'arriverai à des détails dont personne n'est sorti à son honneur. L'obscurité est mieux ici : il faut savoir l'accepter.

Bossuet a dit : Nous sommes certains de la prescience de Dieu, nous sommes certains aussi que le mal est sur

la terre par le fait seul de la créature. Ces deux faits,
comment les accorder? Ne pouvant nier aucun de ces
deux faits, abstenons-nous.

---

11 mai 1876.

Il y a des maisons que l'on fréquente pour ainsi dire
par routine sans avoir rien à y apprendre, ni rien à y
prendre. Il y avait jadis dans ce qu'on appelait la société
française des salons, peu nombreux à la vérité, où n'était
pas admis qui voulait, mais où on tirait toujours parti
ou agrément de sa réception. Mais, dans ces salons, on
n'y était bien vu qu'autant qu'on sût payer de sa personne d'une manière générale ou du moins à l'occasion,
ce qui n'est jamais facile.

Les causeurs habiles sont aussi rares que les grands
orateurs. Cicéron, qui était un maître dans cet art, a
donné dans son traité *De officiis*, au troisième livre, je
crois, un petit modèle de ce qu'on doit être dans la conversation; il joint pour ainsi dire l'exemple au précepte.
Le point important, c'est de savoir parler et savoir se
taire à propos.

Lorsqu'on a vécu un peu dans le monde, qu'on y a
pris plus ou moins sa part de ce qu'il a de bon et de
mauvais, il est difficile, si l'on se trouve réduit à l'isolement, à n'avoir de rapport avec personne, qu'on ne
sente pas le besoin d'en avoir avec soi-même, de se
passer en revue soi et son temps. C'est un peu comme
cela que nous sont arrivés beaucoup de mémoires sur
l'histoire de France, mais le principal travail de ce
genre, travail qui fait l'honneur de son temps et même

des temps suivants, ce sont les Mémoires de Michel,
seigneur de Montaigne, que je m'étais réservé de lire
arrivé à un certain moment de la vie, moment que j'ai
déjà passé, mais qu'un incendie insolite a supprimé
de ma bibliothèque avec beaucoup d'autres. Comme je
ne lis plus ou guère, c'est une perte que je laisserai le
soin à d'autres de réparer.

Montaigne est un écrivain qui ne convient pas à tout
le monde : ses doutes universels ont souvent blessé les
hommes de Port-Royal, qui à l'occasion dans leur logique l'ont assez rudement maltraité, sans avoir tout à fait
tort. Nul ne savait mieux ce qu'il allait dire et nul ne
savait mieux ce qu'il disait. Ce n'est pas sur son temps
ni sur les hommes de son temps qu'il a écrit, mais sur
lui-même et sur l'homme en général. Je regrette de ne
pas l'avoir; ses doutes ne me font pas peur, de temps en
temps j'en lirais un chapitre; quelques-uns sont longs,
et par sa manière d'écrire ils ont besoin d'être relus
plusieurs fois de suite. Il connaissait bien ses auteurs
latins; il dit quelque part : « Je viens de lire Tacite tout
d'un fil. » Dans l'édition que j'avais, toutes ses citations,
et elles sont nombreuses, étaient traduites au bas des
pages.

Nantes, 23 mai 1876.

Il ne faut être ni trop raffiné ni trop indifférent sur
les choses du palais; le bon goût en toutes choses se
reporte d'un point à un autre. La dépravation d'un sens
peut bien être le signe qu'un autre chez nous n'est pas
développé, tout se tient et s'enchaîne dans l'homme.

Certaine déesse de la beauté n'est pas plus l'essence

complète de la femme qu'Hercule Farnèse n'est l'essence de l'homme. Tous les deux brillent par certaines qualités, mais d'autres leur manquent. L'harmonie n'existe pas dans leur tout, Phryné n'est pas Aspasie, ni Milon de Crotone Apollon. De peur de nous perdre dans des distinctions futiles, sachons distinguer le vrai médoc du saint-émilion, mais ne nous égarons pas dans la connaissance des deux crus contigus. Un premier palais est une cause de fortune à Bordeaux; mais à l'Académie française ou à l'Académie des sciences, il ne serait pas apprécié.

Nantes, 25 mai 1876.

Tous les corps d'état ont une mère, qui, lorsque l'ouvrage ne marche pas, donne l'hospitalité aux ouvriers qui n'ont pas de domicile. Hier comme je passais rue de l'Arche-Sèche, je voyais cloué le long d'un mur d'une maison une couronne de fleurs naturelles, alors je supposai que cette maison était celle de la mère des maçons. Demain c'est l'Ascension, jour de leur fête, et dans leur lutte contre leurs patrons, quoiqu'ils aient été battus, ils n'en célèbrent pas moins leur fête historique : l'hommage dû à la mère lui sera rendu en grande pompe. Elle sera nécessairement du dîner où se trouveront tous les dignitaires de l'ordre du compagnonnage. Les jalousies du métier ont disparu. La mère seule est restée : elle a toujours son rôle.

Jollet et Babin ne se sont pas contentés de leur grand navire *Yvonne et Marie :* ils en ont lancé un autre hier au soir, *la Banque,* je crois. Or *la Banque* a glissé sur l'eau comme sur de l'huile, sans avoir l'air de faire le moindre effort. Ces deux succès vont remonter l'honneur de leur chantier, mais le bisquement de la jeune *Gabrielle* est toujours là

Æternum servans sub pectore vulnus.

La foule était beaucoup plus modeste que pour l'*Yvonne*.

Dans cette opération de la mise à l'eau d'un grand navire, Guibert, l'ancien constructeur, sur ces mêmes parages avait bien la dignité et la valeur d'un vrai commandant en chef. A ses derniers ordres, le navire semblait sentir une étreinte suprême et impatient s'élançait dans la masse liquide.

Aux dernières élections générales de notre conseil municipal, les conseillers du deuxième canton (canton de Saint-Pierre) ont vu leurs élections annulées par le conseil d'État pour certains défauts de forme. Dimanche dernier, les électeurs ont été appelés pour de nouvelles élections : il y avait six conseillers. Lareinty était du nombre, mais il a donné sa démission; il s'est réservé pour les travaux du Sénat, comme sénateur selon sa capacité, et comme légitimiste selon son bon vouloir; à sa place, on a porté notre ancien maire, l'amiral de Cornulier. Les six conseillers cléricaux l'ont emporté à une immense majorité, les candidats démocrates ont tous échoué; ça été comme une liquidation générale de la république pour un quartier de notre ville. Si on avait du courage, le même résultat pourrait avoir lieu dans toute la ville.

Pour obtenir dans le monde une certaine place, on ne peut guère y arriver sans une tactique et un calcul.

Il ne suffit pas d'être ferme dans les principes qu'on a adoptés, sans sortir d'une même ligne générale, il faut savoir se plier aux circonstances pour se rendre accessible, sans quoi vous êtes abandonné par tout le monde, vous n'êtes pas un homme pratique, car dans la vie politique la pratique des choses est indispensable. Cette pratique des choses a manqué aux légitimistes, et ils ont croulé sans avoir espoir de retour, et avec eux ils ont peut-être entraîné les d'Orléans ; nous sommes aujourd'hui ce que nous avons toujours été, des légitimistes sans raison et peu nombreux, des bourgeois sans jugement, sauf, par suite du dévergondage des idées, un soi-disant plus grand nombre de républicains.

Nous nous sommes ralliés et nous nous rallierons encore à tout pouvoir n'ayant même qu'une apparence de force ; nous ne sommes que des hommes de paille. On ne rencontre chez nous ni jugement ni raison ; nous allons comme on nous mène. Personne ne peut sérieusement compter sur nous. C'est surtout en 1830 et en 1848 que notre médiocrité se fait voir. Nous ne sommes point faits pour agir, nous ne sommes bons que pour obéir.

Nantes, 27 mai 1876.

La toilette est plutôt faite pour dissimuler les défauts que pour faire valoir les qualités. Elle est utile à tout le monde, à tous les âges, à l'enfance, à la jeunesse, à l'âge mûr, à la vieillesse ; bien peu sont en état de s'en passer. Ceux-là sont malheureux que la toilette n'embellit pas, ou du moins ne rend pas supportables. Dans les assemblées publiques, les hommes comme il faut se reconnaissent à leur toilette. Dans une réunion, où par hasard je me trouvais, un certain nombre de personnages étaient là par curiosité. Sur les jeunes gens, quatre ou cinq seulement avaient une toilette irréprochable, tous, bien entendu, avaient des gants blancs qu'on mettait pour la première fois; tout le reste de la société était vulgaire. Si la toilette est trop chère, il faut savoir s'en passer, mais se passer aussi des réunions où elle est comme nécessaire.

Sans l'influence qu'elle exerce chez tous les esprits comment expliquer chez tous les peuples le goût de la toilette, de l'élégance? comme on dit. Ce n'est point un caprice, une bizarrerie de l'esprit, c'est une condition pour ainsi dire de la vie, condition à laquelle personne n'échappe, pas plus une classe que l'autre.

Don Juan trouve que les habits de deuil avaient donné un air de nouveauté à sa femme abandonnée, il en redevient presque amoureux.

De pareilles scènes se rencontrent partout. La toilette a ses lois, ses règles auxquelles il faut se soumettre à peu près coûte que coûte; c'est bien quelquefois un malheur qu'on évite par une certaine dextérité. D'un excès il faut savoir ne pas tomber dans un autre.

---

28 mai 1876.

M. Bertrand a paru satisfait de la direction que tu as donnée à ton travail; sa bienveillance a été pour toi toute particulière.

M. Bertrand t'a promis deux billets pour la séance de l'Académie où M. Dumas, comme récipiendaire, prononcera l'éloge de M. Guizot.

M. Guizot a joué un grand rôle sous les dix-huit années de Louis-Philippe, il a été le premier orateur de son temps. A-t-il été tout ce qu'il pouvait-être ? C'est une autre question, mais de sa personne il en reste assez pour que M. Dumas trouve abondamment à en parler. M. Taillandier ne sera pas embarrassé pour savoir ce qu'il dira de M. Dumas, il a la parole facile et même élégante ; dans cette occasion, ce sera à lui de se modérer. Tout n'est pas excellent dans la vie de M. Guizot, il s'en faut de beaucoup ; sa force consistait surtout dans la confiance qui était en lui et dans son mépris pour les autres. Ce mépris qu'il témoignait à ses adversaires, on ne peut guère le condamner : il était justifié. L'autre côté n'est pas si plaisant, il s'est quelquefois oublié jusqu'à se nuire à lui-même.

Si tu pouvais arriver à faire un travail sérieux ayant une certaine nouveauté, tu peux croire que par là tu parviendrais à causer à M. Bertrand une véritable satisfaction.

Nantes, 3 juin 1876.

Montaigne dans un chapitre sur l'usage du vin, chapitre qu'il désigne d'un autre nom, dit que Platon défend aux hommes qui n'ont pas les quarante d'en mal user, mais qu'il ordonne à ceux qui ont passé les quarante de s'y plaire. C'est là un conseil que beaucoup de gens qui n'ont pas lu Platon suivent volontiers et plus que volontiers. Il est pourtant fort douteux que le vin pris plus que modérément, même à des intervalles assez éloignés, ne soit pas un mauvais stimulant ; l'homme n'a qu'une dose de forces à dépenser, pour se conserver longtemps

il faut qu'il la ménage, et chaque jour il ne doit en con-
sommer que ce qui lui est indispensable. Horace donne
le même conseil à Virgile :

Bonum est desipere in loco

« A l'occasion il est bon de cesser d'être sage ».

Nantes, 4 juin 1876.

On s'imaginerait volontiers qu'il faut avoir du dévouement, presque des convictions, pour pouvoir, pour ainsi
dire tous les jours, sous les ordres d'un chef qui vous
paie au jour le jour, à la quinzaine ou au mois, mettre à
peu près les mêmes idées et dans le même style : on a
pu écrire ainsi pour la royauté, de la royauté passer à la
royauté constitutionnelle, de celle-là à l'empire, de l'empire revenir à la république : c'est là le rôle que beaucoup de gens ont joué et jouent encore. C'est, du reste, le
véritable métier de la C... Par malheur, quand on est
arrivé à la capacité de mettre des mots à la suite
les uns des autres, c'est là une capacité dont il faut
tirer parti. On possède l'instrument, il s'agit de le mettre en œuvre.

Dans les dernières années de la Restauration, une
société s'était constituée sous le nom de : *Aide-toi, le ciel
t'aidera*. Elle était parvenue à exercer sur les esprits une
influence souveraine : M. Guizot n'y échappa pas. Cette
société, révolutionnaire avant tout, travaillait par des
moyens en apparence légaux à la destruction du pouvoir. Tous les députés étaient choisis par elle ; dans toute
la France elle avait des affiliations. A ceux qui se présentaient comme candidats on leur demandait : Quel mal

17

pouvez-vous faire à la royauté? C'étaient là les degrés de capacité sur lesquels on les jugeait. C'est avec cette société que les 221 redevinrent les 221. Les électeurs ne s'occupaient nullement de ce qu'étaient les candidats, ils obéissaient à la lettre.

C'est ce bel ordre qui nous a amené 1830 et tout ce que nous avons eu depuis. La presse et les élections ont fait autant de mal qu'il leur a été donné d'en faire. C'est la seule chose que nous ne sommes pas arrivés à comprendre, et pourtant nous nous croyons bien fins.

Sur un pareil sujet il vaut mieux se taire que d'aller trop loin. On ne doit jamais désespérer de soi-même, d'ailleurs ce qu'une génération n'a pas fait une autre peut le faire; les générations qui se suivent sont les anneaux d'une nation. Elles ont toujours pour elles, la jeunesse, l'intelligence et la force; avec le temps nous nous en allons, mais d'autres restent pour nous remplacer. Je puis le dire des vivants, dit Jéhovah.

Comme nous marchons, tant dans la politique que dans l'administration, tout a l'air de marcher pour le mieux, aux yeux de certaines gens, tandis que tout va pour le plus mal. Nous dégringolons tous les jours de proche en proche, c'est la matière qui l'emporte; l'ordre qui règne ou qui paraît régner est un ordre factice, de tout cela il ne peut rien sortir de beau, de grand, et par conséquent d'utile : le terre à terre est le seul élément qui domine partout. Veulent-ils arriver à l'ordre matériel, c'est la mort. Voilà ce qu'il faut comprendre et ce que nous ne comprendrons jamais. Nous sommes trop descendus pour pouvoir rester dans l'état où nous sommes, et pour sortir de cet état-là il faut des efforts dont nous sommes incapables.

Nantes, 6 juin 1876.

Ce Villeroy dont M. Lacroix vous a lu un portrait, ce portrait tracé par Saint-Simon, était le fils du gouverneur de Louis XIV; il devint lui-même le gouverneur de Louis XV. Saint-Simon en parle en plusieurs circonstances et le traite assez mal. Exilé, pour ainsi dire, il fut rappelé par l'influence de Mme de Maintenon qui avait besoin d'amuser le roi à qui de vieux amis et de bons vieux contes étaient pour ainsi dire nécessaires. A sa mort, le roi le nomma gouverneur de Louis XV. Saint-Simon raconte comment le régent se débarrassa du maréchal. Je ne veux pas te raconter l'anecdote, ce serait un peu trop long, mais elle est très curieuse à lire; chez, le maréchal c'est toujours la même outrecuidance.

Julie était seule pour recevoir M. Valentin; il eût été un convive aimable, il ne manque ni d'amabilité ni de gaieté.

Pour écrire comme pour parler, il faut au moins avoir quelque chose à dire. Si le public ne vous fournit rien, il faut s'adresser à soi-même; c'est dans sa conscience qu'il faut puiser les ressources de son langage, c'est là qu'est la source de vie, comme ce puits d'eau vive où Jésus-Christ puisa pour donner à la Samaritaine.

10 juin 1876.

M. Boissier a enfin conquis sa place à l'Académie, il remplace M. Patin. A la première séance qui va avoir lieu après sa nomination, Claudine et Julie pourront difficilement se dispenser d'aller joindre leurs félicitations à celles du nombreux public d'élite qui va s'empresser de le fêter.

———

Une loi, sous je ne sais quel régime, dans un intérêt de morale publique, avait ôté aux cabaretiers et aux débitants de vin et liqueurs le droit d'être maires ou adjoints : mais c'est au cabaret que se font les élections; les députés libéraux, plus conséquents avec eux-mêmes, ont rendu ou proposent de rendre ce droit à ceux qui n'ont d'autre mission que de troubler la raison.

Nohant a eu son grand deuil. Quelle est la voix littéraire qui osera prononcer l'oraison funèbre de George Sand? Quel est celui de qui on pourra dire ce que Mme de Sévigné a dit de l'évêque de Meaux à l'occasion du grand Condé : « M. de Meaux s'est surpassé ». Celui de qui la sympathie et la voix semblaient avoir tout ce qu'on pouvait attendre, Sainte-Beuve, a disparu de ce monde.

Il y a peu d'hommes, même parmi les premiers, dont on ait pu faire l'éloge sans réticence.

Je commence assez mal Mme Sand, mais il me semble qu'on peut se demander ce qu'elle faisait, ce qu'elle disait en 48 et en 70, c'est là une tache qu'on n'aimerait pas connaître dans sa vie. Le sens moral paraît lui avoir manqué aussi à elle; elle s'est rétréci le cœur sans que l'on sache trop pourquoi, il ne suffit pas d'avoir le premier rang dans le domaine des lettres; elle devait comprendre qu'on pouvait exiger d'elle quelque chose de plus : elle a fait trop bon marché d'elle-même. Il y a certaines liaisons qu'on ne lui pardonne pas d'avoir pratiquées. La vie de certains personnages appartient à tout le monde.

Sans faire aucunes réflexions sur la conduite de Mme Sand, qui dans la circonstance n'a rien d'extraordinaire, on peut dire d'elle en général que la raison et le bon sens n'ont pas toujours présidé à sa conduite et à ses idées. Son imagination lui a souvent dicté des idées que son cœur pouvait difficilement approuver et que son esprit ne pouvait guère admettre. Ceux qui la prennent pour ce qu'elle a été, sans en chercher plus long, sont peut-être les plus raisonnables. Il y a beaucoup à prendre, beaucoup à laisser, selon l'âge, le temps, le milieu dans lequel on a vécu. On peut regretter cela sans avoir rien à lui enlever qu'elle n'ait pas été tout ce qu'elle aurait pu être. C'est peut-être demander au delà de ce que sa nature comportait. Qu'elle ait été un grand écrivain, mais a-t-elle été un grand esprit? N'est-ce pas cela qui lui a manqué à elle comme à beaucoup d'autres.

RÉSUMÉS DES COURS DE L'ÉCOLE SUPÉRIEURS DES SCIENCES ET DES LETTRES DE NANTES.

Le professeur de lettres a choisi pour sujet de ses leçons non pas ce qu'on appelle généralement des ouvrages de littérature, ouvrage où l'auteur se révèle beaucoup plus que l'homme, mais des mémoires où l'homme au contraire se manifeste beaucoup plus que l'écrivain. Pour un public qui n'est pas très lettré, ce genre d'étude offre ordinairement beaucoup plus d'intérêt, d'autant qu'il arrive quelquefois que le même homme a brillé par exemple par l'épée et par la plume. Tel fut Agrippa d'Aubigné, vaillant soldat, calviniste indomptable, qui fut fidèle à Henri IV jusqu'au jour où le Béarnais quitta le prêche pour la messe, et auteur en même temps d'un grand nombre d'ouvrages en prose et en vers, dans lesquels, comme sur le champ de bataille, il déploie une grande énergie et une orignalité audacieuse.

M. A., c'est le nom du professeur, le regarde comme un des pères du romantisme. Ce rude jouteur l'a occupé pendant plusieurs séances, mais je n'ai assisté qu'à la dernière dans laquelle il a lu plusieurs passages de ses œuvres dont quelques-unes justifient l'opinion qu'il voulait donner à ses auditeurs du grand-père de Mme de Maintenon, qui fut, elle aussi, un écrivain de valeur, mais une doucereuse et impitoyable catholique. La vieille coquine, malgré le souvenir de son aïeul, ne resta pas étrangère à la révocation de l'édit de Nantes.

De d'Aubigné il a passé à Sully, personnage bien différent. Agrippa était un homme tout d'une pièce n'acceptant point ces transactions qui sont pourtant la base de la conduite de la plupart des hommes. Le baron de Rosny, comme son maître, se serait fait papiste, Turc même s'il eut jugé cela nécessaire. Calviniste de naissance, à onze ans Sully fut présenté à Henri IV alors roi de Navarre, auquel il resta attaché toute sa vie, sauf une petite infidélité de quelques mois pour le duc d'Alençon; il avait six ans de moins que son maître. Lors de la Saint-Barthélemy, il était à Paris; grâce à un costume d'écolier et à un livre de messe, il se sauva dans un collège où le principal le cacha pendant trois jours et le déroba ainsi aux assassins. Henri ayant profité d'une partie de chasse pour se sauver des pattes de Catherine, Sully fut un de ses compagnons.

Comme cadet, il était le second de quatre frères, il n'avait que la cape et l'épée, mais son esprit d'économie, esprit dont il sut plus tard tirer un si bon parti au profit des finances royales, le mit promptement à même de faire une certaine figure à l'armée; comme les autres, il eut bientôt écuyer, pages, etc.; à la vérité, il savait s'aider de certains moyens qui font plus d'honneur à son savoir-faire qu'à sa qualité d'homme d'épée. Il faisait acheter à bon marché dans la Flandre des chevaux, des courtaux comme on les appelait, qu'il revendait fort cher dans la Gascogne.

Afin de mieux connaître son métier d'homme de guerre, il avait voulu commencer par être simple soldat et il maniait un mousquet comme le plus habile. Très actif, très grand observateur, il étudiait avec soin toutce qui avait rapport à l'artillerie, à la défense et à l'attaque des places et, jeune encore, il rendit dans plusieurs circonstances des services qu'on n'attendait pas de lui.

Intrépide comme un aventurier, il reçut souvent des

reproches du roi qui le grondait de s'exposer sans nécessité.

A vingt et quelques années, il songea à se marier; la
fille d'un président au Parlement paraissait destinée à
devenir Mme de Rosny; elle avait de l'esprit, de la grâce,
de la beauté, elle aimait les succès du monde, et était
peut-être un peu coquette. M. Anthoine l'affirme; dans
le même temps, Rosny entend parler d'une jeune héritière de grande extraction et de grands biens, Mlle de Courtenay; naturellement cela le fit réfléchir, il resta ou
parut rester quelque temps dans l'incertitude. Un jour,
passant à Nogent-sur-Seine, il descend dans une hôtel-
lerie où par une coïncidence fortuite se trouvaient les
deux jeunes beautés; l'une dans tout son éclat, l'autre
beauté naissante, mais qui promettait. A laquelle des
deux allait-il d'abord présenter ses hommages. Le pas
était décisif (il passo è periglioso); heureusement que la
sagesse sous la figure de Minerve vint se montrer à lui,
comme Homère nous la montre se faisant voir à Achille,
au moment où, emporté par la passion, il allait se précipiter sur le roi des rois. Mlle de Courtenay, après être
devenue Mme de Rosny, ne vécut que quelques années.
Pendant un séjour à Sully-sur-Loire, elle fut emportée
par une maladie pestilentielle. Dans la prochaine séance,
nous nous entretiendrons, etc., etc., obs. Retiré dans ses
terres et voulant transmettre à la postérité le souvenir
des faits et gestes de son royal maître, ainsi que les siens
propres, Sully chargea quatre secrétaires de mettre en
ordre des notes de sa main ou qu'il avait dictées et de
rédiger les Économies royales. Ce qui donne un caractère particulier à ses mémoires, c'est qu'ils sont écrits
à la seconde personne, l'auteur se fait raconter à lui-

même ce que lui-même savait et pouvait dire beaucoup mieux que personne.

Quoique simple dans son intérieur intime, il n'oubliait jamais ni son rang ni ses dignités, et des dignités il en avait à n'en plus finir. On explique facilement le style pompeux de quatre humbles secrétaires s'adressant à leur illustre seigneur; mais si vous le lisez, vous avez dû faire la même remarque, à moins que votre édition ne soit une édition arrangée pour les gens du monde.

———

10 mars 1871.

La tâche que je me suis imposée de vous envoyer le résumé des cours d'histoire et de littérature conviendrait bien mieux à Claude qu'à moi, plus tard il faudra aviser.

La seconde leçon sur Sully était moins intéressante que la première. Dans la première, il se mêlait encore un peu de l'Agrippa, ce qui ne nuisait point au tableau. Il fait un très vilain temps, rien de mieux à faire que de barbouiller du papier.

Puisque Sully a écrit des mémoires sur les événements de toute sa vie, c'est là qu'il faut l'étudier si on veut bien le connaître. Ces mémoires, à la vérité, ne sont pas de sa main, mais ils ont pour ainsi dire été écrits en sa présence, sous ses yeux, par quatre secrétaires depuis longtemps attachés à sa personne.

Ils ont été imprimés dans son château même par quatre imprimeurs hollandais.

En sa qualité de premier ministre du roi de France, il se passa de l'approbation des censeurs royaux. Tout était seigneurial dans l'auteur des économies royales. Ces quatre secrétaires ont peut-être donné à leur style une pompe un peu exagérée, mais ils n'ont point altéré le caractère, les mœurs, les habitudes de leur seigneur. Une forme constamment simple et naturelle eût été en contradiction avec les allures du duc, comte, baron, seigneur de tant de lieux, grand maître de l'artillerie, surintendant des finances, etc., etc., et qui marchait quelquefois dans Paris avec un cortège de cinq cents personnes.

La pompe, l'éclat l'accompagnaient partout, sans pourtant qu'il s'y trouvât trop d'orgueil; c'était une manière d'être qui lui était propre et qui avait presque un caractère de simplicité. Rosny avait les qualités et les défauts des hommes de son temps, intrépide comme un partisan, il fit la guerre de buissons, la petite guerre avec son maître.

Lorsque Henri commença à avoir une armée, son compagnon d'armes commandait l'artillerie à Courtrai; il avait deux canons et une couleuvrine et il en tira si bon parti qu'il contribua beaucoup au succès de la journée. Il ne négligeait pas les occasions de s'enrichir; ses secrétaires lui racontent qu'à la prise de Rodez, je crois, il donna à porter à l'un d'eux une cassette de fer qui contenait quatre mille écus. Pareilles aubaines se présentaient de temps en temps; le butin, le pillage étaient pour lui comme pour un simple soudard un droit légitime.

Henri, à qui sa situation, à la vérité, imposait d'autres devoirs, et qui portait en lui des sentiments de grandeur, de générosité, d'humanité, avait des idées très différentes. Il cherchait à civiliser la guerre; à Saint-Maixent, où il entra de force à la tête de ses troupes, tout fut respecté et du même coup les habitants reconnurent leur vainqueur et leur souverain.

C'est Rosny qui le raconte ; il admirait son maître, mais à l'occasion il ne l'imitait pas. A la bataille d'Ivry, blessé en plusieurs endroits, il restait presque seul où il avait combattu ne sachant pas ce qui s'était passé ; il vit venir à lui quatre officiers dont l'un portait la cornette des Mayenois, qui, l'ayant reconnu, se rendirent à lui comme prisonniers.

Après être resté quelques jours dans un château pour faire soigner ses blessures, il alla retrouver Henri IV qui était à Rosny.

En tête marchaient ses écuyers et ses pages, puis son cheval de bataille portant ses armes fracassées ; il venait après, porté sur un brancard richement disposé ; derrière lui étaient ses prisonniers, puis enfin ses hommes d'armes. Henri, qui était à la chasse, le rencontra, sourit probablement, et l'embrassa.

Le professeur a cité d'autres passages, mais vous les connaissez mieux que moi ; je me dispense de les rappeler.

Ce ne fut pas seulement comme batailleur, comme homme de guerre, et plus tard comme administrateur que Sully rendit des services, il se distingua aussi comme négociateur ; en Italie, en Suisse et auprès de maître Jacques, homme de transaction, il engagea Henri à se confesser le plus promptement possible.

Sully n'était point sans doute un homm de génie, ce n'était point une de ces supériorités qui se révèlent du premier coup, qui prennent leur place d'emblée, comme Richelieu par exemple ; mais actif, laborieux, persévérant, industrieux, économe, lorsque le moment fut venu, il contribua beaucoup à la grandeur du maître auquel il avait été fidèle dans la mauvaise fortune. Sans sortir des sentiers battus, par une surveillance à laquelle la mauvaise foi, le vol, le brigandage n'échappèrent pas, il sut rétablir les finances, il avait même amassé des sommes considérables pour une grande entreprise (une femme et son entourage dissipèrent ce trésor en futilités).

Peu à peu, avec le temps et comme par degrés, Sully était devenu nécessaire au roi et à la France. Ses attributions, ses dignités croissaient, pour ainsi dire, de jour en jour; et c'était à l'Arsenal qu'Henri se rendait, dans un jour de tristesse et de prévision fatale, lorsqu'il fut frappé dans la rue de la Ferronnerie.

Le professeur a l'air d'accuser le grand ministre d'avoir montré de la faiblesse dans ce triste moment. Comme je n'ai pas bien entendu, je n'ai pas bien compris ce qu'il voulait dire. Sully n'était point un homme avide avant tout de pouvoir et d'honneurs, il était profondément attaché à Henri IV dont il admirait les qualités et le grand esprit.

Il connaissait la reine et son entourage et il ne pouvait pas douter que c'en était fait de la politique du règne. En admettant qu'il eût conservé des illusions, elles furent promptement dissipées : le trésor qu'il avait amassé devint la proie des courtisans, la France retomba dans l'anarchie et la guerre civile, jusqu'au jour où une main puissante et sanglante rétablit l'ordre, mais prépara le despotisme.

Retiré dans son château de Sully-sur-Loire, il vécut encore plus de trente ans : il vit presque mourir Richelieu et Louis XIII. Peu de temps avant sa mort, il échangea son titre de grand maître de l'artillerie contre le bâton de maréchal de France. Ce fut sa dernière dignité.

Dans la prochaine séance, nous nous entretiendrons d'Henri IV lui-même et nous pourrons encore dire quelques mots de son compagnon d'armes.

C'est M. Anthoine qui parle.

Les deux professeurs font chacun deux leçons par semaine, ce qui fait quatre résumés, quatre jours de pris; il ne m'en reste plus que trois pour maudire Favre et Picard. On dit qu'ils ont voulu jouir en repos de leur gloire. M. Thiers, les larmes aux yeux, les a priés de rester. Où trouverait-il mieux?

14 Mars 1871.

Sully, tout désireux, tout avide même qu'il fût d'honneurs, de dignités, de fortune, n'oubliant jamais après le service d'en demander, d'en exiger la récompense, ne marchandait pourtant pas son devoir. Quand le danger se présentait, il ne reconnaissait à nul autre le droit de s'y exposer le premier et dans le conseil tout intérêt particulier disparaissait devant l'intérêt et la grandeur de son maître. C'est ce qui explique comment, malgré des brouilles, des querelles très fréquentes et quelquefois très vives, il n'y eut jamais de rupture. Le respect et le dévouement de l'un, l'amitié et la confiance de l'autre restèrent inébranlables jusqu'à la dernière heure.

Si, dans ces brouilleries, Henri avait quelquefois raison, son serviteur de son côté n'avait pas toujours tort. Souvent on aurait pu les condamner tous les deux. Henri, par exemple, n'avait pas raison lorsqu'après la bataille de Coutras, oubliant son devoir de général, il disparaissait à franc étrier pour aller porter aux pieds d'une divinité terrestre (Mme de Guiche) les trophées qu'il venait de cueillir, perdant gaiement le fruit de sa victoire.

Sully grondait, le roi s'en tirait comme il pouvait, tout prêt à recommencer.

Le professeur n'a pas cru devoir raconter toutes les aventures, toutes les équipées du vainqueur d'Ivry. Il voulait arriver à peindre la lutte qui s'engagea entre le roi et son ministre au sujet de celle de ces beautés qui exerça la plus grande influence, faillit compromettre la dignité royale et est la plus connue dans l'histoire.

Vous l'avez nommée avant moi, c'est la belle Gabrielle. Gabrielle à la chevelure blonde, aux yeux bleus et doux, au front pur, au nez droit et fin, à la bouche purpurine et qui à tous ces agréments joignait un caractère aimable...

Déjà souveraine avant la soumission de Paris, lorsque le Béarnais fit son entrée dans la capitale, elle marchait à la tête du cortège, dans une riche litière et portant un costume éblouissant de perles et de pierreries.

Cette beauté si douce, si séduisante, le surintendant ne l'aimait pas. Il trouvait qu'elle était dépensière, que ses élégances sans fin, ses toilettes qu'elle variait sans cesse, ses costumes de fantaisie coûtaient des sommes folles. Et encore n'était-ce là que la plus petite partie de son tourment. L'avenir de la France le préoccupait, le roi n'avait pas d'enfant et cette terrible Gabrielle était là comme un obstacle à toute alliance.

Peut-être nourrissait-elle une haute ambition.

Henri s'oubliait quelquefois, mais il avait en lui le sentiment de la dignité royale, telle que le temps, les mœurs et sa valeur personnelle l'avaient faite.

Il sentait que le caprice ne pouvait pas seul décider du choix d'une reine de France.

Par moments, il avait des faiblesses, mais il ne fallait pas trop s'y fier.

Je ne sais dans quelle occasion la duchesse de Beaufort, toujours la même Gabrielle, avait offensé Sully. Il fallait en venir à une explication en présence du roi. Pour se justifier, ou plutôt pour triompher, elle usa de toutes les ressources de la séduction, elle alla jusqu'aux larmes. Henri resta inflexible, ne reculant même pas à lui dire qu'entre elle et le compagnon de toute sa vie son choix était fait.

Force fut de céder, elle tendit la main à Sully.

Cette parole dure, trop dure peut-être, prouve qu'elle n'avait dans l'affection du roi qu'une place secondaire, place qu'une autre pouvait occuper comme elle. Faute d'une supériorité de caractère, elle n'avait pas pu devenir nécessaire.

Dans ses ennuis, dans ses chagrins, c'est à l'Arsenal que son royal serviteur allait demander un conseil et des consolations.

Cette situation aurait pu durer longtemps, il y avait des retours. Les quatre secrétaires racontent à Sully comment le roi vint un jour le trouver et pendant une promenade parla d'un mariage possible.

Il y avait trois conditions : que la princesse fût belle, douce et qu'on fût certain qu'elle donnerait des héritiers.

Après avoir passé en revue tout ce qu'il y avait de filles de rois, de princes, d'un rang à pouvoir devenir reine de France et de Navarre, il n'en trouva aucune.

Dans un pareil embarras, Sully conseilla au roi de

faire publier qu'un concours entre toutes les filles du sang royal était ouvert à Paris.

Par ce moyen-là, on arriverait peut-être à en trouver une qui remplirait les trois conditions.

Henri vit bien que son interlocuteur se moquait de lui; Sully, qui voyait où le roi voulait en venir, faisait la sourde oreille.

La Providence, comme on dit, vint résoudre les difficultés.

Gabrielle étant restée un certain temps dans une église, y prit un refroidissement qui l'emporta en vingt-quatre heures.

Sa mort causa un grand deuil. Plus tard, il y eut encore des belles, mais enfin Sully s'emporta et ce fut lui, je crois, qui négocia le mariage de Marie de Médicis.

Je n'ai plus qu'un mot à dire, pour terminer l'étude d'un homme qui, pendant toute sa vie, a été mêlé aux dangers, aux péripéties, aux grandeurs de son souverain.

Henri traçait un jour le portrait de trois de ses ministres, de Sillery, de Villeroy et de Sully, et écrit entre autres choses en parlant de ce dernier : Il n'a pas de malice dans le cœur. Heureux celui de qui on peut en dire autant.

Jadis, en Angleterre, quand la Chambre des Communes voulait faire passer une loi d'un libéralisme désagréable à la noble chambre, elle avait soin de la glisser dans le budget. Comme la noble chambre n'avait pas le droit de discuter le budget, qu'elle ne pouvait que l'accepter ou le rejeter simplement, force était à elle d'accepter la loi libérale.

J'aurais pu aussi, moi, à l'abri de ce petit lénitif de

bourse, vous envoyer quelques pages de combinaisons politiques.

Car, comme disaient encore les Communes, en si bonne compagnie tout passe. Mais je me contente de vous embrasser.

———

9 mars 1871.

Dans mes résumés, je ne me contente pas de ce qu'a dit le professeur, j'ajoute tantôt un mot caractéristique, tantôt une observation, j'ai le droit de le faire ; c'est à peine si on l'entend, je peux supposer qu'il a dit ce que j'écris et puis s'il ne l'a pas dit, il pouvait le dire.

Turenne, dans cette campagne d'Allemagne, du Palatinat, était comme un joueur d'échecs très habile en présence d'un adversaire beaucoup plus faible, mais auquel il rend une tour et un cavalier.

Il avait à combattre deux armées qui cherchaient à se réunir pour l'écraser sous leur masse. Mais il manœuvra si bien que la jonction ne put pas se faire ; il leur causa même des pertes assez considérables.

Néanmoins, son armée s'affaiblissait, les coalisés, au contraire, recevaient tous les jours des renforts, et organisèrent une armée qui vint passer le Rhin à Strasbourg.

Strasbourg, à cette époque, n'appartenait point à la France.

C'était une ville libre ; comprenant mal ses intérêts ou par sympathie pour les Allemands, elle laissa libre le passage du Pont et les Impériaux inondèrent l'Alsace.

Turenne quitta le Palatinat pour venir au secours de

18

notre province, il avait conçu un plan qu'il communi-
qua à Louis XIV et que le roi lui laissa la liberté d'exé-
cuter.

De tous les généraux, Turenne était le seul qui eût
des rapports directs avec le roi. Tous les autres s'adressaient à Louvois. Ce qui ne veut pas dire pourtant que
le ministre restât sans influence sur les opérations de
Turenne; l'orgueil du vicomte était satisfait; la puissance du ministre restait intacte.

Turenne, après avoir bataillé pendant quelque temps
dans l'Alsace, traversa les Vosges. On était dans le
cœur de l'hiver, il réorganise rapidement son armée,
puis, par des marches forcées, il longe la chaîne occi-
dentale de montagnes, vient déboucher à la trouée de
Belfort et tombe à l'improviste sur les Impériaux qui
dormaient sur les deux oreilles, les culbute dans deux
ou trois rencontres avec des pertes énormes et les jette
en désordre au delà du Rhin.

Dans cette campagne, il n'y eut pas positivement une
grande bataille rangée, mais les gens du métier et Napoléon avant tout la considèrent comme un chef-d'œuvre
de stratégie et d'audace.

Turenne passa de nouveau en Allemagne; l'empereur
lui opposa Montecuculli, un vieux général qui avait glo-
rieusement combattu contre les Turcs et qui à ce moment-là était le meilleur de l'Empire. Les deux généraux manœuvrèrent quelque temps en face l'un de
l'autre, usant de toutes les ressources de leur art. Turenne, jugeant que les choses en étaient au point où
il avait voulu les amener, allait donner l'ordre de commencer l'attaque, lorsque s'étant approché pour examiner la position d'une batterie, il fut emporté par

un boulet. Montecuculli était trop habile pour ne pas voir que la bataille qui allait se livrer il allait la perdre ; aussi en apprenant la mort de son adversaire, il éprouva et manifesta un mouvement de satisfaction, mais revenant à lui, il ajouta : Cet homme faisait honneur à l'homme.

L'armée, privée de son chef, battit en retraite, les Allemands de nouveau pénétrèrent en France. Le roi jugea la présence de Condé nécessaire.

Le Prince, non pas vieux, mais affaibli par des infirmités, n'accepta qu'avec répugnance.

Il regardait peut-être la situation comme difficile et comme compromettante pour sa gloire. En allant prendre son commandement, il disait qu'il voudrait bien avoir deux heures de conversation avec l'ombre de Turenne. Mais une fois en présence de l'ennemi, il se retrouva tout entier et il eut bientôt forcé toutes ces bandes à repasser le Rhin.

Ce fut sa dernière campagne, il revint à Chantilly où il n'eut plus à livrer que des batailles pacifiques contre les poètes, les orateurs, les écrivains dont son château était le rendez-vous, batailles pacifiques où pourtant il était aussi terrible que l'épée à la main. Je m'aperçois que ce n'est pas un résumé que je fais, c'est presque une leçon ; le sujet vous entraîne.

Ce n'était pas seulement sur terre qu'on se battait, mais sur mer aussi il se passait de grands événements. La France était pour ainsi dire en guerre avec toute l'Europe.

La marine, relevée par Colbert, était à son apogée de puissance.

L'Espagne affaiblie, ruinée même, malgré l'or du

Mexique et l'argent du Pérou, ou peut-être même à cause de cet or et de cet argent qui, par leur abondance, pendant un temps avaient suspendu tout travail, toute industrie. L'Espagne, presque sans ressources, avait été obligée d'appeler à son secours ces mêmes Hollandais qu'elle avait voulu anéantir, il n'y avait pas encore long-temps.

Ruyter passa dans la Méditerranée, avec une flotte considérable ; Duquesne, Vivonne, le frère de Mme de Montespan, Tourville, encore jeune, commandaient la flotte française. Plusieurs engagements eurent lieu aux environs de Messine, l'avantage nous resta.

Dans un de nos combats, le vieil amiral hollandais y termina sa glorieuse carrière.

Jusqu'à ce moment, l'Angleterre était restée notre alliée, mais alliée presque neutre. Charles II, livré à ses plaisirs, sans souci de l'avenir, avait toujours besoin d'argent. Ses sujets refusaient de lui accorder aucun subside. Louis, au contraire, lui payait une pension. Du reste, il ne s'en cachait pas, il disait tout haut : « Je suis bon Anglais, mais les Anglais n'ont qu'à me don-ner ce que je reçois de la France et je ferai tout ce qu'ils voudront ». Mais un pareil système ne pouvait pas toujours durer. Il fut obligé de céder à la pression de son parlement. Une alliance fut conclue avec la Hollande ; il donna sa nièce, la fille de Jacques II, en mariage au prince d'Orange. La guerre fut déclarée à la France, mais tout le monde, excepté Guillaume, voulait la paix. On finit par s'entendre, et le traité de Nimègue fut si-gné. Ce fut là le point le plus élevé de la puissance apparente de Louis XIV.

La poésie, la peinture, tous les arts en un mot, les

académies, les corporations, tout rivalisa pour célébrer tant de vertus et tant de grandeurs.

Dans des vers de circonstance dont Lully avait fait la musique, le roi lui-même chantait sa propre gloire. L'infatuation, le délire étaient au comble.

A tous ces faits, qui ne sont après tout que le tableau de ce qui se passe dans le monde depuis des siècles, tant en bien qu'en mal, le professeur a cru devoir joindre le portrait d'une de ces natures perverses qui font pour ainsi dire honte d'elle-même à l'humanité.

Je finirai par là mon abrégé qui commence déjà à être un peu long.

Marguerite d'Auvray. fille d'un lieutenant de police, avait épousé le marquis de Brinvilliers; jeune, elle avait tout ce qu'il fallait pour plaire; elle forma une liaison avec un jeune officier gascon nommé Godin de Sainte-Croix. Ce Sainte-Croix fut mis à la Bastille; là, il fit connaissance avec un Italien du nom d'Exili, qui lui apprit l'art de composer les poisons. Sorti de prison, il fit part à la marquise de la science qu'il avait acquise. Celle-ci, sous les dehors les plus séduisants, cachait une nature abominable. Après des essais d'empoisonnement, si on peut parler ainsi et même des empoisonnements réels, elle se débarrassa de son père et de ses frères; elle travaillait aussi à en faire autant de son mari. Mais Sainte-Croix, qui prévoyait qu'après la mort du mari, il serait obligé de donner son nom à la veuve et qui, pour une raison qui certes n'était pas une raison d'honneur, ne s'en souciait pas, détournait l'effet de ses maléfices. Lorsqu'elle donnait un poison au marquis, vite il lui administrait un contrepoison, de façon que ce pauvre marquis était continuellement empoisonné par l'un et désempoisonné par l'autre. Sainte-Croix faisant des essais de poison se donna la mort. Les scellés furent mis chez lui et lorsqu'on fit l'inventaire, on découvrit une partie du mystère.

La marquise se réfugia à Liège dans un couvent.

Un jeune blondin ou un beau brun des employés de la police se déguisa en abbé, il s'introduisit dans le couvent, probablement avec le consentement de l'abbesse.

La marquise se laissa aller aux phrases mystiques de l'abbé, ils se promenaient ensemble dans le jardin, du jardin on passa dans le parc, du parc dans le champ. Des hommes étaient apostés, elle fut enlevée et transportée à Paris.

Son jugement eut un retentissement presque aussi grand que celui de Fouquet; les opinions se partagèrent, Mme de Sévigné n'en a pas toujours parlé de la même manière.

Lorsqu'elle mourut, elle n'avait pas vingt-six ans.

———

Campagne de Hollande.

Le professeur continue son récit, il s'en écarte un moment pour donner quelques détails sur les exactions commises en pays ennemis par le maréchal de Luxembourg et par un certain intendant nommé Robert. Tous les deux se faisaient gloire auprès de Louvois, dans des lettres d'une candeur cynique, des moyens qu'ils employaient, chacun dans son genre, pour pressurer les populations. Le Maréchal ne connaissait que le fer et le feu. L'autre, rompu au métier, avait des ruses, des subtilités devant lesquelles son collègue cuirassé restait en admiration.

La présence de nos amis les Prussiens donne à ces détails un intérêt de circonstance.

Louis, dit le Grand, assiégea Maëstricht. Le siège fut dirigé par Vauban. C'était son premier grand commandement, il y déploya toutes les ressources de l'art qu'il avait tant perfectionné. En peu de jours, les travaux d'attaque furent conduits jusqu'au pied des murailles; la ville, criblée de projectiles, battit la chamade et capitula.

Le roi à l'occasion de ce siège a rendu témoignage de sa propre main des précautions sans nombre que prenait Vauban pour protéger ses soldats.

Le siège de Maëstricht fut suivi de la prise de Besançon et de la conquête de la Franche-Comté, sans pour ainsi dire de résistance de la part des Espagnols qui possédaient cette province depuis Charles-Quint. Condé livra contre Guillaume la bataille de Senef, on se battit pendant trois jours avec acharnement. Le quatrième jour, le prince voulait encore recommencer, on disait que dans toute l'armée il n'y avait plus que lui qui voulût encore se battre. Cela peint bien l'homme. C'est à cette bataille, je crois, que, pour encourager ses soldats, il jeta son bâton de commandement au milieu des retranchements ennemis. Il faisait peu de cas de sa vie et ne tenait aucun compte de celle des autres.

Dans la première leçon, nous verrons Turenne aux prises avec les Impériaux, Turenne de qui Napoléon a dit que plus il vieillissait et plus son audace croissait.

M. A..., avant de commencer l'étude de Malherbe, a
cru devoir tracer en quelques mots l'état des esprits au
commencement du dix-septième siècle. Soit avec intention, soit amené par le sujet, il a laissé se glisser au
milieu de ses réflexions quelques allusions politiques.

La France, a-t-il dit, fatiguée de luttes religieuses, de
guerres intestines, humiliée de voir dans son sein des
soldats étrangers, s'était donnée à Henri IV. Il aurait
pu ajouter, que tous ceux qui avaient été assez habiles
ou assez puissants pour le faire, bien loin de se donner,
s'étaient vendus, et fort cher, les uns moyennant finances, les autres au prix de gouvernements. Puis il a ajouté
d'un ton semi-pathétique et un peu prétentieux et en
termes de clair-obscur, pour n'effaroucher personne, que
nous aussi, nous serions bien heureux de trouver à qui
nous donner, quoique ce soit toujours un malheur pour
un peuple, parce qu'en agissant ainsi, il est toujours
obligé de faire l'abandon de quelques-uns de ses droits.

Avec Henri allait renaître dans le gouvernement le
principe d'autorité.

Les troubles profonds qui avaient failli anéantir la
société, n'avaient pas été sans exercer une action puissante sur les lettres. Depuis un siècle, par des causes
diverses, un grand mouvement dans les esprits s'était
produit en France, mais les lettres, incertaines dans leur
voie, sentaient le besoin d'une discipline. Elles allaient
recevoir la loi d'un législateur. Ce législateur, ce régent
du Parnasse fut Malherbe, régent dur et impitoyable,
mais dur pour lui comme pour les autres. Avant de se
consacrer aux muses, il avait porté les armes dans l'ar-

mée royaliste, et, dans une certaine rencontre, il poursuivit Sully que la faiblesse numérique de sa troupe força à battre en retraite. Le baron de Rosny en avait conservé un petit ressentiment. Après avoir vécu un certain temps dans le Midi, dans la Provence, comme secrétaire du duc de Vendôme, qui en était gouverneur, notre poète normand vint se fixer à Paris. Il y fonda, pour ainsi dire, une école. Ses disciples soumis ne connaissaient que la parole du maître. C'est à peine, du reste, s'il souffrait la contradiction. Ses décisions étaient des oracles, il chassa du discours une foule de mots factices créés par Ronsard, Ronsard qui n'était pas sans valeur et peut-être même sans génie.

> Mais sa muse en français parlait grec et latin.
>
> (BOILEAU.)

Malherbe n'admettait pas qu'on parlât une autre langue que le français, et le français tiré des entrailles de la nation. Je m'arrête, ne voulant pas me jeter dans des détails purement littéraires. Le professeur ne fait déjà lui-même qu'une analyse, ce serait de ma part une analyse d'une analyse, ce qui finirait par devenir un peu subtil, d'autant que je n'ai pas l'appui des citations. J'ajouterai seulement quelques traits, que je n'emprunte pas à la leçon, sauf un mot de Sainte-Beuve.

Esprit original et même bizarre, notre poète était en outre avare et solliciteur sans vergogne. Il était logé misérablement, c'est à peine s'il y avait quelques chaises dans son appartement; lorsque, ayant déjà quelques personnages chez lui, d'autres frappaient à sa porte, de l'intérieur il leur criait : Attendez, il n'y a plus de sièges. A son lit de mort, comme son vicaire lui parlait du bonheur dont il pourrait jouir dans le ciel : « Laissez-moi tranquille, lui dit-il, vous m'en dégoûtez par la trivialité de votre langage ». Il travaillait très lentement et disait qu'après avoir fait un poème de cent vers, il fallait se reposer pendant trois ans. Sainte-Beuve a dit de lui que tout ce qu'il a écrit de bon, on pouvait le lire dans une demi-heure. Mais dans ce bon il y a de l'excellent.

Une lecture d'une demi-heure c'est en apparence un petit bagage littéraire, mais combien est plus léger en réalité celui de beaucoup de gens à qui on fait une renommée.

J'ai plus parlé de l'homme que du poète, tandis qu'il fallait faire le contraire.

Si Mme Samson comprend bien son enseignement, elle devra faire apprendre à Claude un certain nombre de morceaux bien choisis. Par bien choisis, j'entends répondant à toutes les formes que doit prendre l'expression des idées et des sentiments.

Claude aura ainsi à sa disposition un certain nombre de types de la déclamation auxquels ensuite il rapportera tout ce qui sera du même genre. Il ne s'agira plus que de trouver les nuances suivant les circonstances et les personnes. Mais, comme on peut l'observer, certaines nuances n'appartiennent qu'aux grands acteurs. Rachel a deviné des intonations que Samson ne soupçonnait pas et pourtant Samson ne faisait pas de contre-sens. Mlle Mars, aussi elle, avait des intonations qui sont restées dans l'oreille de beaucoup de personnes, mais qu'on ne peut pas rendre, pas même les professeurs du conservatoire.

16 mars 1871.

La paix de Nimègue signée, les coalisés licencièrent leur armée. Louis XIV garda la sienne. Des villes, des territoires avec leurs dépendances avaient été cédés à la France. Ce mot dépendances était un peu vague et prêtait à interprétation. Louvois créa des chambres dites chambres de réunion. Ces chambres, bien instruites par le ministre, et ayant derrière elles une armée de 150,000 hommes, firent ce qu'on appelle aujourd'hui des annexions, ne tenant aucun compte, bien entendu, des observations, des plaintes de ceux des princes qui se croyaient lésés. Ces annexions du reste étaient dans la nature des choses et elles furent confirmées par un traité particulier. Ce fut dans ce temps que Strasbourg fut réuni à la France (**1681**). Le roi y fit une entrée pompeuse avec toute sa cour, la reine, les princesses, etc.

Le même jour, une garnison française prenait possession de Casal, place forte de la haute Italie. L'histoire de cette prise de possession est un peu longue ; le professeur l'a racontée, je vais tâcher d'en faire autant.

Aussitôt que la guerre éclatait entre la France et l'une des deux maisons d'Autriche, l'Italie en devenait un des principaux théâtres. Plusieurs fois, la Provence avait été envahie par des armées sortant du Piémont. Le roi tenait donc non seulement à avoir des frontières bien garanties, mais encore à posséder certains points d'où l'on pût prendre l'offensive. Pignerol, dans le Piémont, sur la frontière, était déjà à la France, et on songeait à acquérir Casal, au nord de la Péninsule. Cette forteresse de Casal appartenait au prince de Mantoue et était assez éloignée de son principal petit État. Très adonné aux plaisirs et ayant toujours besoin d'argent, le prince ne demandait pas mieux que de la vendre; il ne s'agissait que de s'entendre sur le prix.

Mais comme l'Autriche, l'Espagne, Venise et la Savoie voyaient d'un mauvais œil la France en Italie, il était nécessaire pour réussir que le marché se fît avec le plus grand secret.

Pendant un carnaval de Venise où le prince ne manquait jamais de se rendre pour y jouer son rôle, l'envoyé français près la république trouva facilement le moyen de s'aboucher avec lui. Il fut convenu qu'un familier, un ministre du prince, se rendrait incognito à Versailles. Ce fut un nommé Mattioli qui fut chargé de cette mission. Arrivé à Versailles, il eut plusieurs entrevues avec Pomponne et Louvois et partit emportant avec lui une convention qu'il ne s'agissait plus que de faire ratifier par le duc.

Ce Mattioli en traversant les Alpes se dit en lui-même que cette convention secrète qu'il avait en poche, pouvait être pour lui, avec un peu d'habileté, une source, non pas de gloire, mais de profits; qu'il suffisait pour cela, de la dévoiler avec certaines précautions aux États de l'Italie intéressés à ce que la chose ne se fît pas. Comme il avait la maison de Savoie sous la main, ce fut à elle d'abord qu'il s'adressa. Il fit sa confidence à une princesse, qui était, je crois, la mère du duc, et qu'on appelait Madame Royale. Madame Royale n'eut rien de plus pressé que de faire connaître à Versailles la trahison de Mattioli, non pas par un sentiment de délicatesse, ni par intérêt pour la France, qu'elle détestait en sa qualité de bonne Savoyarde, mais pour se concilier les bonnes grâces du roi. Elle savait d'ailleurs que l'Autriche et l'Espagne averties allaient se mettre en mesure de s'opposer à l'exécution du projet.

Le monarque, profondément irrité de l'échec de sa diplomatie, diplomatie qui depuis longtemps était la plus habile de l'Europe, dissimula. Pomponne écrivit au ministre du duc qu'il était très étonné de n'avoir pas encore appris la ratification du traité. L'autre s'excusa sur des difficultés survenues. On convint d'une entrevue entre Mattioli et l'envoyé français sur la frontière du Piémont.

Depuis un certain temps déjà, Catinat était à Pignerol, sous un faux nom, attendant le moment d'agir.

Notre Italien, qui ne se doutait pas que sa trahison fût connue, arrive au rendez-vous. Là, en causant, il fait entendre qu'il aurait besoin de quelques milliers de pistoles. L'envoyé lui répond qu'il n'y a qu'à aller trouver Catinat, qui en a tant et de reste. On met les chevaux au carrosse et l'on part. On arrive à une petite rivière dont les eaux grossies par des pluies torrentielles avaient presque détruit le pont. On descend de voiture, on s'occupe de réparer le pont ; notre ambassadeur met lui-même la main à l'œuvre. Enfin on passe, mais à pied. A peu de distance était un village, dans ce village une maison où l'on trouve Catinat seul en apparence ; mais tout d'un coup, d'une chambre voisine, sortent quatre hommes qui s'emparent du traître qui avait osé se jouer du grand roi. Il est bâillonné, garrotté, jeté dans une voiture et transporté à Pignerol. Depuis ce moment-là, on n'entendit plus parler de lui. Un historien de ces dernières années, dont je n'ai pas retenu le nom, prétend que c'est là le fameux Masque de fer. A l'appui de son opinion, il donne des témoignages concluants ;

mais il est difficile, ce me semble, de faire concorder le peu d'importance de ce Mattioli avec les marques de déférence qu'on témoignait toujours au prisonnier de Sainte-Marguerite.

Le projet de Casal fut repris; la vente eut lieu pour cent mille pistoles. Au jour dit, une petite armée de trente mille hommes, sournoisement préparée par Louvois, arriva à la frontière, où fut notifiée la vente au duc de Savoie ; on lui demandait l'autorisation de passer sur son territoire. Emmanuel ou Philibert ou Amédée, je ne sais lequel, eût bien voulu ne pas consentir. Mais comment faire? il savait bien d'ailleurs qu'on se passerait de son consentement.

Casal fut occupée.

Dans le même temps, une grande querelle s'éleva entre le roi et le Pape. Le roi, en vertu du droit de régale, prétendait jouir du revenu de tous les évêchés et bénéfices vacants.

On n'a jamais trop su si Rome tient plus au spirituel qu'au temporel; l'un soutient l'autre. On l'a bien vu dans ces derniers temps. Le spirituel privé de tout ressort a laissé crouler le temporel. Vis-à-vis de Louis XIV, le Pape n'usa pas des grands moyens, çà pouvait être dangereux; il se contenta de refuser l'investiture aux évêques nommés aux places vacantes, mais on se passa de l'investiture. Le chapitre consacrait les évêques.

Le roi avait pour lui le droit, il avait en même temps sa puissance et sa volonté. Un concile national fut convoqué, sous la direction et l'inspiration de Bossuet. Il en sortit les quatre fameuses propositions des libertés de l'Église gallicane, dont les deux premières sont :

1º Le Pape n'a aucun droit directement ou indirectement sur les choses temporelles.

2º Le concile est au-dessus du Pape. Cette déclaration, le Pape, par sa conduite, eut évidemment tort de la provoquer; mais, d'un autre côté, le roi et Bossuet n'eurent peut-être pas tout à fait raison de la proclamer. Avant cette déclaration, aucun évêque n'eût certainement osé reconnaître au Pape le droit de disposer du temporel de la royauté.

Et, le cas échéant, la chose devenant nécessaire, l'Église réunie n'eût pas hésité à user de son droit de souveraineté. Après la déclaration, loin d'augmenter, le nombre des gallicans diminua et ceux qui étaient déjà antigallicans le devinrent davantage. Ce qui prouve qu'il y a des choses vraies qu'il n'est pas toujours bon de dire.

Je suis presque effrayé de cette science théologique que je viens de dénoter; on ne sait pas où cela peut mener.

Adieu.

————

18 Mars 1871.

Tu ne t'es pas mal tiré de tes deux versions, je parle surtout de celle dont j'ai le texte et que j'ai pu mieux suivre.

Dans la première phrase de la lettre de ce vantard de Pompée, tu as mis : « Si j'avais souffert autant de périls, si j'avais entrepris autant de travaux »; il fallait, comme dans le latin mettre les travaux avant les périls. *Pericula* vient après *labores,* c'est l'ordre des idées.

Une fois qu'on a compris la version et qu'on l'a traduite de manière à bien en transmettre le sens, on doit laisser là le latin et ne s'occuper que du français.

Il faut tâcher, comme dit Monsieur Jourdain, de nous tourner cela galamment.

On ne fait pas des versions seulement pour apprendre le latin, mais bien plutôt pour apprendre sa propre langue.

Tu peux supposer que tu t'adresses à des pères conscrits français comme ceux, par exemple, que la république va nous donner aussitôt qu'elle sera constituée et dont le Président sera Glais-Bizoin que tu connais.

A la fin de la phrase que tu dis n'être pas claire, mais qui, au contraire, se comprend très bien, tu as fait une faute de temps, faute que tu fais très souvent. *Ex bonis et sapientibus facienda sunt.* Tu traduis : « les gens de bien et les sages le *font* », il fallait : « sont obligés de le faire ».

Dans un autre endroit, je lis : vous vous êtes enlevé votre dignité. Tu as peut-être traduit mot à mot, mais nous ne pouvons pas dire s'enlever sa dignité, pour abaisser sa dignité, s'avilir.

Mars 1871.

De Sully et de ses économies royales nous allons passer au cardinal de Retz. Paul de Gondi, doué des plus brillantes qualités, aurait pu jouer un très grand rôle, s'il eût été capable de se créer un but qu'il eût toujours poursuivi ; mais sans suite dans les idées et plus débauché qu'il ne convenait même à un évêque de grande maison, après avoir fait un certain bruit dans les troubles de la Fronde, troubles où il prit une très grande part, il passa le reste de sa vie dans l'obscurité, dans une retraite pour ainsi dire forcée, loin de la cour où il ne pouvait rien être, loin du monde qui s'éloignait de lui.

C'est dans sa retraite qu'il a écrit ses *Mémoires* dans lesquels nous allons l'étudier et le retrouver tout entier.

Le manuscrit tomba entre les mains de nonnes, qui, malgré leur respect pour un prince de l'Église, y firent un certain nombre de retranchements.

Pour mieux connaître le caractère et les mœurs du temps où le Cardinal fit si grande figure, il n'est pas mal de jeter un coup d'œil sur les événements qui s'étaient accomplis depuis la mort de Henri IV.

A la mort de Henri, Marie de Médicis devint régente; à la fermeté, à l'économie, succédèrent la faiblesse et le gaspillage.

Un étranger sans valeur, Concini, gouvernait la reine. Admis un moment dans le conseil, Richelieu y montra de suite les qualités qu'il devait développer plus tard.

Concini fut assassiné par les seigneurs; Albert de Luynes, favori de Louis XIII, devint maître des affaires.

Sous son administration, la France retomba dans le plus grand désordre comme au plus mauvais temps de son histoire.

Les grands reprenaient leur indépendance, les calvinistes avaient formé un petit État dans le grand. C'était une république toute organisée.

Quand de Luynes mourut (1621), tout était dans le chaos.

Marie de Médicis, qui avait repris de l'influence sur son fils, appela l'évêque de Luçon. Quelques mois après, il gouvernait la France et pendant dix-huit ans sa main de fer se fit sentir d'un bout du royaume à l'autre. A l'intérieur, il rétablit l'unité qu'on voulait rompre.

Les calvinistes ne furent plus que de simples citoyens. Les grands furent réduits à l'obéissance, les têtes trop orgueilleuses tombèrent.

A l'extérieur, il reprit la politique de Henri IV, il mourut ne laissant d'autre autorité que celle du roi.

M. A... n'a pas l'air de sympathiser avec Armand Duplessis. Il a été même jusqu'à avoir l'audace de dire qu'il n'aimait pas le despotisme.

A l'occasion de Richelieu, il y aurait bien des choses à répondre. On conçoit bien qu'à la mort de cette terrible soutane rouge, mort qui fut suivie presque immédiatement de celle du roi, il y eut une détente générale.

Comme les écoliers d'Autibus, échappés à la férule du maître, chacun bondit de son côté, cherchant à jouir de sa liberté et ne se refusant pas la licence.

Plus heureuse que Marie de Médicis, Anne d'Autriche, en prenant possession de la régence, avait à côté d'elle un ministre habile.

Héritier des idées et des doctrines politiques de son prédécesseur, Mazarin acheva l'œuvre commencée sans avoir besoin d'employer les mêmes moyens.

Les dix premières années de son omnipotence furent troublées par les prétentions des parlements appuyés par les bons bourgeois de Paris et par les ambitions des princes. C'est ce qu'on appelle la Fronde, faible image de la Ligue, petite pièce après la grande. Nous allons y retrouver notre abbé de Gondi, devenu successivement coadjuteur, archevêque, cardinal, portant un poignard en guise de bréviaire.

Sous Louis XIII, en 1635, les Espagnols qui étaient maîtres des Pays-Bas firent une pointe en Picardie, ils pénétrèrent jusqu'à Corbie.

L'épouvante fut grande dans la capitale, le Cardinal perdit la tête, il voulait que la cour se retirât derrière la Loire.

La cour ne faillit pas au roi, il mit l'épée à la main et ranima le courage des autres.

Tout fut sauvé.

Enfin voilà nos représentants à Versailles. Peut-être vont-ils y puiser un sentiment de grandeur. M. Grévy a refusé d'occuper l'appartement de Louis XIV. Il faut croire que M. Thiers sera assez modeste pour ne pas coucher dans le lit du grand roi.

L'ombre du fils d'Anne d'Autriche en frémirait.

Peut-on appeler M. Thiers un illustre vieillard?

Sans faire injure à des hommes d'une grande valeur qu'on a désignés ainsi, il semble que cette expression-là ne convient pas à M. Thiers, pas plus qu'elle ne conviendrait à M. Guizot: le mot ici est mal employé.

L'appellera-t-on un grand orateur? Des qualités de l'orateur il a l'abondance, la clarté, la verve, mais les deux principales lui manquent la force et l'impétuosité:

On peut en dire autant de sa qualité d'écrivain.

Si on l'appelait grand homme d'État.

Pendant longtemps, sans doute, il a pris part au maniement des affaires publiques, mais il n'a jamais présidé aux destinées de la France, il n'a jamais eu la direction suprême, sauf en 1840, durant quelques mois pendant lesquels il faillit tout brouiller sans trop savoir pourquoi.

Il va peut-être aujourd'hui conquérir ce titre-là et d'autres à la suite. Il faut attendre.

Il est encore douteux qu'on puisse l'appeler le grand historien. Tous les jours, lorsqu'on parle de lui, on dit le célèbre historien de l'empire et on a raison.

Mais dans sa signification précise et absolue le titre de grand historien ne lui convient pas.

Nous voilà donc jusqu'à nouvel ordre, si ma critique est juste et pourquoi ne le serait-elle pas, condamnés à ne l'appeler que M. Thiers tout court.

---

20 mars 1871.

La leçon d'histoire a été tout entière consacrée à Mme de Maintenon. Le professeur M. B... ne raconte pas mal; le mot propre lui fait rarement défaut, mais son débit est un peu uniforme et, en outre, c'est à peine si on l'entend. Lorsque les faits sont intéressants, le récit seul suffit pour fixer l'attention des auditeurs, mais dans la peinture d'un portrait, il faut quelque chose de plus. Çà et là, il est nécessaire de faire ressortir certains traits, sans quoi votre portrait court risque de ressembler au portrait de tout le monde. C'est ce qui est arrivé pour Françoise d'Aubigné. Ne la connaissant pas, on aurait pu ne pas se douter qu'il s'agissait d'une femme remarquable entre toutes.

L'enfance et la première jeunesse de la petite-fille d'Agrippa furent plus que difficiles. Elle en conserva un souvenir qui, plus tard, lui inspira l'idée de la création de Saint-Cyr.

Amenée à douze ans à Paris et élevée durement chez une tante, rue d'Enfer, à seize ans elle se maria avec Scarron qui lui avait offert ou de lui payer une dot dans un couvent ou de l'épouser. Elle préféra à Dieu l'auteur du *Roman comique*. Scarron appartenait à une bonne famille, son père était conseiller au Parlement et il avait un oncle évêque. Plein d'esprit, de saillie et de gaieté, gaieté qu'il conservait malgré ses nombreuses infirmités, il réunissait dans sa maison tout ce qu'il y avait de plus distingué à la cour et à la ville.

Dans cette société d'hommes aux qualités diverses, la jeune Françoise trouva toutes les facilités pour développer son intelligence. Elle y forma son esprit et peut-être aussi son cœur.

A vingt-cinq ans, lorsque mourut son mari, elle devait être une femme accomplie. Pendant dix ans encore, elle eut à lutter contre les difficultés de la vie. Admise chez Mme de Montespan en qualité de gouvernante, elle vit sa position s'améliorer. Le roi d'abord ne l'aimait pas; il la traitait même assez mal. Mme de Montespan, qui la défendait, finit par obtenir pour elle la terre de Maintenon. Elle en prit le nom.

Sa qualité de gouvernante fit qu'elle accompagna aux Pyrénées le duc du Maine qu'on y envoyait pour sa santé.

Les lettres, dans lesquelles elle rendait compte des incidents du voyage et du séjour, furent mises sous les yeux du roi.

Elles lui plurent beaucoup et changèrent entièrement ses dispositions. A son retour, elle ne tarda pas à s'apercevoir de la métamorphose. La découverte faite, avec cette puissance de douce insinuation, avec cet esprit de modestie et de réserve qui croissait avec l'âge, elle acheva promptement la soumission, presque la conversion du monarque.

La mère du duc du Maine, du comte de Toulouse, de Mademoiselle de Nantes, de Mademoiselle de Blois fut congédiée : la gouvernante prit humblement sa place. Peu de temps après, une autre place, presqu'aussi importante, devint vacante. La reine mourut. La plus grande douleur passée, l'archevêque de Paris, Harlay, dans une cérémonie secrète, en présence d'un petit nombre de témoins, transforma la veuve Scarron, non en reine, mais en femme du roi de France. N'ayant pu obtenir l'extérieur de la puissance, elle se contenta de la réalité.

C'est dans son appartement que se tenait le conseil, les ministres délibéraient devant elle, souvent le roi lui demandait son avis. Elle répondait avec discrétion, presque comme si elle avait été étrangère aux questions qui se débattaient en sa présence, mais tout lui était, pour ainsi dire, connu d'avance, les ministres sachant bien que leur sort était entre ses mains.

Prudente, circonspecte, elle ne chercha jamais à rien emporter de haute lutte, sachant combien le roi était jaloux de son autorité. Tout se faisait, pour conserver une expression du temps, par des voies souterraines.

Préoccupée de la seule idée de conserver sa puissance, y sacrifiant sans remords, peut-être à son insu, la grandeur, les intérêts du roi et de la France, elle exerça dans le choix des hommes et dans la direction des choses une influence qui fut trop souvent funeste.

Elle vécut ainsi, pendant trente-deux ans, dans une servitude qu'elle ne pouvait ni ne voulait rompre, condamnée à amuser un homme qui n'était plus amusable, succombant presque à la tâche et, pour finir par un mot d'elle-même, regrettant sa bourbe.

Il aurait fallu passer en revue ces trente années, qui furent trente années de calamité, mais le temps n'est pas propice.

J'ajouterai seulement quelques mots sur l'établissement de Saint-Cyr.

Mme de Maintenon avait conservé un souvenir très vif des souffrances de sa jeunesse. Depuis, elle avait souvent pensé qu'on pouvait former un établissement où les jeunes filles de condition, sans fortune, recevraient instruction et éducation. Aussitôt qu'elle fut à même de le faire, elle s'empressa de mettre sa pensée à exécution.

Après quelques essais à Ruel et à je ne sais quel autre endroit, du consentement du roi, la maison de Saint-Cyr fut fondée. Deux cent cinquante jeunes filles y furent admises.

L'institut fut l'œuvre exclusive de sa fondatrice. Les statuts, l'ordre de la maison, tout ce qui a rapport à l'éducation, à l'instruction fut conçu et écrit par elle. Ce traité de pédagogie féminine passe pour un chef-d'œuvre.

Une pareille souveraineté semblait faite pour elle; elle aimait à assouplir les esprits, à former les cœurs. Elle se rendait tous les jours à Saint-Cyr, aucun séjour ne lui plaisait davantage.

> ... Hic illius arma
> Hic currus fuit...

Pendant la première année, elle y permit des distractions un peu mondaines : on y représenta *Andromaque*, les cœurs se dilatèrent; la pièce fut bien jouée, trop bien jouée. Mme de Maintenon en fut effrayée : le théâtre fut supprimé.

Plus tard, elle demanda à Racine une pièce morale ou religieuse à son choix. Racine, qui avait toujours désiré faire introduire les chœurs sur la scène, profita de l'occasion. Vous connaissez les merveilles d'*Esther*. Quelques années après, *Athalie* y fut représentée pour ainsi dire devant le roi seul.

Mme de Maintenon ne s'y trompa pas, elle eut l'honneur de proclamer, peut-être la première, qu'*Athalie* était le chef-d'œuvre de la scène.

On n'en finirait pas si on voulait tout dire. Ce fut à Saint-Cyr enfin que Mme de Maintenon se retira après la mort de Louis XIV. Ce fut là qu'elle reçut la visite de l'ours de la Moscovie.

Au moment où on se bat dans Paris, parler de Mme de Maintenon n'est guère à propos, mais c'était écrit hier avant les nouvelles.

Les mobiles de Saint-Aignan sont revenus; ils faisaient partie de la garnison de Paris. Ils n'ont pas été mis une seule fois en présence de l'ennemi, ils n'ont pas tiré un seul coup de fusil. Malgré cela, sur dix qu'ils étaient, cinq ont succombé aux maladies ou à la misère. N'est-ce pas horrible de penser qu'on a perdu plus de monde par incurie qu'on en eût certainement perdu en se défendant courageusement.

Adieu, je sors pour savoir s'il n'y a pas quelque nouvelle dépêche.

———

25 mars 1871.

Dans cette insurrection de Paris contre la France entière, ce qui me révolte toujours, ce à quoi je ne peux pas me faire, c'est de voir ceux-là qui sont chargés de la réprimer être eux-mêmes le produit d'une émeute.

Émeute qu'ils n'ont jamais cessé de provoquer tant

qu'ils n'ont pas été au pouvoir, confiants qu'une fois là, ils sauraient bien se débarrasser de la canaille, comme du reste c'était arrivé à d'autres avant eux.

Voilà pourtant notre histoire depuis cent ans bientôt. Se servir du peuple pour arriver, en lui promettant ce qu'on ne peut pas lui donner, pour l'exterminer ensuite s'il n'est pas content.

Il résulte de là, que les classes inférieures de la société, au lieu de s'élever, vont toujours en se dégradant, que leur seul but n'est qu'un désordre général et que le gouvernement de la chose publique devient de plus en plus difficile.

Supposé qu'au lieu de ce ramassis de saltimbanques nous eussions à notre tête des hommes d'énergie et de courage, d'abord nous n'en serions pas où nous en sommes et lors même que, par une cause particulière, Paris eût tenté ce qu'il vient de faire, l'émeute eût été réprimée immédiatement et par ceux-là même qui, comme des lâches, sont restés témoins de cette sanglante comédie. Sous une main ferme, tous ces gardes nationaux, tous ces imbéciles qui attendent qu'on vienne les piller dans leurs maisons, seraient devenus, non pas sans doute des hommes de cœur, mais des hommes capables de porter un fusil et de s'en servir, ce qui aujourd'hui est la seule chose en quoi ils puissent être utiles. Poussés à bout, c'est peut-être ce qu'ils vont faire : mais c'est trop tard pour leur honneur.

Ne pouvant pas rester une partie de la journée à ne rien faire, attendant la nouvelle qu'une moitié de Paris a exterminé l'autre, j'ai continué et mieux j'ai fini le tableau abrégé de la vie de ce cardinal de Retz qui, malgré son goût pour les émeutes, les trouverait peut-être aujourd'hui un peu trop épicées. Ce n'est pas que, de son temps, il n'y eût pas par ci par là des épisodes d'un goût douteux, pour adoucir mon langage comme le font dans tous les journaux les auteurs de ces abominables meurtres. Mais les chefs de ces mouvements populaires étaient des hommes de bonne compagnie, ils avaient plus de vices que de défauts ; ils approchaient un peu de César qui, selon Montesquieu, avait tous les vices et pas un défaut. On conçoit qu'il devait y avoir un certain agrément à conspirer avec un Condé, un Conti, un Marillac, un Gondi, même malgré sa soutane ou peut-être même à cause de cette soutane. Mais tous ces goujats dont les noms figurent en tête des conspirations de la fête font mal au cœur ; on a hâte de sortir d'un pareil bourbier.

Anne d'Autriche et son ministre renoncèrent bien vite à un laisser-aller qui bientôt ne produisit que des mécontents. Un parti auquel on donnait le nom de parti des importants s'était formé ayant à sa tête le duc de Beaufort. Sans trop de cérémonie, Mazarin envoya coucher à Vincennes le petit-fils d'Henri IV. Mais il y avait une cause de trouble que le désordre de la cour et les dépenses de la guerre ne faisaient qu'augmenter, c'était le mauvais état des finances. Il fallut mettre de nouveaux impôts. Le Parlement refusait d'enregistrer les édits ; le peuple applaudissait.

Pendant ce temps-là, notre coadjuteur se préparait à jouer un rôle. Quel rôle ? il n'en savait rien, mais comme il le dit souvent : Il voulait jouer un rôle. Son premier soin fut de se rendre populaire, ce qui était facile dans sa situation. Il supprima d'abord les scandales de sa vie intérieure, mais les scandales seulement, remplissant avec une exactitude apparente tous les devoirs de sa charge. Il visita les couvents, ne regardant les nonnes que sous le voile; il distribua des aumônes considérables parcourant tous les quartiers de Paris et grimpant jusqu'au cinquième étage: à Notre-Dame, il montait souvent en chaire et sa voix attirait beaucoup de monde; il ne négligeait pas les intérêts de son ordre. Dans une certaine occasion, il proclama que le temporel était aussi sacré que le spirituel. C'est toujours la même histoire, hypocrisie, mensonge, prétention. Dans un autre genre nous avons vu à l'œuvre Favre, Picard et consorts. Les choses allaient toujours en s'aigrissant entre la cour et le Parlement. Trois conseillers, dont un surtout, le vieux Broussel, étaient devenus les idoles du peuple par leur opposition à tous les édits. Mazarin voulant en finir avec ce parlementarisme les fit arrêter tous les trois avec un grand fracas, le jour même où on chanta un *Te Deum* pour célébrer la victoire de Lens gagnée par le grand Condé.

Par un grand déploiement de force, il crut frapper les esprits de terreur, mais le peuple exaspéré s'assemble en foule, on court aux armes, on crie : Broussel ou la mort.

Dans cette émeute subite, de Retz, incertain de sa conduite, se rend au palais royal pour savoir quelle décision on va prendre : tout le conseil était assemblé, on ne savait à quel parti s'arrêter. C'est absolument comme chez nous quand M. Thiers et toute sa clique ont victorieusement quitté Paris. A la vérité, les malheureux ne pouvaient guère faire autrement. Le cardinal dans ses *Mémoires* a raconté en quelques pages qu'il faut lire tout ce qui se passa dans cette assemblée. La reine,

n'osant pas donner l'ordre d'employer la force, chargea
le coadjuteur et le maréchal de la Mailleraie d'apaiser
la sédition en promettant la liberté de Broussel ; ce n'était
pas tout à fait ce rôle-là que notre Gondi voulait jouer,
mais il n'y avait pas à reculer. Il remplit sa mission
telle quelle, vint rendre compte à sa souveraine qui,
après quelques paroles, le congédia sèchement. De retour à l'archevêché, piqué d'avoir été pour ainsi dire
pris pour dupe, et soupçonnant d'ailleurs qu'on pourrait bien le faire arrêter, il change de dessein, met en
mouvement tous ses fils et le lendemain eut lieu la fa-
meuse journée des barricades. Cette journée fut le
triomphe du coadjuteur, mais elle ne conduisit à rien
et il ne pouvait en être autrement. On avait bien un
désir vague d'amélioration, de garanties pour une meilleure administration, et dans la classe moyenne éclai-
rée quelques hommes devaient certainement devancer
leur siècle et être déjà à 89. Mais ceux qui avaient préparé et qui dirigeaient le mouvement, de Gondi en tête,
n'étaient que des brouillons, des intrigants et des am-
bitieux vulgaires. Mathieu Molé, qui se montra si homme
de courage, était un esprit médiocre, incapable de mener
et de maintenir son corps dans une bonne voie. La cour
fit quelques concessions. Le calme reparut, puis les
troubles recommencèrent et la guerre civile éclata ; elle
dura plus de quatre ans avec des phases diverses. Condé,
d'abord pour la cour, passa à la Fronde. Turenne, au
contraire, de la Fronde passa à la cour et fort heureusement pour elle. Sans le vicomte, le prince aurait peut-
être porté ses vues très haut. La Fronde fut vaincue.

Mazarin qui, deux fois, avait été obligé de quitter la
France, mais qui ne perdit jamais ni confiance ni cou-

rage et qui, dans son exil, ne cessait pas de diriger la reine, revint triomphant. De Retz qui, pendant un raccommodement avait reçu le chapeau, fut arrêté et conduit au château de Nantes d'où il parvint à s'évader ; mais depuis ce moment-là sa vie n'offre plus d'intérêt. Rentré en grâce auprès de Louis XIV, après s'être démis de son archevêché et avoir reçu en échange l'abbaye de Saint-Denis, il se retira dans des terres qu'il avait dans la Lorraine. C'est là qu'il a écrit ses Mémoires. Ces Mémoires, écrits de souvenirs plus de vingt ans après les événements accomplis, sont bien plutôt un monument littéraire qu'une œuvre historique. Comme homme d'action, comme homme ayant pris part aux événements de son temps, il n'aurait qu'une place très mince dans l'histoire ; comme écrivain, au contraire, il est au premier rang.

Un professeur du collège de Nantes, qui pourrait bien être ou M. T... ou un autre un peu prétentieux qui joue la comédie, a fait un petit travail sur ces Mémoires, et a prétendu trouver une analogie entre le style du cardinal et celui de Saint-Simon. Il a voulu dire par là un parti pris chez l'un comme chez l'autre de ne pas paraître un écrivain de profession. Cette prétendue analogie n'existe pas ; le noble pair, préoccupé seulement de trouver une forme énergique pour rendre sa pensée, s'inquiète fort peu que cette forme soit nouvelle ou ancienne, correcte ou incorrecte suivant certaines règles. Le prince de l'Église, au contraire, connaît les règles du langage et les respecte. Ce n'est pas sans doute un homme de lettres, on sent toujours le personnage ; mais dans la bonne et dans la vraie signification du mot, c'est un grand écrivain.

Ces deux hommes diffèrent tant par le caractère, par les idées et par les allures, qu'il serait presque extraordinaire qu'ils se ressemblassent par le style. Voilà huit ou dix pages que je vous écris sur ce fameux coadjuteur; maintenant, pour le connaître, vous n'avez plus qu'à l'acheter et à le lire.

J'ai oublié dans ma dernière lettre à Claude de dire que, moi aussi, j'avais trouvé le verbe *spicire*, avec un exemple de Plaute dans le grand dictionnaire de Colpin.

Je viens de barbouiller ces pages à la hâte. Je ne les relis pas, de peur d'être obligé de les déchirer et d'en griffonner d'autres qui seraient peut-être aussi mauvaises, mais je n'ai pas le temps à cause de la poste.

Je vous embrasse.

***

A CLAUDE.

30 mars 1871.

Je suis en retard de deux leçons : l'une d'histoire, l'autre de littérature.

C'est la grande Mademoiselle, que M. A... a fait apparaître devant son public à sa dernière séance, cette princesse, qui, pendant sa jeunesse, s'était mariée, *in petto,* à je ne sais combien de rois et de princes d'Europe, qui même avait reluqué son cousin Louis XIV, et qui, à quarante-trois ans, donne son cœur et sa main à un cadet de Gascogne, qui en récompense la battait.

M. Blain, continuant son récit des événements qui s'accomplissaient en même temps que la révocation de l'édit de Nantes, a passé le détroit et a dit quelques mots de l'expédition de Guillaume III.

Ce Guillaume, comme nos grands hommes d'aujourd'hui, avait aussi, lui, pour objectif l'honneur et la vertu. Marié à la fille de Jacques II, roi d'Angleterre, il détrôna son beau-père et se mit à sa place avec sa femme Marie. Stathouder de Hollande et roi de la Grande-Bretagne, il fut l'âme des coalitions contre Louis XIV, mais il eut toujours la mauvaise chance d'être battu par les généraux français.

Il mourut sans enfants et laissa la couronne à Anne, sa belle-sœur, fille, comme sa femme, de Jacques II.

———

26 juillet 1876.

Résumé de la leçon sur la conquête de Hollande.

La Hollande, lorsqu'elle fut attaquée à l'improviste par Louis XIV, formait une république. Son immense commerce l'avait rendue fort riche et même un peu orgueilleuse. Les ports et la marine étaient très attachés à la forme républicaine. Les villes de terre ferme et le peuple, par jalousie des immenses fortunes des rois de la mer, regrettaient le stathoudérat. Le grand pensionnaire, Jean de Witt avait mis la marine militaire sur un pied formidable, mais par un esprit d'imprévoyance, ou plutôt pour ne pas fortifier le parti qui voulait ramener la maison d'Orange, il avait négligé l'armée.

Depuis plusieurs années, la guerre était décidée dans le conseil du roi. Louvois avait fait en secret des préparatifs considérables; la Hollande s'en aperçut trop tard et à peine la guerre déclarée, elle fut envahie de tous les côtés. Une révolution violente éclata; un crime horrible fut commis : Jean de Witt et son frère Corneille furent assassinés par la populace, et Guillaume d'Orange, celui qui, dix-sept ans plus tard, chassa les Stuarts d'Angleterre, fut appelé au pouvoir.

Tout semblait perdu; mais les mesures les plus énergiques furent prises. On ouvrit les écluses, le pays fut inondé, l'armée française arrêtée dans sa marche. Guillaume profita du répit pour organiser son armée. Il eut l'habileté d'organiser une coalition. Tout changea de face. La Hollande était sauvée. Ruyter illustra sur mer le papillon batave; dans une grande bataille, il vainquit presque les flottes anglaise et française réunies. Un immense convoi de navires marchands, chargés des richesses de l'Inde, échappa à la surveillance de l'ennemi et entra dans le Texel. Ainsi, un petit peuple d'un million à peine d'habitants, grâce à son abnégation, à son énergie, triompha de la grande puissance du temps, des plus grands hommes de guerre, de Condé, de Turenne, de Vauban, de Louvois.

Le sang des frères de Witt a pourtant laissé une tache que le temps n'a point effacée... Et nous, dans une situation bien moins grave, avec bien d'autres ressources, qu'avons-nous su faire?... Nous voilà aux genoux du grand roi et de son ministre.

Une circonstance de cette guerre, dont le professeur n'a point parlé, c'est que le duc de Brandebourg, la Prusse d'alors, devait envoyer **20.000** hommes au secours de la république.

De toute cette conquête, il ne resta que les vers de Boileau sur le passage du Rhin, un tableau de Le Brun et le bas-relief de la porte Saint-Denis. Quand pourrons-

nous en dire autant? Un jour viendra-t-il où le spectacle
de nos désastres ne figurera que dans l'histoire? S'il est
vrai que, pour renaître il faut mourir, la France doit
être bien près de sa résurrection, car elle est morte. Il n'y
a plus qu'indifférence, égoïsme et lâcheté.

----

2 avril 1871.

A CLAUDE.

La grande Mademoiselle était fille unique de Gaston
d'Orléans, frère de Louis XIII et d'une très riche héritière
de la branche Bourbon-Montpensier.

Ayant perdu sa mère presque aussitôt après sa naissance, elle se trouva laissée aux soins d'un père incapable de se gouverner lui-même et d'une gouvernante
plus ou moins intelligente.

M. A..., qui aime assez à se mettre en scène et dont
le cours est suivi par un grand nombre de jeunes filles
accompagnées de leurs mères, a saisi l'occasion pour
parler du danger que court la jeunesse lorsqu'elle
entre dans le monde sans avoir à côté d'elle un guide
éclairé et expérimenté. L'exemple de cette petite-fille
d'Henri IV, qui, comme beaucoup d'autres princesses, paraissait destinée à cimenter quelque traité de paix sans
avoir été consultée, n'était peut-être pas très bien choisi.

Ces jeunes filles qui écoutaient se disaient sans doute :
Il nous fait beaucoup d'honneur ; mais, dans tous les cas,
elles pouvaient lui répondre :

> Votre compassion...
> Part d'un bon naturel, mais quittez ce souci.

Nous ne sommes pas autant exposées que vous l'imaginez : c'est nous plutôt qui faisons courir du danger aux autres.

Maîtresse d'elle-même de bonne heure, Mademoiselle s'adonna à la lecture des romans. Ce n'était pas au bagne qu'à cette époque on allait chercher les personnages qui devaient réveiller dans l'homme le sentiment de son origine, on les plaçait au contraire dans des régions raréfiées, vaporeuses, éthérées, presque inaccessibles. C'est là que s'égarait l'imagination de notre princesse ; mais toutefois, quand elle voulait donner un corps à ces images un peu flottantes, un peu vagues, c'était toujours sous la forme d'un prince, d'un fils de roi, surtout d'un fils aîné qu'elle se les représentait.

Les guerres de la Fronde la surprirent dans ces illusions et furent pour elle comme un roman en action.

Mais si, dans ses rêves, elle avait montré une ingénuité et une simplicité de cœur qu'on ne rencontre pas toujours dans cette lutte civile, où l'égoïsme et l'intérêt sont souvent les seuls mobiles, elle déploya un désintéressement, une décision et un courage qui faisaient honneur même à une petite-fille d'Henri IV.

La Fronde finie, tout rentre dans l'ordre ; puis vinrent la symétrie et les pompes du grand roi.

L'ennui s'empara d'elle, elle sentit qu'après tout elle avait fait semblant de vivre plutôt qu'elle n'avait vécu. Sans affection d'aucune espèce, elle se trouvait isolée dans ce monde d'étiquette ; elle fit un dernier rêve, mais au lieu du bonheur qu'elle croyait trouver, elle ne rencontra que grossièretés et insultes. Elle passa les quinze dernières années de sa vie dans la solitude.

Ses Mémoires, où l'on se plaint de trouver trop de détails minutieux, prouvent que si son imagination s'est mise en mouvement trop tôt; si son cœur a parlé trop tard, du moins, elle ne manquait ni de l'un ni de l'autre.

Dans sa jeunesse, elle avait composé deux romans : l'*Ile imaginaire* et la *Princesse de Paphlagonie*.

———————

Octobre 1871.

M. Anthoine a complété le tableau de la société de l'hôtel de Rambouillet par des détails sur les quelques poètes qui en faisaient le principal ornement.

Voiture à lui tout seul a occupé presque toute la séance. Dans cette société très aristocratique, très élégante et très raffinée. on était bien près de s'ennuyer : la paix et l'ordre établis par Henri IV, maintenus plus tard par la main ferme et dure de Richelieu, laissaient, hors des camps, la jeunesse de la cour dans une espèce d'oisiveté. La maison de la marquise fut un asile que l'on fut bien aise de rencontrer.

Voiture, fils d'un marchand de vins, reçut la meilleure éducation. Il aurait pu dire comme Horace que je cite encore : *mon père au lieu de me laisser à l'école de mon village avec les enfants mal élevés des grossiers centurions, me transporta à Rome, là où les chevaliers, les sénateurs envoyaient les héritiers de leur nom. Des esclaves m'accompagnaient, comme si moi-même j'avais pu montrer les titres d'une longue suite d'aïeux.* Telle fut l'éducation du jeune Voiture; dans le collège où il fit ses études, il forma des amitiés ou plutôt des liaisons qui plus tard lui ouvrirent les portes de l'hôtel de la marquise. Il devint vite le favori, l'enfant gâté de la maison.

Homme d'esprit, de beaucoup d'esprit, dans d'autres circonstances, dans un autre milieu, il eût pu produire quelque chose; mais, dans ce monde un peu futile, il ne chercha qu'à plaire et à amuser.

Le professeur nous a lu quelques lettres, quelques petites pièces de vers, mais toute cette littérature n'est qu'une littérature de salon. Elle a pu plaire un moment, mais elle n'a laissé rien ou peu de chose pour la postérité.

Pour l'acquit de sa conscience, M. Anthoine nous a donné les noms de quelques rivaux de Voiture, de Sarrazin, de Balzac, de Benserade beaucoup plus jeune, qui plus tard écrivit des devises dans les fêtes du grand roi; puis enfin il a annoncé Corneille. La première fois il marchera droit au *Cid*.

J'ai écrit un peu à la hâte, ma leçon doit s'en ressentir. Je ne la recopierai pourtant pas, malgré le mauvais exemple que je donne à Claude.

Adieu.

Ce ne serait peut-être pas mal pour l'usage de Claude, de trouver un jeune homme, bien éduqué, d'un bon caractère, auquel il pût communiquer une partie de ce qu'il sait déjà en mathématique. Indépendamment de l'avantage que l'élève y trouverait, Claude, de son côté, prendrait l'habitude de s'exprimer avec méthode et clarté. Si L... a été satisfait de sa première leçon et s'il n'est pas offusqué de recevoir la férule d'un condisciple, il faut l'inviter à venir tous les jours de sortie, dût-on pour l'encourager lui offrir quelques tartelettes. Bien entendu que le professeur n'y goûtera pas. Ce serait compromettre sa dignité.

27 novembre 1871.

L'aimable Chimène, je dis aimable, malgré la rage avec laquelle elle poursuit ce pauvre Rodrigue presque jusqu'à la dernière scène, cette aimable Chimène a été l'objet de la leçon de littérature dont je ne vous ai pas rendu compte. M. A... sans faire l'analyse de la pièce, s'est contenté de la raconter, s'arrêtant de temps en temps pour donner lecture d'un tirade, d'une dialogue. L'exposé du sujet, le récit pour bien préparer l'auditoire, étaient à peu près satisfaisants, quoiqu'il y eût encore bien des choses à dire; mais le débit des vers a été d'une faiblesse inexcusable chez un professeur de lettres. Des intonations presque toujours fausses, et par suite point d'accent, point d'élan. Non seulement tout est terne, mais tout passe inaperçu, dans la scène qu'on peut appeler la scène du dénouement, lorsque Rodrigue, faisant pour ainsi dire un adieu suprême à Chimène, lui laisse entendre qu'il a renoncé à la vie et que, dans le combat en champ clos qui va avoir lieu, il ne se défendra que pour recevoir la mort. Chimène surprise, étonnée d'un tel langage, sans laisser voir les sentiments qui l'agitent, cherche pourtant à combattre une pareille détermination. Elle lui rappelle la gloire de ses ancêtres, celle de son père, son honneur à lui-même. Toutes ses paroles ne font rien sur Rodrigue. Le temps s'écoule; encore quelques instants, tout sera dit. Éperdue, hors d'elle-même, dominée par un seul sentiment, elle finit par s'écrier :

Sors vainqueur d'un combat dont Chimène est le prix.

Ce vers a été à peine entendu, et peut-être pas compris

par ceux qui l'ont entendu. Et cependant, dans la partie du public qui serre de près le professeur, il y avait bien des cœurs qui ne demandaient pas mieux que de se laisser aller à l'émotion que le sujet faisait naître.

J'ai commencé trop tard à écrire, c'est là une excuse dont on ne devrait pas user.

Adieu.

Nantes, 23 décembre 1873.

Nous nous sommes bien trompés sur son compte, disait Napoléon, en parlant de Laplace. Ce mot fait tort au grand mathématicien; il aurait pu comprendre qu'il n'était pas propre aux fonctions qu'on lui confiait. En refusant, il serait resté dans la haute sphère où ses grands travaux l'avaient placé. Pour avoir consacré toutes ses facultés à un seul sujet, il était arrivé à être inférieur à ce qu'il aurait dû être. Sans doute, il était maître de sa science, il avait découvert et expliqué la cause des perturbations qui avaient tourmenté Newton, il dominait la matière, mais l'homme lui avait échappé. Les lois physiques du monde sont bien au-dessous des lois morales de l'humanité, un chapitre de Pascal vaut la mécanique céleste. Comme le dit Port-Royal, on se sert de sa raison comme d'un instrument pour acquérir les sciences; on devrait se servir, au contraire, des sciences comme d'un instrument pour perfectionner sa raison. Bien loin de nuire aux sciences, les études philosophiques et littéraires ne contribuent qu'à les développer; elles leur donnent toute l'étendue dont elles sont susceptibles. Pour comprendre une comparaison d'Horace :

. . . . Alterius sic
Altera poscit opem res, et conjurat amice.

Celui qui se renferme dans le même cercle se perd dans des détails stériles, il faut s'échapper par la tangente, mais pour cela il ne faut jamais oublier que l'homme moral passe avant tout, qu'il est la vie, le lien suprême. Le monde seul avec ses lois, c'est le néant.

Le sentiment du beau, du vrai, du juste répond à tout et embrasse tout, et par cela il n'exclut rien, ni la loupe du botaniste ni la lunette équatoriale de l'astronome. Chercher la véritable grandeur ailleurs que dans cet accord des lettres et des sciences, c'est tomber dans une erreur qui en mène plusieurs en mauvais chemin.

Dans les réflexions auxquelles je viens de me livrer en songeant aux tentations que tu peux difficilement éviter, je n'ai peut-être pas mis tout l'ordre et toute la clarté nécessaires : il est facile d'y suppléer.

Une année de plus qui va s'écouler apporte d'ailleurs avec elle une nouvelle dose d'esprit philosophique ; c'est là l'excuse de beaucoup de gens qui donnent des conseils ; ils n'en sont pas plus sages pour cela, mais ils ont plus de droits de l'être.

De la mécanique céleste, des pensées d'un des discours préliminaires de la logique à Gobin, il y a bien loin : c'est la loi des contrastes. Il est resté deux heures à me parler de ses affaires ; quoiqu'il n'ait pas perdu son intelligence, il peut à peine se tenir debout. On lui a servi une tartine de pain rôti et un verre de vin. Cinq ou six fois par jour, il prend le même remède ; souvent le soir il ne sait plus ce qu'il dit. Son spécifique, c'est d'entasser affaires sur affaires afin de n'avoir jamais l'esprit en repos.

Le professeur d'histoire est obligé de faire un cours de géographie, mais comme il est très mal outillé, qu'il n'a point de cartes, et qu'en même temps il donne un peu trop de détails, il en résulte que ceux qui savent un peu n'apprennent pas grand'chose et que ceux qui ne savent pas n'apprennent rien.

Le défaut capital de nos cours, c'est qu'ils sont plutôt faits pour la foule que pour l'élite des auditeurs. La foule à la vérité est la plus nombreuse, cela n'est pas une raison. Elle écoute peu et comprend encore moins. Et, ici comme là-bas, de peur de blesser quelques goujats, on ne craint pas d'offenser la vérité. Quand serons-nous courageux et honnêtes? C... fait, je crois, ce soir une leçon sur François Ier; quoiqu'il ne soit pas beau, il cherche aussi, lui, comme le roi chevalier, à plaire aux dames et il y réussit sans avoir pourtant été ni vainqueur à Marignan ni vaincu à Pavie.

Le professeur, qui devait, je le croyais du moins sur la foi des traités, faire une leçon sur le fils de cette Louise de Savoie qui faillit perdre la France par sa haine pour le connétable de Bourbon, qui fut assez mal avisé ou assez courageux, comme on voudra, pour avoir su résister aux insinuations impérieuses de cette tendre veuve, le professeur a laissé le premier des Français pour une autre séance et a parlé de la fin du règne de Louis XII que, sans trop savoir pourquoi, on a nommé le Père du peuple.

Je laisse de côté quelques événements des guerres d'Italie qu'on trouve dans toutes les histoires et je veux seulement dire quelques mots d'un neveu de Louis XII, Gaston de Foix, duc de Nemours.

Gaston de Foix, duc de Nemours, fils d'une sœur de

Louis XII, avait à peine vingt-quatre ans à la fin du règne de son oncle. Nommé gouverneur de Milan, il y montra tout de suite une grande capacité à la tête de l'armée; ce fut un précurseur du duc d'Enghien, presque un Bonaparte, en Italie; vainqueur dans plusieurs combats, il livra aux généraux espagnols de Ferdinand le Catholique une grande bataille aux environs de Ravennes. L'armée espagnole, comme plus tard à Rocroy, fut complètement défaite. Nemours, imprudemment entraîné, périt en poursuivant quelques fuyards.

La victoire de Ravennes avait mis toute l'Italie, le royaume de Naples entre autres, à sa discrétion, et ce royaume de Naples, son oncle le lui destinait. On peut voir de quelle importance eût été ce royaume entre les mains d'un prince français. J'aurais mieux fait de laisser ce récit pour une autre fois; la seule conclusion, c'est ce que peut faire un homme de plus ou de moins.

------

14 novembre 1874.

Avant de mettre la royauté en présence des États généraux, M. B..., notre professeur, n'a pas cru pouvoir se dispenser de faire connaître les motifs qui avaient rendu nécessaires la convocation d'une assemblée dont depuis plus de cent soixante-quinze ans le pouvoir, mal inspiré, avait dédaigné le concours. Ces motifs étaient nombreux. Le plus important de tous, en apparence du moins, c'était l'embarras des finances. Le trésor était vide et on ne savait plus quel expédient employer pour le remplir; le déficit augmentait chaque année et la banqueroute paraissait inévitable.

Le mauvais état des finances était tout à la fois effet

et cause, suivant une expression souvent employée en métaphysique : effet de mauvaises institutions et par suite cause de criants abus. Partout il y avait à faire de nombreuses réformes.

Dans l'administration livrée à l'arbitraire des intendants.

Dans la justice où ne régnait ni unité ni fixité. Le même jour on pouvait gagner et perdre le même procès dans deux cours différentes; là on jugeait selon le droit romain, ici selon le droit coutumier, et encore le droit coutumier variait-il d'une province à l'autre. La justice criminelle était encore plus odieuse, puisqu'on soumettait l'accusé à des tortures préalables.

Dans la répartition et la perception de l'impôt, on ne rencontrait qu'inégalité, privilèges et exactions.

Dans l'établissement des douanes, des barrières intérieures, de péages, de ponts et de routes qui arrêtaient la circulation des marchandises et en doublaient le prix, occasionnaient la disette dans une province quand dans d'autres il y avait plus qu'abondance.

Dans la détestable et surtout immonde organisation de l'armée.

Dans les entraves mises au commerce et à l'industrie par les jurandes, les corps de métiers, les corporations.

Entre le petit citadin et le duc et le pair s'échelonnaient des milliers de privilèges : les uns iniques, les autres insultants ou ridicules.

Privilège de rendre la justice, privilège du droit de chasse, d'avoir un pigeonnier, privilège pour se soustraire à la corvée, pour ne pas payer la taille, privilège d'une corporation pour marcher en tête de la procession, pour recevoir la première l'eau bénite à la grand' messe... Les paysans seuls n'en avaient pas ou du moins, ils n'avaient que celui de payer partout et toujours.

Ce tableau, très raccourci, de l'ancienne société, n'est pas brillant, il n'est pourtant pas exagéré. Mais en concluant que la machine était complètement détraquée, qu'il n'y avait plus d'autres ressources que de mettre la coignée au pied de l'arbre, c'est une profonde erreur. Erreur pourtant très répandue et qu'ont toujours eu intérêt à propager les gens de l'espèce de ceux du 4 septembre et de leur suite pour justifier les actes de leurs devanciers et les leurs.

Au milieu de tous ces désordres, il y avait encore de nombreux éléments de stabilité, il ne s'agissait que de savoir les mettre en œuvre et il était dix fois plus facile à cette époque de fonder l'égalité et la liberté qui avec elles auraient amené l'ordre et la prospérité, qu'il ne l'est certainement aujourd'hui et qu'il ne le sera peut-être jamais.

La révolution ne fut point, comme a osé l'exprimer M. de Maistre, une punition du ciel, une expiation; ce ne fut point non plus, comme d'autres l'ont voulu, une fatalité, ni encore moins, comme le prétend Michelet, une marche vers la fraternité.

C'était tout simplement la conséquence naturelle, mais sur une plus grande échelle, des luttes qui, depuis le commencement du monde, troublent le genre humain. Luttes d'intérêt, luttes de prétentions. Les uns voulaient tout garder, les autres voulaient tout prendre. Une main ferme et habile pouvait tout concilier dans les limites que comporte la nature humaine. La royauté qui pouvait encore, pour ainsi dire, tout pour le mal, à plus forte raison eût été toute-puissante pour le bien; mais de faute en faute, de lâcheté en lâcheté, d'audace en audace on en vint à avoir pour trône la guillotine et pour ministre le bourreau.

De là avoir l'imprudence de conclure que la reine et beaucoup d'autres après elle étaient destinés à périr d'un supplice qu'on a honte de nommer, si cela n'est pas une aberration, c'est une abominable dépravation.

M. B... sait bien ce dont il parle, il le dit en bons termes, quoique d'un ton uniforme et sans rien mettre en saillie, mais il se perd dans des détails peu faits pour relever l'homme à ses propres yeux. Sans jalousie, sans haine peut-être, mais sans admiration ni enthousiasme.

On conçoit qu'un critique dans sa chaire soit ardent, impitoyable, comme les paladins de l'Arioste sur leur coursier, faisant voler les bras, les têtes; d'un revers de leur flamberge coupant un géant en deux. Mais, comme Ganelon, porter des coups dans l'ombre, se traîner dans une critique basse et terre à terre, ce n'est bon qu'à gâter le cœur et fausser l'esprit d'auditeurs d'une intelligence médiocre et incapable de réagir. C'est faire naître en eux des sentiments de convoitise et d'envie et les faire même descendre au-dessous de ce qu'ils sont déjà.

Une faute dont il faut bien se garder en lisant l'histoire, c'est de juger les faits passés avec les opinions de son temps. Appliquer à tous les événements antérieurs à notre âge la même loi, la même règle, ce serait renouveler le supplice de Procuste. Sans doute, dans tous les temps, il y a eu des hommes supérieurs qui ont su se dégager des passions, des erreurs, des superstitions de leurs contemporains, mais ces esprits élevés sont rares. Il faut chercher à les imiter, mais ne pas toujours les prendre pour juges. On s'exposerait à être souvent trop sévères, quelquefois injustes. Mais si on doit laisser de côté les indifférents qui ont traversé la vie spectateurs insouciants du bien et du mal, il faut flétrir sans pitié les acteurs, les inspirateurs de doctrines perverses qui feraient reculer la civilisation jusqu'au delà de la Barbarie.

J'ajoute quelque chose à ce qu'a dit le professeur sur les lettres de cachet. Ces lettres n'étaient pas seulement un instrument d'arbitraire entre les mains du pouvoir, les particuliers en usaient à qui mieux mieux.

Un mari ennuyé par sa femme obtint contre elle, moyennant dix louis, une de ces lettres, d'une marquise de Longeac qui, bien en cour, en tenait bureau ouvert ; le même jour, la femme fit la même chose contre son mari. Arrêtés à l'insu l'un de l'autre, ils furent tout étonnés de se rencontrer à la Bastille.

Comment appeler l'acte de ceux qui, pour faire à leur fils aîné un plus grand état de maison, envoyaient leur fille au couvent ?

Il y a huit ou dix ans Mme H..., avec l'aide de son avocat M. L., obtint du président un ordre pour envoyer son fils à Saint-Jacques. Elle avait raison ; mais qu'est-ce autre chose qu'une lettre de cachet ?

Dans sa première leçon, le professeur fera probablement et à sa façon le portrait du chef de l'État et de son entourage. J'emporterai un pavé sous mon paletot d'hiver, et s'il a le malheur de mal parler de Marie-Antoinette, je lui lance mon pavé à la tête. Je n'aurai peut-être pas pour moi les badauds qui l'écoutent, mais je serai soutenu, j'en suis sûr, par la partie féminine qui est assez nombreuse, et dans laquelle il ne se trouvera pas, je l'espère, de bourgeoise de la rue Saint-Denis faisant la Romaine comme cette vilaine Mme Roland.

Nantes, novembre 1874.

Pour bien parler de son propre fonds, *sponte sua,* avec
un heureux choix de mots et d'expressions, sans stérilité
ni emphase, sans surtout faire d'emprunts à d'autres, il
faut être plus qu'un parleur ordinaire. A l'élévation
facile et élégante il faut joindre un bon goût qui ne se
démente pas et un jugement qui soit toujours un guide ;
tel n'est pas ou tel ne semble pas être notre professeur
de lettres, M. Ch... Afin de se concilier la bienveillance
d'un public peu fait, il aurait dû le savoir, pour comprendre les choses de l'esprit, ce qui ne doit pas surprendre, il a fait beaucoup trop d'efforts, et en même
temps beaucoup trop parlé de lui-même. Arrivant enfin
à l'objet de son cours, c'est, nous a-t-il dit, l'histoire littéraire du dix-septième siècle qu'il a choisie pour sujet de
ses leçons. Sans chercher à imiter ou à suivre les grands
modèles de la critique, mais désireux néanmoins de
plaire à ses auditeurs et de se mettre le plus possible en
communication avec eux, il se laisse aller à ses impressions du moment; c'est à l'improvisation plus ou moins
heureuse, plus ou moins vive et pittoresque, au risque
de quelques incorrections de langage qu'il demande
ce dont un orateur ne peut pas se passer, la sympathie
de son public. Il espère par là arriver à une espèce d'o-
riginalité. Pour se soutenir dans cette tâche difficile,
lorsqu'il se défiera un peu de ses forces, il empruntera
au poète, au prosateur dont il analysera l'œuvre, de ces
traits qui à eux seuls suffisent pour faire passer dans
l'âme de celui qui écoute tout ce que l'orateur a dans
l'esprit sans pouvoir le rendre complètement par la
parole.

Afin de vous donner une idée, je pourrais dire un échantillon de sa manière en pareille circonstance : il nous a récité, débité, déclamé, je ne sais quel mot employer, les imprécations de Camille et un passage de Racine, quelques paroles d'Andromaque à Pyrrhus.

Il eut mieux fait, je crois, d'épouser Célimène, c'est-à-dire de ne rien dire. Pour représenter Camille, sans parler de la justesse du ton, il n'a eu ou paru avoir ni l'énergie de sentiment ni la puissance d'accent nécessaires pour couvrir ce qu'il y a d'un peu exagéré et même d'un peu faux dans ces paroles de malédiction.

Quant à Andromaque;

.... Sans que son cœur s'offense
Elle n'est point d'un prix qui soit en sa puissance;

sa voix, sans en dire plus long, n'est point assez pénétrante, pour exprimer la douleur de la mère d'Astyanax à celle qui, en restant toujours mère, n'oublie jamais qu'elle est la veuve d'Hector.

Peut-être dira-t-il mieux dans un autre genre.

Non omnia possumus omnes.

Mais la force et le sentiment ne sont pas faits pour lui. Avec ce que je viens de vous dire vous en savez à peu près aussi long que moi sur le professeur et sur sa première leçon.

Le public a applaudi, mais qu'est-ce que le public n'applaudit pas? Si vous n'êtes pas satisfaits de mon appréciation, vous pouvez écrire à l'ami du Tertre pour lui demander la sienne, car nous étions ensemble.

La langue allemande pas plus qu'une autre langue n'est obscure par elle-même, c'est le caractère général du peuple qui fait le caractère de sa langue. Néanmoins, en

la comparant à la nôtre, on peut dire qu'en français pour
être obscur il faut un peu vouloir l'être ; mais en allemand
on l'est facilement et presque sans s'en douter. La nébu-
losité de la pensée se glisse dans la forme. Mais puisqu'il
y a plus de 60 millions d'individus qui se parlent et ont
l'air de se comprendre, avec de la bonne volonté sans y
mettre trop de temps nous parviendrons à être du nombre; une fois les premières difficultés vaincues, le reste
ira tout seul, il n'y a point à s'effrayer.

Nantes, 25 novembre 1874.

La Dauphine, la femme du grand Dauphin, fils de
Louis XIV, disait en parlant de *Polyeucte:* « Pauline est
une femme honnête qui n'aime pas son mari ».

Ce mot-là n'est pas trop bête pour une princesse. Il
est vrai d'ailleurs depuis la première scène jusqu'à la
dernière, et le professeur n'aurait pas dû l'oublier un
seul instant et ne pas se jeter dans un compromis qui,
selon moi, fait tort à son jugement et est une insulte
pour Pauline.

Si au point de vue auquel, ce me semble, on ne
peut pas se dispenser de se placer, le sujet est plus
difficile à traiter, s'il exige pour ainsi dire un public de
choix, un public auquel on peut tout dire, devant lequel on peut tout analyser pourvu que la délicatesse
de l'expression ne laisse rien à désirer, cela est possible et même très certain, mais cela ne change rien à
la nature des choses. Avant de commencer, il fallait et
consulter ses forces et se rendre compte devant qui
l'on parlait.

S'il n'est pas contestable qu'en masse le public de la rue Voltaire est de beaucoup incapable de comprendre les délicatesses du cœur et de l'esprit, il est bien permis aussi de croire que le nouveau débarqué n'a pas bien compris le caractère de l'héroïne de Corneille.

Ce qu'on pourrait peut-être dire de mieux pour l'excuser, c'est qu'il a été effrayé de ce qu'il allait avoir à dire s'il ne sortait pas de la vérité.

Il a trouvé tout simple, et encore suffisamment dramatique, de montrer Pauline se séparant peu à peu de Sévère, et par le sentiment du devoir qui est le grand trait de caractère que lui a donné le poète, par le dévouement, par l'admiration se rattachant à Polyeucte qui, à ses yeux, grandit à tout moment. Mais ce n'est là, il faut bien le dire, qu'un sentiment de situation, un sentiment qu'elle ne peut pas se dispenser d'avoir, et qui est la conséquence de cette grandeur qui est en elle. Pauline est la femme forte par excellence, non pas celle de Salomon qui distribue de la laine à filer à ses servantes, raison de plus pour ne pas lui attribuer un sentiment qui serait une faiblesse dont son cœur n'est pas capable. Elle a accompli sa tâche jusqu'au bout, renfermant en elle-même les sentiments qu'il ne lui était pas permis d'exprimer, elle a subi son sort avec résignation et sans murmures. C'est une noble figure et un grand modèle; mais, comme plusieurs autres du grand poète, presque au-dessus de la force humaine.

Sur Polyeucte on peut faire une réflexion, je la livre à vos méditations.

Il n'eût jamais songé à se faire chrétien s'il eût été aimé de Pauline.

Je suis bien obligé d'écrire ce que je pense sur ce

que je vois ou sur ce que j'entends, puisque je n'ai personne à qui je puisse le communiquer.

Si ça ne vaut rien, c'est vous qui en pâtissez, mais si c'est bon ou seulement à moitié passable, en choisissant vous pouvez en tirer un petit profit, et puis par-ci par-là, comme chez bien d'autres, il y a des réminiscences, soit avouées, soit dissimulées, peu importe, qui peuvent tenir lieu d'invention. Les plus habiles aujourd'hui ne sont que des arrangeurs.

Les honorables médecins du Loroux s'étaient, dit-on, partagé entre eux leur canton ; chacun avait son quartier où les autres, sans leur consentement, ne pouvaient ni tâter le pouls, ni saigner, ni purger, ni guérir, ni même occire : voyez jusqu'où la chose en était poussée. Le partage ainsi fait, sous la foi d'un serment solennel, si parmi nous il est des traîtres, ils avaient triplé leur tarif.

Numero deus impari gaudet.

Les malades se sont révoltés ; que s'est-il passé, je n'en sais rien ; je puis vous dire seulement que l'affaire va venir au tribunal. Toutes les corporations sont en mouvement. La corporation des huissiers, celle des procureurs, la sainte confrérie des avocats, car enfin si les uns sont condamnés comme saltimbanques, qu'est-ce que les autres n'ont pas à craindre?

Plus on voit de près ce qu'on appelle les professions libérales, plus on est obligé de reconnaître que toute autre occupation leur est préférable. Être toujours placé entre sa conscience, son devoir et son intérêt, c'est presque un malheur, et quand on voit ce que l'on fait, ça ne peut pas, ça ne doit pas être le résultat d'un choix. N'est-ce pas une chose déplaisante que cette préoccupation, sans qu'il y ait nécessité, de gagner de l'argent, préoccupation qu'on ne peut pas se dispenser de laisser voir.

Ce n'est pas que je ne serais pas très disposé à dire : heureux celui qui a vingt mille francs dans son coffre. Je voudrais bien les avoir ces **20,000** francs par le temps qui court et surtout par celui qui peut courir : ils ne seraient pas inutiles.

En recevant ta lettre, j'ai vu tout de suite au poids qu'elle devait renfermer de bonnes nouvelles.

Tu as fait ton compliment à M. Bertrand pour sa nomination comme secrétaire perpétuel. M. Bertrand doit rendre compte des travaux de l'Académie, des ouvrages qu'on lui soumet, des prix à distribuer; il est même chargé, et ce travail a constitué la plus grande part de la gloire de Fontenelle, de faire l'éloge des académiciens que le temps emporte; il a bien des occasions de faire voir que la langue des chiffres n'est pas la seule langue qu'il connaisse. Plus savant que Biot, pourquoi ne conquerrait-il pas le droit de pénétrer dans le sanctuaire des lettres? ce serait avec beaucoup plus de raisons que beaucoup d'autres que nous avons vu admettre et que nous verrons encore.

Le sommet vers lequel on tend dans les choses de l'esprit n'est jamais tellement élevé qu'on ne puisse encore s'élever davantage : l'intelligence a un horizon sans limites; elle est elle-même une preuve de l'Infini.

Février 1877.

Où donc est-il le cher enfant de notre cœur? Où donc est-elle la voie qu'il a suivie, que nous la suivions et que nous cessions de nous égarer?

Je voudrais renoncer à moi et vivre dans Claude. Qui mieux que moi connaissait les trésors de son esprit et ceux de son âme?

ON A CRU POUVOIR PLACER CETTE PETITE ÉTUDE FAITE
PAR L'AUTEUR A LA FIN DE SES LETTRES.

Déterminer parmi toutes les significations particulières
d'un mot sa signification générale absolue;

Grouper tous les mots ayant une signification générale
commune;

Rattacher chacun de ces groupes à un type,

Tel est ou tel doit être le but de la science étymologique.

Tous les mots types primitifs sont onomatopiques,
soit directement, soit indirectement, ce qu'on pourrait
appeler onomatopée extérieure, onomatopée intérieure.
Directement tout sera produit par un phénomène extérieur que la nature fait naître dans l'esprit de celui qui
en est témoin, deux idées différentes, celle d'un bruit et
celle d'un acte. Ces deux idées sont corrélatives, la seconde réveille la première, comme la première réveille
la seconde, ainsi le mot *éclat* a la double signification
de bruit et de déchirement.

Indirectement, les organes de la parole dispersés pour
produire un son peuvent dans cette même disposition
également produire un acte. Pour émettre le son *t*, il
faut serrer les dents, mais en serrant les dents on
broie ou déchire, d'où une dépendance forcée du son
à l'acte. *Deut, tan,* heb. *til,* boue, ce qui est broyé. Le
mot *taper* est tout simplement *t p;* acte et son se confondent.

Chaque lettre a donc une valeur intrinsèque d'où il résulte qu'étant donné un mot réduit à la forme la plus simple, la signification de ce mot doit avoir un rapport nécessaire avec les lettres qui le constituent, mais ce rapport est souvent tellement éloigné qu'il semble y avoir contradiction entre la signification du mot et ses éléments littéraux.

Mais la contradiction n'est qu'apparente et il est toujours sinon facile, du moins possible, de retrouver les idées intermédiaires qui, en remontant de proche en proche jusqu'à l'idée première, rendent évident le rapport du son à l'acte.

Le mot *mucosité*, par exemple, fait naître dans l'esprit l'idée d'un flux, d'un écoulement, mais la racine est toute autre : Heb. *oug*, étrangler, moue, déprimer, serrer ; *axn*, pointe, déchirement ; Fran. *mâcher ;* ainsi l'idée exprimée par mucosité est celle d'une compression, c'est, comme nous disons, une expression. Ici l'analogie était facile à saisir ; la vraie difficulté commence lorsqu'on ne peut pas rattacher l'idée particulière à une idée générale, matérielle et ce cas se présente souvent ; pour s'y retrouver il faut avoir recours à plusieurs moyens.

Rassembler d'abord un certain nombre de mots composés des mêmes consonnes que le mot que l'on examine, sans tenir compte, bien entendu, de la terminaison, et chercher si une signification générale ne relie pas tous ces mots-là entre eux.

Déterminer la signification du mot par la synonymie et par les expressions qui sans êtres synonymes sont à peu près équivalentes.

Chercher dans d'autres langues, soit anciennes soit modernes, l'expression correspondant à la même idée ;

ces expressions quoique différentes, sans rapport de formes les unes avec les autres, par des liaisons mieux
établies avec les autres mots d'un sens plus général, de
la langue à laquelle ils appartiennent, conduisent souvent à l'interprétation demandée.

Surtout il ne faut jamais perdre de vue que presque
toutes nos idées, tous nos mots proviennent d'un fait
matériel, brutal, déchirant les sens. Bruit et acte, son
et sensation qui en découlent, il ne faut pas sortir de là
sous peine de tomber dans l'arbitraire et dans les étymo-
logies ridicules; il faut toujours ramener le mot qu'on
étudie à sa forme la plus simple et, par conséquent, ne
tenir aucun cas de la terminaison. La terminaison est
presque toujours un mot altéré ayant une signification
propre qui s'adapte facilement à des significations diverses pour les déterminer à être tantôt un adjectif, tantôt un adverbe, etc.

Le grec, dans sa conjugaison, le latin de même a des
redoublements; ces redoublements ont passé dans les
noms et autres parties du discours, mais ils sont étrangers au mot en lui-même.

Deux lettres de même organe dans un mot font double
emploi quoique n'étant pas tous formés de redoublement
ou n'appartenant pas à la terminaison.

Deux consonnes au plus suffisent toujours pour cons-
tituer un mot; la plus énergique des deux le caractérise.

L'étude de l'hébreu et de l'arabe prouve d'une manière incontestable que, selon leur position dans ces
mots, les lettres *m, a, t, b, r,* sont souvent sans valeur à
la fin des mots de plus de deux consonnes, comme toutes
les autres n'ont pour but que de permettre de reconnaître par le son une idée particulière d'une autre idée

particulière se rattachant toutes les deux à la même idée générale.

Ces voyelles, quoique indispensables, jouent un rôle secondaire ; elles marquent les nuances, les genres, etc.

TRADUIT DU GREC

Quand par d'horribles vents le flot noir déchaîné
Battait le frêle esquif qui portait Danaé,
La pauvre femme au sein de l'affreuse tourmente
Allaitait son enfant et d'une voix mourante :
Cher enfant, si les dieux nous ôtent leur secours,
Tout le lait de mon sein ne peut sauver tes jours.
Cependant au milieu de la nuit la plus sombre,
Quand sur ton front charmant passent des flots sans nombre,
Quand mugissent les vents, tu n'en fais pas de cas :
Ces périls sont pour toi comme s'ils n'étaient pas.
Hélas ! si tu savais quelle est notre misère,
Tes craintes accroîtraient les douleurs de ta mère !
Dors donc, ô mon enfant, et que puissent enfin
Dormir les flots, dormir l'implacable destin !
Ou si le ciel se fait un plaisir de ma peine,
Qu'il t'épargne, ô mon fils, et me garde sa haine.

Antoine Peccot,

Bibliothécaire de la Ville de Nantes,
frère de l'auteur des lettres.

www.ingramcontent.com/pod-product-compliance
Lightning Source LLC
Chambersburg PA
CBHW050143030726
47505CB00005B/1215